KB171061

푸른 광선의 비밀

THE TRANSALL SAGA by Gary Paulsen
Copyright ⓒ 1998 by Gary Paulsen
All right reserved.
This Korean edition was published by OUR VALUE CORPORATION in 2012
by arrangement with Gary Paulsen c/o Flannery Literary Agency
through KCC(Korea Copyright Center Inc.), Seoul.

우리같이 청소년문고 009

푸른 광선의 비밀

초판 1쇄 펴낸날 2012년 2월 22일

지은이 게리 폴슨
옮긴이 김민석
펴낸이 이정옥
펴낸곳 (주)우리같이 **등록** 제406-2011-59호
주소 경기도 파주시 문발동 파주출판단지 506-2 201동 13호
전화 031-955-5590 **팩스** 031-955-5599
이메일 withours@gmail.com

ISBN 978-89-967622-1-8 44800
ISBN 978-89-961890-3-9 44800 (세트)

이 도서의 국립중앙도서관 출판시도서목록(CIP)은 e—CIP 홈페이지(http://www.nl.go.kr/ecip)에서 이용
하실 수 있습니다.(CIP 제어번호: CIP 2012000530)

푸른 광선의 비밀

THE TRANSALL SAGA

게리 폴슨 장편소설 | 김민석 옮김

우리교육

제 1 부 | 7

제 2 부 | 99

제 3 부 | 189

에필로그 293

제 1 부

1

사막은 이상하게 고요했다. 한 줄기 산들바람이 너른 협곡 바닥을 따라 드문드문 나 있는 풀과 나뭇가지를 굴리며 계속해서 북쪽으로 불었다.

열세 살 소년 마크 해리슨은 하얀 이판암 바위에 앉아 방금 전에 자기가 그래놀라 바를 먹다 흘린 부스러기를 작은 개미 군단이 나르는 걸 지켜보고 있었다.

마크가 눈치 채지 못하는 사이에 로드러너(roadrunner, 뻐꾸기과의 새로 땅 위를 질주하며 뱀을 잡아먹음: 옮긴이)가 나타나 바위 기슭으로 총총걸음을 치다가 진홍색 선인장 꽃 근처에서 멈췄다. 마크가 자세를 바꾸자 로드러너는 맞은편으로 황급히 도망쳐 버렸다.

늦은 시간이 아닌데도 마크는 하품을 했다. 해가 서쪽의 청회색 산 뒤로 완전히 자취를 감춘 것도 아니었다. 하지만 마크는 긴 하루해를 보냈다. 지난 사흘 가운데 그 어떤 날보다도 많이 걸었기 때문에 금방이라도 잠자리에 들 수 있을 것 같았다.

옛 매그루더 미사일 시험 발사장을 통과하는 코스인 일주일짜리 배낭여행을 마크 부모가 그에게 마지못해 허락해 준 터였다. 엄마는 마크가 일주일 뒤인 토요일 오후까지 약속한 반대편 도착 지점에 나타나지 않으면 주 방위군을 출동시킬 거라고 으름장을 놓기도 했었다.

마크는 하이킹과 배낭여행에 푹 빠져 있던 참이었다. 신문 배달을 해서 번 돈을 한 푼도 쓰지 않고 모아서 장비를 산 덕에 최고의 품질로 장만할 수 있었다. 또 시간이 날 때마다 생존에 관한 책과 잡지로 공부를 해서 최신 정보나 기술에 뒤처지지 않으려 했다. 그런데 지금까진 짧고 쉬운 오솔길로만 도보 여행을 했고, 야영을 해 본 것도 딱 두 번뿐이었다. 그러니 이번엔 정말 대단한 행운을 얻은 셈이었다.

마크는 짧은 갈색 머리카락을 쓸어 넘기고는 그대로 손을 뻗어 침낭과 배낭을 움켜잡았다. 협곡에서 야영을 하기로 마음먹었다. 도시 소년한테는 너무 조용한 곳이라 좀 불안하기도 했지만, 가까이에 물이 졸졸 흐르고 있고, 죽은 나무가 남쪽 절벽에서 쑥 튀어나와 있어 잘라 내서 땔감으로 쓰기에 충분했다.

딱딱 소리를 내며 타오르는 작은 모닥불 옆에 잠자리를 마련했다. 마크는 부드러운 솜털 침낭에 들어가 몸을 쭉 뻗고 누워 별을 쳐다보았다. 이게 바로 자신이 바라던 삶이었다. 언젠가는 이렇게 탁 트인 하늘 아래서 매일 야영을 하며 지내는 날이 오기를 꿈꿔 왔었다.

마크가 다시 하품을 하며 이제 하룻밤을 잘 보내 볼까 하는 순간, 공 모양의 불덩이가 협곡 절벽의 가장자리를 휙 지나가는 게 보였다.

불덩이는 크기가 자몽만 한데 파란 테두리를 따라 선명한 주황색 빛을 발하고 있었다. 그 불덩이가 땅에 닿자 팔딱팔딱 춤을 추며 불꽃을 튀겨 냈다. 그러다가 잠시 후 불덩이가 푸시시하는 소리와 함께 꺼졌다.

마크는 손전등을 움켜잡고 카메라를 찾았다. 그러고는 흙으로 된 절벽 꼭대기로 기어 올라가 사방을 휘둘러보았다. 오른쪽으로 보이는 커다란 직사각형 바위 뒤쪽에 푸른색을 띤 하얀 광선이 눈부시게 빛나고 있었다. 마치 하늘 어딘가에서 땅으로 내리비추는 빛줄기 같았다.

마크는 한동안 꼼짝 않고 서서 그 이상한 광선을 지켜보았다. 광선은 두 줄기의 빛으로, 전기가 과하게 흐르고 있었다. 양쪽 빛줄기가 서로를 맹렬하게 밀쳐 내고 있었는데, 미는 힘이 서로 똑같아서 어느 한쪽도 움직이지 않고 팽팽하게 맞서고 있었다. 엄청난 마찰 때문에 이따금씩 불꽃만 거세게 튀길 뿐이었다.

마크가 고개를 가로저었다.

'자세히 살펴볼 필요가 있어. 공군이 이곳에서 무슨 실험을 하다가 포기했거나, 아니면…….'

자신도 모르게 침이 꿀꺽 넘어갔다. 어쩌면 광선은 지구에서 온 게 아닐 수도 있었다.

　마크가 조금씩 광선에 다가서며 사진을 찍었다. 바위에 이르자
손전등을 비추어 길을 찾아 올라가기 시작했다.

　커다란 바위의 꼭대기는 편평했다. 마크는 거기 앉아서 광선을
다시 빤히 바라보았다. 광선 안쪽에 빨갛고 파랗고 노란 갖가지
색들이 파도를 치고 있었다. 그 자신만을 위해 공연하는 화려한
레이저 쇼를 보고 있는 것만 같았다.

　빛줄기에서 열이 나는지 보려고 마크가 천천히 손을 내밀었다.
딸랑딸랑하는 소리를 들었을 때는 이미 늦어 버렸다. 방울뱀한
테 물렸다는 걸 알아차렸을 때는.

　마크가 손을 홱 빼면서 후다닥 일어섰다. 그렇게 갑자기 움직
이는 바람에 중심을 잃고 기우뚱하다가 그대로 바위에서 미끄러
져 광선속으로 떨어졌다.

2

공기가 탁하고 눅눅하고 비 오는 냄새도 났다. 마크가 눈을 떴다. 낮인데도 해가 구름에 가려 모든 게 그늘지고 어두웠다. 머리가 어찌나 지끈거리고 무거운지 돌덩이를 얹어 놓은 것 같았다.

기억을 더듬어 보려고 애썼다. 빛. 푸른 광선이 있었고…… 뱀. 마크가 생각난 듯 손을 흘긋 보았다. 가슴에 편안하게 놓인 손은 전혀 부풀어 오르지 않았다. 신기하게도 통증조차 없었다.

마크가 손을 얼굴로 가까이 갖다 댔다. 방울뱀이 문 자국은 어디에도 없었다. 손가락을 구부려 보았다. 별다른 이상이 없었다. 마치 아무 일도 일어나지 않은 것 같았다. 마크는 옆의 키가 크고 불그스름한 잔디 위에 팔을 툭 내려놓았다.

'잔디라고? 불그스름하다고?'

마크가 관자놀이를 문질렀다.

'내 머리가 이상해진 게 틀림없어.'

마크가 고개를 돌렸다. 나무. 그곳에 나무가 있었다. 나무가 너무 많아 하늘을 가릴 정도였다. 나뭇잎은 타다가 만 듯한 붉은

색으로, 키 큰 잔디나 주위를 빙 둘러싼 뒤엉킨 덤불과 마찬가지 색을 띠었다.

'뭔가 잘못됐어.'

마크가 자리에서 일어나 앉았다. 이런 것에 대해, 즉 뱀한테 물리면 어떤 일이 생기는지 책에서 읽은 적이 있었다.

'분명히 뱀 독 때문일 거야. 독이 머리까지 퍼져서 환각을 겪는 거야. 그래서 지금 내 눈에 헛것이 보이는 거야.'

마크는 심호흡을 한 뒤 일어났다. 모래투성이 사막 풍경은 온데간데없었다. 사막이 울창한 정글로 바뀌어 있었다. 그가 전날 밤에 야영을 했던 협곡은 그 어디에도 보이지 않았다. 바위와 푸른 광선도 모두 사라지고 없었다. 모든 게 다 달라 보였다.

그때 나무 너머에서 콧김을 뿜어내는 소리가 들렸다. 버펄로처럼 생긴 커다랗고 털 많은 짐승이 좁은 빈터로 돌진해 왔다. 엄니가 길고, 눈이 작고 반짝이며, 코가 돼지 코처럼 생긴 짐승이 털이 덥수룩한 머리를 앞뒤로 움직이며 코를 킁킁거리다가 큰 소리로 울어 대는 것이었다.

'이럴 수는 없어.'

마크가 가장 가까이 있는 나무로 천천히 발걸음을 옮겼다. 그가 움직이자 그 짐승이 대번에 알아챘다. 커다란 발로 땅을 차고 육중한 머리를 숙여 공격 자세를 취했다.

마크는 생각하고 말고 할 겨를도 없이, 짐승이 뾰족한 엄니를 앞세워 돌진하는 순간, 껑충 뛰어서 손에 닿는 나뭇가지를 잡고 나무 위로 올라갔다. 짐승이 멈춰 선 채 다시 코를 킁킁거렸다. 놓친 먹잇감이 어디로 갔는지 찾지 못하자 콧김을 뿜어내며 붉은 숲 속으로 천천히 걸어 들어갔다.

마크는 그대로 나뭇가지 위에 머물렀다. 어찌나 무서운지 몸이 아직도 벌벌 떨리고 머릿속이 혼란스러웠다.

"그래. 헛것이 나를 공격할 리 없잖아? 이곳은 실제 존재하는 세계야."

마크가 작은 소리로 속삭였다.

"그렇다면 여긴 어디지? 내가 어떻게 여기까지 오게 된 거지?"

마크는 지난밤 일과 에너지가 흐르던 그 광선을 떠올렸다.

'바로 그거야. 푸른 광선이 뭐든 간에 그게 열쇠야. 내가 그 광선에 떨어지면서 이동한 거라고…… 그런데 어디로? 지금 내가 있는 곳이 지구인지 아닌지도 모르겠어.'

배가 고프다는 생각에 아침 식사 시간이 지났다는 걸 알았다. 마크는 배고픈 건 대수롭지 않게 여기고 추리를 계속했다.

'그래, 나는 지금 다른 세상에 와 있는 거야. 어쩌면 지구가 아닌 다른 행성일 수도 있어. 불그스름하고 고무 같은 나뭇잎도 그렇고, 정말 이상하게 생긴 짐승들이 있는 곳이잖아. 그런데 나는 그대로 나야. 옷도 똑같아. 배고픈 것도 그렇고. 이제 뭘 어떻게 해야 하는 거지?'

마크는 버펄로처럼 생긴 짐승이 가고 없는지 주위를 훑어본 뒤 나무에서 살살 미끄러져 내려왔다.

'내가 해야 할 일은…….'

30초가 다 지나도록 아무것도 떠오르지 않았다. 아무 생각도. 마크는 어깨를 으쓱했다.

'내가 해야 할 일은…… 주위를 둘러보는 거야. 여기서 먼저 처리할 문제가 뭔지 살펴보는 게 좋겠어.'

걷기도 힘들었다. 덤불이 우거지고 뒤엉켜 있어 질긴 바지를 입었는데도 다리에 상처가 났다. 간혹 나타나는 빈터가 아니라면 1미터 앞도 보이지 않을 정도였다.

비가 내렸다. 비가 떨어지는 소리로 봐서는 꽤 큰비인 것 같은데, 빗물이 차양 역할을 하는 숲을 뚫지는 못했다. 빗방울만 두세 점 마크 주위에 떨어져 내렸다.

마크는 혀를 내밀어 빗방울을 받아 마셨다. 집에서 맞는 비하고는 맛이 아주 달랐다. 이곳의 비는 쓴 맛이 났다. 또 비에서 감기에 걸렸을 때 엄마가 주는 약 냄새도 났다.

마크는 머리를 가로저으면서 바지 주머니에서 나침반을 꺼냈다. 바늘이 마구 돌다가 오른쪽을 가리켰다. 그는 나침반을 도로 주머니에 찔러 넣었다.

"말을 하자면, 저쪽이 북쪽이야."

큰 소리로 말을 하니 기분이 좀 나아졌다.

"그럼 이쪽으로 계속가면……."

마크가 두 걸음 걸었을 때 끈적끈적하고 붉은 진흙이 무릎까지 차올랐다. 진흙에서 빠져나오려고 했지만, 몸을 움직이면 움직일수록 점점 더 진흙 속으로 빠져 들어갔다.

흘러내리는 모래.

'안 돼…… 당황하지 마. 이 흘러내리는 모래 늪은, 아는 거야. 기억을 떠올려 봐. 하이커 잡지에서 읽은 적이 있잖아.'

붉은 진흙은 곧 마크의 넓적다리까지 차오르고 그러고도 계속해서 그를 아래로 끌어당겼다.

'그래. 팔다리를 펴는 거야. 맞아. 버둥거리지 말라고 했어. 기억났어. 팔다리를 펴고 헤엄쳐 나오는 거야. 얼굴로 진흙을 밀어제치면서 말이야.'

마크는 심호흡을 한 뒤, 배를 깔고 엎드렸다. 진흙이 즉시 옷에 달라붙고 얼굴에도 눌어붙어 그를 아래로 잡아당겼다. 이제 온몸이 끈적끈적한 점액으로 뒤덮여 버렸다.

마크는 젖 먹던 힘까지 다 내어 진흙을 헤치고 나가려 했다. 하지만 간신히 몇 센티미터를 빠져나갔다가도 다시 진흙에 빠지는 바람에 헛수고가 되고 말았다.

숨을 쉴 수 없었다. 마크는 팔을 크게 뻗어 손가락으로 머리 위쪽을 더듬었다.

왼손에 늪 가장자리 근처에 있는 단단한 물체가 잡혔다. 나무뿌리였다. 나무뿌리를 잡아당겨 머리가 늪 위로 빠져나오자 숨을 깊이 들이마셨다. 그리고 마침내 상체가 단단한 땅에 올라올 때까지 다른 손으로 덤불을 잡아당겼다.

마크는 콧구멍을 막은 진흙을 닦아 내고 숨을 깊고 거칠게 쉰 다음 다리를 힘껏 끌어당겼다. 너무 지쳐서 일어날 힘도 없었다. 몸을 옆으로 굴려 덤불 속으로 들어가 눈을 감았다.

위쪽으로 보이는 불그스름한 나뭇잎에서 바스락거리는 소리가 났다. 뭔가 미끌미끌하고 따뜻한 게 이마 위로 떨어졌다. 마크가 눈을 떴다. 나무에 새들이 있었다. 나무에서 눈을 떼지 않은 채 마크는 풀을 한 줌 뜯어 진흙투성이 얼굴에서 새 똥을 닦아 냈다. 새하고 나뭇잎하고 색깔이 다 똑같아서 어디 있는지 찾아내기가 쉽지 않았다. 하지만 자꾸 쳐다보면 볼수록 새의 모습이 또렷하게 나타났다. 새의 깃털이 나뭇잎과 마찬가지로 넓고, 갈색의 긴 부리가 나뭇가지와 뒤섞여 있었다.

'그래도 이 형편없는 곳에 버펄로처럼 생긴 것 말고도 생명체가 있는 거네.'

마크가 발을 조금씩 움직였다. 끈적끈적한 붉은 진흙이 피부와 옷에 찐득찐득한 자국을 남긴 채 덩어리져서 떨어졌다.

온몸의 힘이 빠지고, 입으로만 숨을 쉬었더니 목이 말랐다.

'물. 이게 꿈이든…… 뭐든…… 이곳에서 살아남으려면 물부터 찾아야 돼.'

마크는 모래 늪을 조심스럽게 피해 갔다. 벽처럼 서 있는 숲을 지나 키가 크고 불그스름한 풀이 물결치는 넓은 풀밭으로 걸어갔다. 그곳에서 말 그대로 정말 조각조각 나 있는 하늘을 볼 수 있었다. 그런데 하늘이 어제처럼 맑고 푸른 게 아니라 흐릿한 노란색을 띠고 있었다.

길고 곱슬곱슬한 털이 덮인 토끼처럼 생긴 짐승이 캥거루처럼 뒷다리로 깡충깡충 뛰어 빈터를 지나가는 게 보였다. 털이 곱슬 곱슬한 녀석은 마크를 발견하자마자 펄쩍펄쩍 뛰어 달아났다.

마크는 녀석이 사라지는 걸 지켜보았다.

'이상한 나라의 엘리스가 된 기분이야. 그럼 내가 지금 당장 할 일은 매드 해터(Mad Hatter, '이상한 나라의 엘리스'에 나오는 인물로 모자를 만드는 사람인데, 모자 공장에서 나오는 중금속인 수은에 중독된 사람으로 미친 사람이나 정상이라고 보기 어려운 사람을 일컫기도 함: 옮긴이)를 찾는 거네.'

갑자기 내린 비로 풀밭 여기저기에 얕은 물웅덩이가 생겼다. 마크는 무릎을 구부리고 그 쓴 맛이 나는 물을 손으로 떠 마셨다. 마실 물이라고는 웅덩이 물밖에 없었다. 장담하진 못하겠지만 물을 마셔도 별 이상이 없을 것 같았다.

'이 물을 마신다고, 설마, 죽지는 않겠지.'

마크는 옆구리가 결리고 마신 물을 도로 토할 것 같을 때까지 웅덩이 물을 마셨다. 그러고는 높이 자란 풀밭에 벌러덩 누웠다. 그곳에서는 잠시 쉬어도 될 것 같았다. 낮잠이라도 한숨 자거나, 아니면…….

등이 화끈거렸다. 너무 심해서 벌떡 일어나 등을 마구 때리기 시작했다. 팔다리까지 화끈거려서 살펴보니, 전갈처럼 더듬이와 긴 집게발을 가진 대롱 모양의 곤충들이 그를 사정없이 공격하고 있었다. 놈들이 닥치는 대로 살점을 물어뜯었는데 마크를 산 채로 뜯어먹을 기세였다.

마크는 셔츠를 찢어 내고 탈탈 흔들어 벌레들을 털어 내려고 했다. 하지만 놈들은 여간해선 떨어지려 하지 않았다. 집게발로 살을 붙들고 늘어졌다. 마크는 손이 닿는 곳에 붙은 벌레들을 되는대로 마구 후려쳤다. 놈들은 살점을 붙든 채로 어쩔 수 없이 떨어져 나갔다.

마크의 등, 목, 가슴, 팔에 눌어붙은 붉은 진흙 틈새에 생긴 커다란 연분홍색 손자국이 점점 더 심하게 부풀어 올랐다.

마크는 벌레들을 마저 떼어 내려고 나무로 달려가서 등을 대고 박박 문질렀다. 그러고 나서 등산화, 바지, 셔츠뿐만 아니라 나머지 옷도 모두 벗어 버렸다. 바지 주머니에서 주머니칼과 성냥과 나침반을 꺼내 놓은 뒤, 바지를 잡고 탁탁 쳐서 벌레를 죄 털어 냈다. 바지에 벌레가 없다는 확신이 들자 조심스럽게 바짓가랑이에 발을 꿰었다.

그때 귀에 익은, 낮고 굵게 으르렁거리는 소리가 들려왔다. 마크는 순식간에 몸이 뻣뻣해져서 바지를 떨어뜨린 채, 뒤도 돌아보지 않고 나무 뒤로 전속력으로 달려갔다.

버펄로처럼 생긴 짐승이 마크 바로 앞에 있는 나무를 들이받았다. 새들이 나뭇가지에서 날아오르면서 날카롭게 째지는 소리를 질러 댔다. 그런 소동에도 아랑곳없이 놈은 뒤로 몇 발자국 물러났다가 다시 나무를 세차게 들이받았다. 긴 엄니가 나무 틈에 박힐 때까지 놈은 사나운 공격을 멈추지 않았다.

버펄로 같은 놈이 움직이지 못하는 틈을 타서 마크는 빈터 건너편의 나무가 무성한 숲으로 도망쳤다. 놈이 나무에 박힌 긴 엄니를 빼냈을 때, 마크는 다른 나무 아래쪽 가지에 안전하게 앉아 있었다.

놈이 코를 킁킁거리며 냄새를 맡았다. 다시 먹잇감을 놓친 것에 화가 나서 나무 주위를 마구 짓밟고 다니다가 마크의 셔츠를 발견하고는 갈기갈기 찢어 버렸다. 그러고는 마크의 등산화 한 짝을 찢기 시작했다.

"안 돼!"

마크가 소리를 질렀다.

"등산화가 있어야 한단 말이야."

버펄로 같은 놈이 멈췄다. 그러고는 그 등산화를 문 채 콧물을 질질 흘리며 빈터 한가운데로 총총히 걸어가는 것이었다.

'저 멍청한 놈은 3미터 앞도 못 보네.'

마크는 조심스럽게 나무에서 내려와서 다른 나무 뒤로 천천히 걸어갔다. 놈이 모르게 나무 뒤로 몸을 가리면서 빈터를 간신히 돌아서 갔다.

마침내 버펄로 같은 놈이 마크를 사냥하는 걸 포기하고 숲 속으로 내달렸다.

마크는 그제야 옷이 있는 곳으로 뛰어갔다. 셔츠는 넝마가 되어 버렸고, 등산화 한 짝은 없어지고, 바지는 짐승이 깔아뭉개는 바람에 축축한 흙 속에 5센티미터나 묻혀 있었다.

3

마크는 나무에 기댄 채 쭈그리고 앉았다. 속옷과 양말 차림으로 짐승이 남긴 잔해를 꽉 움켜잡고 있었다. 찢어지고 더럽혀진 바지, 허리띠, 등산화 한 짝, 부서진 나침반, 시계, 세게 부딪혀 찌그러진 성냥갑, 칼, 넝마로 변한 셔츠.

벌레 물린 데가 가렵기 시작했다. 배도 고프고 비참한 마음도 들었다. 마크는 눈을 꼭 감았다. 이 불쾌한 곳과 이상한 것들이 모두 사라져 버리기를 바라면서.

눈을 떴다. 달라진 건 아무것도 없었다. 자신이 있는 곳이 어디인지 몰라도, 이건 엄연한 현실이었다. 지금 마크는 이상하기 짝이 없는 곳에 혼자 있는 것이고, 살아남으려면 먹을거리를 구하고 몸을 지키고 보호할 방법을 찾아야 했다.

마크는 불그스름한 풀을 뜯어 코에 갖다 댔다. 색깔은 다르지만 잔디 냄새가 났다. 주저하며 풀을 조금 씹었다. 잔디 맛이 났다. 입에 든 풀을 모두 뱉어 냈다.

시계에 묻은 진흙을 긁어냈다. 시계는 멈춰 있었다. 마크의 배

꼽시계가 이곳의 시간이 지구와 비슷하다면 점심시간이 막 지난 때고, 벌써 두 끼나 건너뛰었다는 걸 알려 주었다.

지금쯤이면 그의 엄마 아빠는 집에서 점심을 먹고 있을 시간이었다. 부모님 생각을 하자 더 외로워졌다. 엄마 아빠는 이틀하고도 반나절이 더 지날 때까진 아들이 실종되었다는 사실조차 알아차리지 못할 것이다. 알게 된다고 해도 뭐가 달라질까? 엄마가 예비군을 절반 넘게 출동시킨다고 해도 결코 자기를 찾아낼 수 없을 텐데……. 아무래도 이곳을 찾아낼 수 없을 것 같았다. 암만해도 그 이상한 에너지 관을 통해서만 접근할 수 있는 이 원시적인 곳에 올 방법은 찾지 못할 것 같았다.

"봐, 잘난 척하더니……."

마크가 한숨지으며 말했다.

"혼자 지내보고 싶었다며?"

마크는 무릎에 턱을 괴고 있다가, 주변 정글에서 나는 소리에 귀를 기울였다. 나무들이 삐걱삐걱하고, 커다랗고 넓적한 나뭇잎이 미풍에 살랑거렸다. 때로 새 울음소리 같은 날카로운 소리도 들렸다.

마크는 다시 한숨을 지으며 일어나 더럽고 축축한 바지를 조심스럽게 입었다. 그나마 온전한 양말마저 못 쓰게 될까 봐 양말은 잘 벗어서 셔츠와 함께 한 짝 남은 등산화에 끼워 넣었다. 그리고 칼과 성냥과 나침반을 주머니에 넣고 걷기 시작했다.

그가 지금까지 본 것보다 더 나은 걸 찾을 때까지 계속 걸을 생각이었다.

그런 건 나타나지 않았다.

정글은 가면 갈수록 더 어두워지고, 뒤얽히고, 무성해졌다. 도처에 있는 나무에 덩굴이 뱀처럼 늘어져 있었다. 머리가 비정상적으로 큰 괴상한 도마뱀들이 나뭇잎 사이로 나타났다가 재빨리 모습을 감추기도 했다. 새로운 소리도 들렸다. 이젠 거의 검은빛을 띤 나무 꼭대기에서 짐승들이 캑캑거리며 울었다. 돌멩이끼리 맞부딪칠 때 나는 째깍째깍하는 소리도 들렸다.

마크는 눈을 가늘게 뜨고 머리 위의 나뭇가지를 살폈다. 두 번인가 움직이는 물체를 보았다고 생각했지만, 그 정체를 확실하게 알아볼 수는 없었다.

풀밭으로 돌아가야 하지 않을까 하는 생각이 들었다. 상황을 돌아보니, 적어도 풀밭엔 물이라도 있었는데 이곳엔 아무것도 없었다.

어둠을 뚫고 귀청이 찢어지는 소리가 들려왔다. 째깍거리는 소리가 뚝 끊겼다.

등골이 오싹했다. 마크는 침을 꿀꺽 삼키고 기다렸다. 이번엔 어떤 소리가 들릴까? 그 캑캑거리며 우는 소리가 다시 들리자 비로소 그가 움직이기 시작했다.

마크는 평소에 아주 잘 걷는 편이었다. 그의 자랑거리 가운데 하나일 정도로, 쉬지 않고 몇 시간이고 내처 걸을 수 있었다. 그런데 이번엔 많이 달랐다. 맨발로 걷다 보니 거친 덤불에 발이며 다리가 마구 긁히고 찢기는 데다가, 무엇보다 배가 고파 견디기 힘들었다.

마크는 결국 돌아가기로 마음먹었다. 풀밭에선 주위를 두루 살필 수 있어 더 안전하고, 또 그곳에 먹을거리가 있는데 못 보고 지나쳤을 수도 있었다. 돌아가 볼 만했다.

마크가 발길을 돌리려는데, 캑캑 우는 소리가 점점 더 가깝게 들리더니 급기야 귀가 먹먹할 지경이 되었다. 뒤쪽 바닥에 뭔가 떨어지는 기척에 마크가 재빨리 뒤돌아보다 옆머리를 세게 얻어 맞았다. 주먹만 한 조약돌을 맞고 마크가 무릎을 꿇자, 사방에서 더 많은 조약돌이 날아왔다.

마크는 양팔로 머리를 감싸고 몸을 웅크렸다.

잠시 후, 처음과 마찬가지로 캑캑 우는 소리가 갑자기 멈췄다. 조약돌도 더 이상 날아오지 않았다.

마크는 욱신욱신 쑤시는 한쪽 팔을 내려뜨렸다. 멍이 들고 쑤시기는 하지만 부러진 것 같지는 않았다. 그의 머리 위쪽으로 재빨리 움직이는 물체가 보였다. 나뭇가지에 힘들이지 않고 자연스럽게 매달려 있는 건, 하얀 털로 뒤덮인 작은 짐승이었다. 언뜻 원숭이라고 생각할 뻔했는데, 다시 보니 기다란 팔과 꼬리가 달려서 그렇지, 생김새는 작은 장난감 곰에 더 가까웠다.

한 녀석이 다른 녀석들 뒤에 떨어져 있는 것도 보였다. 녀석들은 날카로운 발톱으로 나뭇가지에 매달린 채 나무 몸통의 절반 가까이 내려와서 마크를 주시하고 있었다.

"저리 꺼져."

마크가 조약돌을 집으려고 손을 내밀며 소리쳤다.

원숭이처럼 생긴 녀석들이 마크를 나무라기라도 하듯 큰 소리로 혀 차는 소리를 냈다. 녀석들은 나무 위로 올라가긴 했지만 좀체 움직이려 들지 않았다.

마크가 조약돌을 던지려고 팔을 뒤로 젖혔다가 멈췄다. 손에 쥔 물체가 조약돌처럼 무거우면서 표면이 매끄럽고 둥그스름한데, 바깥층이 따로 있었다. 물체를 흔들어 보았다. 안에서 출렁거리는 소리가 났다. 껍질을 벗겨 보려고 했지만 너무 단단했다.

'방법이 있을 거야.'

마크는 조약돌처럼 생긴 것들을 한 아름 안고 어둠 속에서 빠져나왔다. 풀밭 가장자리에 도착해 그것을 내려놓고 한 개를 집어 들어 살펴보았다. 나무껍질 색깔을 띠고 있는 모양이 작은 코코넛처럼 생긴 나무 열매 같았다.

그 열매를 다시 흔들어 보았다.

'안에 뭔가 있어.'

마크가 팔을 뻗어 주머니칼을 꺼냈다.

"제발, 먹을 수 있는 것이었으면……."

마크는 그렇게 속삭였다.

그때 얼마 떨어지지 않은 뒤쪽에서 나지막하게 째깍하는 소리가 들려왔다. 마크가 어깨 너머로 뒤를 돌아봤다. 원숭이와 곰을 섞어 놓은 것 같은 녀석이 뒤따라와 있었다.

"쉬이. 저리 가."

마크가 녀석한테 조약돌처럼 생긴 열매를 던졌다. 그러자 녀석이 번개처럼 그 긴 팔을 쭉 내뻗어 조약돌 열매를 잡았다.

"야, 제법인데."

마크는 방금 전에 하던 일로 되돌아갔다. 껍질을 벗기려 했지만 단단한 겉껍질만 몇 조각 벗겨졌을 뿐이었다.

뭔가가 그의 어깨를 쳐서 보니 조약돌 열매였다. 원숭이-곰 녀석이 던진 것이었다.

"그만둬! 내가 지금 쫄쫄 굶고 있는 거 안 보여?"

그러면서 마크가 조약돌 열매 끝에 칼을 찔러 넣었다. 칼끝만 가까스로 들어갔는데 칼이 망가질까 봐 더 세게 밀어 넣지도 못했다.

"무슨 방법이 있을 거야."

그렇게 중얼거리면서 마크가 나무 가까이 가서 조약돌 열매를 나무 몸통에 대고 사정없이 내리쳤다. 아무 일도 일어나지 않았다. 마크는 화가 치밀어 그걸 그대로 바닥에 내동댕이쳤다.

원숭이-곰 녀석이 어기적어기적 걸어오더니 그 조약돌 열매를 집어 들고 제 날카로운 발톱을 그 한가운데에 푹 찔러 넣었다. 그러자 열매가 손쉽게 벌어지면서 짙은 갈색 액체가 흘러나왔다. 녀석은 양쪽에 든 액체를 게걸스럽게 소리 내어 마신 뒤 손톱으로 과육이 많은 거무스름한 부분을 파내 그대로 입안으로 밀어 넣었다.

마크가 조약돌 열매를 쌓아 놓은 곳으로 달려갔다. 하나를 집어 들고 그 한가운데서 무른 곳을 찾아 칼을 찔러 넣었다. 그러고는 열매를 조금씩 두 쪽으로 쪼갰다. 쪼개진 반쪽을 입에 갖다 대고 숨 쉴 틈도 없이 갈색 주스를 꿀꺽꿀꺽 들이켰다.

주스는 맛있었다. 우유와 비슷한데 더 달았다. 남은 반쪽 주스도 마저 마시고 나서 칼로 과즙을 파냈다. 과즙은 맛이 별로였다. 콩나물 맛이 났다. 마크는 과즙을 뱉어 내려다가 억지로 삼켰다. 당분간 유일한 요깃거리가 될지도 몰라서였다.

열매를 열한 개나 먹고 나니 좀 살 것 같았다. 끼니를 해결하고 나자 기분도 한결 좋아졌다. 이제 배를 채우는 것 말고 다른 일에도 집중할 수 있게 되었다.

풀밭이 점점 어스레해졌다. 언뜻 보기에 밤이 찾아온 것 같았다. 밤을 지낼 만한 곳을 찾아야 할지도 모른다는 생각이 들었다. 버펄로 같은 짐승이나 다른 짐승이 울부짖는 소리에 자다가 깰 수도 있다는 생각을 하니 걱정이 앞섰다. 사방이 탁 트인 곳에서는 전혀 잘 생각이 없었다. 정글의 어두컴컴한 곳도 별로 마음에 들지 않았다. 결국 절충을 해서 풀밭 가장자리 바로 너머에서 잠잘 곳을 찾기로 했다.

그늘 바로 안쪽에 그럴듯한 곳을 찾아냈는데, 풀이 무성한 덤불에 가려 잘 보이지 않는 곳이었다. 마크는 원숭이-곰 녀석이 나무로 어기적어기적 걸어가는 걸 지켜보았다. 녀석이 어깨와 엉덩이를 씰룩씰룩 움직여 작은 식탁만 한 크기의 넓고 편평한 나뭇가지로 올라가는 것도 보았다. 그런데 녀석이 올라가다말고 멈춘 채 마크를 기다리고 있는 듯한 표정을 지어 보이는 것이었다.

마크가 뒷목을 문질렀다.

"뭘 어쩌라고! 나무에서 밤샐 생각은 해 본 적도 없는데."

원숭이-곰 녀석이 쯧쯧 혀 차는 소리를 내며 나무에서 오르락내리락하고 있었다.

"그래, 알았어. 한번 해 볼게. 나무에서 떨어져 목이 부러지지 않고 올라가는 편이 더 어려울지도 몰라."

아래쪽 나뭇가지로 올라가는 건 쉬웠다. 버펄로 같은 짐승이 뒤쫓아 올 때도 나무에 올라간 적이 있었으니까. 그런데 한 중간쯤 올라가자 나뭇가지 사이의 간격이 넓어져 점점 힘이 달렸다. 마크는 두세 번 더 시도하다가 포기했다. 원숭이-곰 녀석은 맨 꼭대기에 있는 나뭇가지로 잽싸게 올라가 그를 기다리고 있었다.

마크가 고개를 저었다.

"됐어. 나한텐 여기도 충분해. 너나 올라가."

마크는 소지품이 든 등산화를 나무 몸통과 나뭇가지 사이에 잘 끼워 넣은 다음 큰 나뭇가지에 배를 대고 기지개를 켰다.

마크는 이내 꾸벅꾸벅 졸면서 생각했다.

'운이 좋으면 내일 아침에 눈을 떴을 때 이 모든 게 꿈이라는 게 밝혀질 거야. 끔찍한 악몽이라는 게.'

밤은 따뜻하고 길었다. 마크는 꼬박꼬박 졸다가도 정글에서 들리는 이상한 소리에 두세 시간에 한 번씩은 깼다. 그리고 두 번이나 나뭇가지에서 떨어졌다. 그런 끝에 다리를 나뭇가지에 엇갈려 걸어 놓으면 잘 떨어지지 않는다는 걸 깨달았다.

마크는 푸른 광선이 등장하는 꿈을 꾸었다. 비몽사몽간에도 과학 시간에 읽은 적이 있는 에너지에 관한 내용을 떠올려 보았다. 일부 과학자들이 물질과 반물질이 실제로 만났을 때 벌어지는 현상에 대해 주장한 이론 가운데 몇 가지가 떠올랐는데, 대량의 에너지가 발생해 생명체에 영향을 미칠 수 있다는 내용이었다.

마크는 그런 이론들 자체엔 관심이 없었다. 다만 그 현상이 자신의 생명에 영향을 미쳤을지도 모른다는 생각에, 나아가 이곳에서 벗어나고 싶다는 생각에 그런 이론까지 떠올리게 된 것이었다. 얼마 후, 날이 밝으면서 풀밭이 흐릿한 노란빛으로 물들기 시작할 때 마크가 갑자기 잠에서 깨어났다.

관 모양의 푸른 빛줄기. 무엇보다 그 푸른 광선을 다시 찾아야 했다. 그게 집이 있는 지구로 돌아갈 수 있는 유일한 방법이었다. 마크는 등산화를 쥐었다가 땅에 떨어뜨렸다.

허기지다 못해 배가 아프기 시작했다. 먹어야 했다. 뭐든 먹어야 했는데, 마크 자신도 알다시피 먹을거리를 구할 만한 곳은 울창한 정글밖에 없었다. 푸른 광선을 찾는 일은 잠시 미뤄야 했다.

마크는 등산화 끈을 허리띠 고리에 묶은 뒤 걷기 시작했다. 원숭이-곰 녀석이 덩굴을 타고 내려와 마크 옆에 살며시 섰다.

"윌리, 그 조약돌 모양의 열매를 어디에 쌓아 놓고 있니?"

문득 떠오른 이름이었는데, 불러 놓고 보니 녀석이 윌리처럼 생긴 것 같았다.

"내 말 알아듣겠니? 네 동료들이 어제 나를 죽이려고 집어 던진 것 말이야. 그렇게 귀한 걸 아무 데나 놔두지는 않았을 거 아니야?"

윌리 녀석은 머리를 젖히고 쯧쯧 혀 차는 소리만 냈다. 마크의 얼굴이 찡그러졌다.

"우리가 의사소통이 그리 잘 되는 것 같지는 않네."

마크가 어둑한 정글로 걸어갔다. 정글로 들어가면서 보이는 것에 더 많은 주의를 기울였다. 도마뱀들도 아직 돌아다니고 있고, 덤불에 뒤섞인 커다란 꽃식물들도 보였다. 울창한 정글에 있는 나무들이 풀밭 근처에 있는 키 작은 나무들하고 다르다는 것도 알아차렸다. 키가 너무 커서 꼭대기가 보이지 않는 나무들도 있었다. 그런 나무들은 낮은 가지도 없이 몸통이 매끄러웠고 나무마다 대개 수십 개의 덩굴이 매달려 있었다.

울창한 정글 안으로 몇 미터쯤 들어가자 쯧쯧 소리가 들리기 시작했지만, 마크는 이번엔 걱정하지 않았다. 원숭이와 곰을 합쳐 놓은 것 같은 녀석들이 조약돌 열매로 공격할 경우를 대비해 마음의 준비를 하고 있었다. 녀석들이 열매를 던져 마크가 뒤쫓아 오지 못하게 할 거라고 예상했는데, 녀석들은 열매를 던지지 않았다. 마크는 바로 자기 옆에 서서 쉬지 않고 쯧쯧 거리는 윌리 때문에 녀석들이 공격을 하지 않는 거라고 생각했다. 너무 어두워서 앞이 잘 보이지 않을 정도였지만, 마크는 위쪽에 있는 나무 우듬지를 유심히 살펴보았다.

'저 위 어딘가에 있을 거야. 나도 나무를 타고 올라가야 할 것 같은데.'

마크가 덩굴 한 개를 확 잡아당겨 자기 몸무게를 지탱하는지 확인했다. 덩굴은 충분히 튼튼했다. 깡충 뛰어서 덩굴을 잡고 올라가려고 했지만 팔 힘이 약해 미끄러지고 말았다.

'체육 시간에 밧줄 타기 할 때 좀 더 열심히 해 둘걸.'

마크가 다른 덩굴로 옮겨 갔다. 나무줄기에 더 가까이 매달려 있는 덩굴이었다. 그는 맨발을 매끄러운 나무껍질에 대고, 덩굴을 지렛대 삼아 비스듬한 자세로 천천히 나무로 올라가기 시작했다.

중간쯤 올라갔을 때 아래를 흘긋 보다 자칫 균형을 잃을 뻔했다. 땅바닥까지 족히 9미터는 되어 보였다. 아뜩하게 현기증이 밀려오면서 손바닥에 땀이 나기 시작했다. 마크는 눈을 감고 현기증이 가라앉을 때까지 기다렸다가 다시 나무를 타기 시작했다.

첫 번째 나뭇가지에서 다시 멈췄다. 덩굴에 매달린 채 나뭇가지에 한참 앉았으면서도 아래를 보지 않으려 했다.

윌리가 마크를 지나 나무 위로 올라갔다. 녀석이 맨 꼭대기 가지에서 그를 내려다보며 쭛쭛 거리는 소리를 냈다. 마크는 고개를 들어 녀석이 그네를 타듯 나뭇가지를 왔다 갔다 하는 걸 지켜보다가, 녀석 위쪽으로 기다란 나뭇가지 끝의 넓은 잎에 반쯤 가린 채 열매들이 달려 있는 걸 발견했다.

마크는 덩굴을 허리에 묶은 뒤 다음 가지를 향해 올라갔다. 폭이 좁고 긴 나뭇가지 끝에 다다르자 열매를 쉽게 딸 수 있었다. 마크는 팔이 닿는 곳의 열매를 죄다 따서 땅바닥에 떨어뜨렸다.

갑자기 우지끈하는 소리가 들렸다. 마크는 자신이 나무에서 떨어지고 있다는 걸 알아채고 얼른 나뭇가지를 잡으려고 했다. 하지만 헛손질만 하고 몸이 뒤집히면서 그대로 떨어져 내렸다. 그러다가 거짓말처럼 갑자기 멈췄다.

허리에 묶은 덩굴이 그의 몸을 지탱해 준 것이었다. 마크가 팔을 뻗어 가장 가까운 나뭇가지를 꽉 붙들었다.

윌리가 쪼르르 내려와 무슨 일이 생겼는지 구경했다.

마크가 심호흡을 하며 말했다.

"이만하면 아침 한 끼 먹을 쇼핑으론 충분하겠지."

5

"**어딘가에** 있을 거야."

마크는 망연자실했다. 자신이 처음 깨어난 자리인 키가 크고 불그스름한 풀밭에 있는 빈터를 가까스로 찾아냈지만, 푸른 광선은 그 어디에도 보이지 않았다.

마크의 배 속에서 우르르하는 소리가 났다. 이제는 시도 때도 없이 배가 고팠다. 나무 열매도 괜찮은 먹거리지만, 대부분이 액체여서 시장기만 겨우 가셔 주었다. 뭔가 씹을 수 있는 게 있으면 원이 없을 것 같았다. 피자. 피자라면 말이 필요 없다. 가장자리는 도톰한 빵으로 되어 있고 세 가지 맛 치즈가 녹아 있는 피자라면 그냥 한입에…….

"멍청한 놈."

그 말을 입 밖으로 크게 내자 마음이 좀 풀렸다. 마크는 다시한 번 천천히 그 말을 냈다.

"멍청한 놈. 공상이 밥을 먹여 주는 게 아니잖아. 생각을 해야지. 생각을. 생존 책에서 읽은 내용을 생각해 내야 돼. 거기서 배운 지식을 활용해야 한다고.”

　마크는 생각에 집중했다. 문제는, 그런 책들은 다 지구에서의 생존법을 알려 주고 있다는 것이었다. 마크는 자신이 지구가 아니라, 지구와 비슷하게 생긴 낯선 행성에 와 있다고 확신했다. 하지만 여기서 소용되는 것도 있었다. 지침서마다 자신이 처한 환경을 잘 살펴보라고 했다. 먹을거리는 대개 그리 먼 곳에 있지 않았다. 특히 곤충이나 벌레 같은 건 어디서나 쉽게 구할 수 있었다. 개똥벌레는 먹을 만했지만 그걸 잘못 먹다가는 혀가 갈라질 수도 있었다. 좋아. 또 뭐가 있지? 째지는 소리로 호들갑을 떠는 새들은 어떨까? 아니야, 그건 너무 어려워. 나중이라면 가능할지도 몰랐다. 좀 더 시간을 갖고 생각하고, 계획을 세우고, 무기를 손에 넣게 된다면 말이다. 그럼 멍텅구리 도마뱀은? 도마뱀은 느려서 쉽게 잡을 수 있을 거야. 도마뱀을 잡은 다음에는 어떻게 하지? 도마뱀 요리법을 알아내야만 했다. 그런데 도마뱀에 독이 있으면 어떻게 하지? 다른 것에도 독이 있다면? 안 되겠는걸. 당분간은 즉석 식품에만 집착할 것 같았다. 자신이 생각하고 있는 먹을거리는 다른 동물을 죽여서 얻는 게 아니었다. 이곳의 생태는 지구의 생태와 비슷해 보였다. 그렇다면 먹을거리도 비슷할지 몰라. 여기 사는 동물이 먹을 수 있는 거라면 나도 먹을 수 있을 거야. 아마도.

　지금까지 읽은 것 중에 쓸 만한 내용이 또 뭐가 있을까? 평상시 체온이 떨어지지 않도록 하는 방법도 있었다. 마크는 맨팔을 문

34

질렸다. 날씨만 바뀌지 않는다면 크게 걱정할 필요는 없을 것 같았다. 거처. 거처가 꼭 필요한 건 아니었지만, 그렇다고 빌어먹을 나뭇가지 위에서 마냥 자고 싶지는 않았다.

마크는 넓은 풀밭을 향해 걸음을 옮기면서 나무 열매의 껍질을 깠다. 머리가 맑아지면서 생각이 분명해졌다. 광선을 찾을 때까지는 울창한 정글을 끼고 살아야 할 것이라는 생각이. 그곳엔 나무 열매가 있을 뿐만 아니라, 버펄로처럼 생긴 짐승이 오지 않을 것 같았기 때문이다. 물론 윌리도 한몫했다. 어쨌든 친구가 있다는 건 근사한 일이니까.

그러는 동안에도 마크는 포기하지 않고 매일매일 이동 반경을 넓혀 나갈 것이다. 푸른빛을 띤 그 신비한 광선을 꼭 찾으리라는 기대를 안고.

6

개똥벌레를 잡는 건 쉬웠다. 놈들을 잡느라 집중하고 있는 동안 피부에 한 놈도 붙지 못하게 하는 게 요령이라면 요령이었다.

마크는 개똥벌레들이 모인 곳으로 살금살금 다가가서 무리에서 뒤떨어진 놈들을 잡아 올렸다. 칼로 집게발이 달린 개똥벌레의 머리를 떼 낸 뒤 몸통을 찔러 안전하게 양말 안에 보관했다.

마크는 점심으로 열매 네 개와 길고 퍼석퍼석한 개똥벌레를 열두 마리 넘게 먹었다. 첫 번째 벌레는 삼키기가 곤욕스러웠다. 곤충을 먹는다는 사실을 두고 마음과 몸이 싸우다가 끝내는 허기가 승리를 거두었다. 마크는 눈을 꼭 감고 하이킹을 위해 준비한 트레일 믹스(trail mix, 미국에서 하이킹이나 힘든 운동을 할 때 영양식으로 먹는 가정식 스낵: 옮긴이)를 우적거리는 거라고 생각했다.

"휴식은 끝났어."

마크는 벌레를 넣어 둔 양말 끝을 잘 묶어서 양이 줄어든 나무 열매 더미에 던져 놓았다.

"월리, 다시 일하러 가자고."

월리는 두껍고 검은 손바닥으로 땅을 내려친 뒤 마크를 따라 정글의 어두컴컴한 부분 바로 안쪽에 있는 나무로 갔다.

마크가 특별히 그 나무를 고른 건 나뭇가지가 튼튼하면서 완벽하게 V자로 갈라져 있었기 때문이다. 마크는 아침 내내 죽은 나뭇가지를 그 나무로 끌고 와서 V자 가지 사이에 걸쳐 놓아 바닥을 만들었다.

나뭇가지를 최대한 촘촘하게 이은 뒤, 풀밭 가장자리 덤불에서 긴 나뭇가지를 잘라 냈다. 그 길고 부드러운 잔가지로, 육군 생존 교본에서 본 적이 있는 유형을 본떠서 성긴 돗자리를 만들어 나뭇가지 사이에 생긴 바닥에 올려놓았다.

"거의 끝나 가. 이제 고무 같은 넓적한 나뭇잎만 몇 장 있으면 짠! 하고 멋진 침실이 마련되는 거야. 앞으론 한밤중에 땅바닥에 떨어져 부딪히는 일도 없을 거야. 월리, 자 가자. 나뭇잎하고 내일 먹을 열매만 몇 개 가져오면 돼. 그럼 풀밭을 따라 한 바퀴 돌아 볼 시간이 충분할 거야."

마크는 자기 눈이 어둑한 정글에 점점 더 빨리 적응되고 있다는 걸 알아차렸다. 원숭이-곰 녀석들이 자기를 쳐다보기 전에 먼저 녀석들을 찾아낼 정도였다. 녀석들이 펄쩍펄쩍 뛰어 나무 꼭대기로 올라가고 있었다.

"나도 저렇게 빨리 나무 꼭대기까지 올라갈 수 있었으면."

마크가 투덜거리면서 억센 덩굴을 골랐다. 그리고는 비스듬히 나무를 타고 걸어 올라가는 긴 과정을 시작했다.

윌리가 마크를 훌쩍 지나쳐 다른 덩굴을 잡은 다음 몸을 흔들어 높은 나무의 나뭇가지로 휙휙 잘도 올라갔다.

마크가 손에 쥔 덩굴을 살펴보았다. "더 쉬운 방법이 있지 않을까." 그가 땅으로 내려왔다. "사다리가 있으면 편하겠지." 그가 어깨를 으쓱했다. "헬리콥터가 있으면 더 편할 거고."

마크가 덩굴 아래쪽에 고리를 만든 뒤 매달려 보았다. 덩굴은 그의 몸을 잘 지탱했다. 그는 옆에 있는 다른 덩굴로 좀 더 높은 위치에다가 고리를 만든 다음 발을 끼워 넣었다. 그런 식으로 왔다 갔다 하면서 고리를 묶어 임시 사다리를 만든 뒤 낮은 가지 위로 올라갔다.

"좋아. 다음엔 어떻게 할 건데? 이 나무에 언제까지고 열매가 열리는 건 아니잖아. 그렇다고 기껏 만든 고리 사다리를 옆 나무로 가져갈 수도 없는 노릇이고."

마크가 머리를 긁적였다. 윌리가 덩굴을 잡고 앞뒤로 몸을 흔들어 휙휙 돌아다니는 걸 지켜보았다. 보기엔 너무 쉬웠다.

마크도 한번 시험해 보고 싶었다. 위쪽에 있는 덩굴 한 개를 홱 잡아당기고는 망설일 겨를도 없이 그대로 덩굴에 매달렸다.

생각보다 나쁘지 않았다. 마크는 몸을 두어 번 이상 앞뒤로 흔들어 나뭇가지에 사뿐히 내려앉았다. 세 번째 덩굴에 매달려 몸을 흔들고 바로 옆 나무의 중간쯤까지 와서 다른 덩굴을 잡으려고 팔을 내뻗었는데, 그만 덩굴을 놓치고 말았다.

7

온몸이 욱신거렸다. 마크는 옆으로 몸을 돌리다가 비명을 지를 뻔했다. 몸속까지 갈가리 찢어진 것 같았다.

커다란 꽃식물 덕에 추락의 충격이 덜했지만, 몸을 조금만 움직여도 타는 듯한 고통이 엄습했다.

마크는 숨도 쉬지 않고, 눈도 깜박이지 않으려 했다.

또 비가 내렸다. 빗방울이 나뭇잎에 떨어져 내리는 소리가 자신을 나지막하게 위로하는 소리로 들렸다.

'아무리 쓴 웅덩이 물이라도 지금은 더없이 달콤할 거야. 일어나. 물 마시러 가자고.'

마크는 억지로 몸을 일으켰다. 고통 때문에 거의 기절할 지경이었다. 꼭 필요할 때만 짧고 거친 숨을 뱉으며, 절뚝거리는 걸음으로 한 번에 두 세 걸음을 옮겨 풀밭으로 향했다.

나뭇가지로 잠자리를 만들어 놓은 나무 근처에 간신히 도착하자 커다란 물웅덩이 앞에서 욱신거리는 몸을 가까스로 구부려 물을 마셨다. 마크는 자신의 의식이 희미해지는 걸 느꼈다.

겨우겨우 몸을 일으킨 뒤 마크가 고개를 돌려 나무를 쳐다보았다. 불가능했다. 잠자리까지 올라가다간 몸속 상처가 더 심해질 것 같았다. 할 수 없이 그늘진 곳의 키 큰 나무 쪽으로 비틀거리며 걸어가 그대로 주저앉은 뒤 어둠에 몸을 내맡겼다.

쯧쯧 혀 차는 소리가 들렸다. 소리가 어찌나 크고 높은지 마크의 귓전에 대고 차는 소리 같았다.

'그만 좀 해.'

마크는 그로기 상태가 되어 월리의 동그스름한 털투성이 얼굴을 멍하니 바라보았다. 원숭이와 곰을 합쳐 놓은 것 같은 녀석이 끽끽 울면서 그의 머리를 가볍게 두드렸다.

"아스피린 없지?"

일어나 앉으려는데, 고통 때문에 절로 신음이 터졌다. 아무래도 갈비뼈가 잘못된 것 같았다. 적어도 갈빗대가 한 개 이상은 부러진 것 같았다. 갈빗대가 부러지면 숨을 쉴 때마다 화끈거린다는 이야기를 어디선가 들은 기억이 났다. 어떻게 하든 부러진 갈빗대부터 테이프로 감아야 했다.

마크는 등산화 안에서 넝마가 된 셔츠를 꺼내 길고 가느다란 조각으로 찢은 뒤 하나로 묶었다. 그렇게 만든 임시 붕대로 갈비뼈를 친친 감았다. 갈빗대는 여전히 욱신거렸지만 고통은 좀 참을 수 있을 정도가 되었다.

배가 고팠다. 그렇잖아도 늘 허기가 졌는데, 배 속에서 나는 우르르하는 소리로 봐선 한두 끼를 내리 거르고 잠에 **빠졌던** 것 같았다.

잠자리가 있는 나무 옆에 열매 더미가 있었다. 마크가 발을 조금씩 움직여 그곳으로 천천히 갔다. 개똥벌레가 양말 속에 그대로 있었다. 남은 개똥벌레를 먹은 뒤 바닥에 등을 대고 누웠다.

내일은 새로운 음식을 찾아야만 했다. 당분간은 나무 열매를 딸 수 없을 테고, 푸른 광선을 찾아다니는 것도 불가능했다. 쉬면서 갈비뼈가 나을 때까지 참는 수밖에 없었다.

고통을 잊어 보려고 여기 생활을 좀 나아지게 할 방법이 없나 억지로 생각했다. 나중에 형편이 되면 나무집을 오르내리는 데 쓸 사다리를 만들기로 마음먹었고, 울창한 정글을 돌아다니다 짐승을 만날 경우를 대비해 무기를 마련할 궁리도 했다.

그리고 먹을거리. 늘 이 문제로 돌아왔다. 먹어야 했으니까.

불그스름한 풀줄기를 씹으면서, 엄마 아빠가 자기가 사라진 걸 알고 어떻게 할지 궁금해 했다. 부모한테 그는 목숨과 같은 존재였다. 엄마는 학부모회 회원으로 학교 행사에 한 번도 빠진 적이 없었고 모든 행사마다 자발적으로 참여했다. 아빠 또한 외아들인 그를 무척 자랑스러워했다. 그가 아기였을 때 벌써 대학 학자금을 조성해 두었고, 당신 친구들한테는 그가 장차 의사가 될 거라고 말하곤 했다.

'지금 당장 의사를 만날 수 있으면 좋을 텐데.'

마크는 눈을 감고 집으로 돌아가는 꿈을 꾸었다.

8

하루 이틀이 지나고 몇 주가 되었다. 시간이 얼마나 흘렀는지 알 수 없었다. 마크는 애써 집 생각을 많이 하지 않으려고 했다. 엄마 아빠도, 세상일에 대해서도. 그 대신 자기 주변의 이상하고 새로운 세상에 집중하려고 했다.

다친 갈비뼈는 회복이 더뎠다. 몇 주일 동안 먹은 거라곤 갖가지 곤충이 거의 다였다. 꽃식물에 사는 담백한 맛이 나는 유충, 집에서 보던 메뚜기처럼 뛰어다니는데 크기만 좀 더 크고 붉은 빛이 나는 곤충을 가까스로 찾아냈다. 이따금 운이 좋으면 울창한 정글에서 원숭이-곰 녀석들이 떨어뜨린 나무 열매를 주울 때도 있었다.

마크는 다시 주위를 한 바퀴 돌아보았다. 아직 붕대를 감고 있어서 무리를 하지 않으려고 조심했지만, 정찰은 중요한 일이었다. 집에 돌아가려면 푸른 광선을 꼭 찾아야만 하니까.

한 바퀴 돌다가 울창한 정글에서 그리 멀지 않은 곳에서 흘러내리는 모래 늪을 발견했다. 날카로운 비명을 질러 대는 새가 아니었더라면 마크는 그 모래 늪에 빠져 허우적거리다가 더 깊숙이 빠지고 말았을 것이다.

언젠가 성긴 정글을 한 바퀴 돌다가 지하 샘물에서 흘러나온 깨끗한 물웅덩이를 발견했다. 그 물웅덩이를 찾아가는 게 마크한텐 큰 기쁨이었고, 자연스럽게 그의 일과가 되었다. 처음 물웅덩이에 비친 자기 모습을 봤을 때 마크는 깜짝 놀랐었다. 물에 비친 모습이 뼈만 앙상하게 남은 해골처럼 보였다. 게다가 머리털도 텁수룩하고 마구 헝클어진 더러운 몰골이었다.

거기서 마크가 똑바로 서서 정글의 탁 트인 공간을 바라보면 물웅덩이 너머 저 멀리에 산꼭대기들이 보였다. 마크는 몸이 다 나으면 그곳에 가 보겠다고 마음먹었다.

그새 나무집도 많이 달라졌다. 먹을거리를 사냥하고 정글을 수색하는 틈틈이 덩굴이 달린 기다란 나뭇가지 두 개에 발을 딛는 가로대를 묶어 나무 사다리를 만들었다. 또 이 층도 만들었는데, 그곳은 먹을거리를 놓아두는 작은 선반으로 썼다.

마크는 무기를 만드는 일에도 많은 노력을 기울였다. 지금까지 만든 최고의 무기는 창이었다. 창은 길고 곧은 막대기인데 끝이 뾰족했다. 지금은 튼튼한 막대기와 등산화 끈을 이용해 활을 만드는 중이었다. 활을 만드는 덴 큰 진전이 보이지 않았다. 화살로 쓸 만한 곧은 나무가 눈에 잘 띄지 않았다.

먹을거리를 사냥해야 하고, 바지가 다 해졌을 때를 대비해 옷으로 쓸 가죽도 장만해야 했다. 하지만 몸을 지키는 데 쓸 무기는 필요 없을 것 같았다. 지금까지 그 주변의 짐승들은 마크한테 큰 위협을 주지 않았다. 버펄로처럼 생긴 놈들이 어슬렁거리며 돌아다니기는 했지만, 놈들의 시력이 좋지 않아 마크는 쉽게 몸을 숨길 수 있었다. 물론 놈들을 잡으면 고기를 많이 얻을 수 있겠지만, 개중 한 놈한테 달려들어 창을 꽂는다는 건 자살행위나 다름없었다. 다른 짐승들은 마크를 괴롭히지 않았다. 월리가 때때로 찾아오는 것만 빼면 원숭이—곰 녀석들은 마크한테 관심을 갖지 않았다. 녀석들한테 마크는 그저 정글에 사는 또 다른 짐승에 불과할 뿐이었다.

마크는 멍텅구리 도마뱀도 죽인 적이 있었다. 그것도 두 번이나. 가지고 있는 성냥으로 불을 붙인 뒤 잡은 도마뱀을 나뭇가지에 끼워 불에 구웠다. 고기가 좀 질기긴 했지만 불그스름한 숲에 온 뒤 처음으로 배불리 먹은 식사였다.

삶은 간단했다. 먹을거리를 구하고, 주변을 살피고, 새로운 걸 만들다가 잠드는 것이었다.

삶은 어려울 게 없었다. 적막한 밤에 때때로 짐승이 나지막하게 울부짖는 소리가 들려올 때만 빼면.

한번은 물웅덩이에서 개 발자국하고 비슷한 흔적을 발견한 적도 있었다. 개 발자국보다 크기만 좀 더 컸을 뿐이었다.

9

마크는 이제 외출할 때마다 창을 챙겼다. 창끝이 10센티미터 정도밖에 안 되지만 창을 들고 있으면 마음이 한결 든든했다. 순찰을 도는 반경이 점점 넓어지면서 나무집이 아닌 곳에서 밤을 보내야 할 때는 더더욱.

그날, 마크는 집에서 꽤 멀리까지 갔다. 아침 일찍 양말, 등산화, 먹거리를 챙겨 들고 물웅덩이에 들르는 대로 길을 나섰다.

몇 킬로미터에 걸쳐 계속되는 불그스름한 숲과 끝없이 이어지는 나무들이 다른 사람 눈엔 다 똑같아 보이겠지만, 어느덧 마크는 그 차이를 알아보는 데 전문가가 되어 가고 있었다. 풀이 그리 불그스름하지도 않고 키가 덜 크면서 좀 말라 있는 풀밭을, 마크는 예상보다 훨씬 일찍 발견했다. 그곳의 나무들은 키가 그렇게 크지 않았고, 나뭇잎은 이상야릇한 오렌지색 빛깔을 띠고 있었다.

새로운 소리에 귀 기울이면서, 마크는 계속 걸어갔다. 그의 귀 또한 정글의 모든 소리에 익숙해진 상태였다. 풀밭에 잔물결을 일으키는 산들바람 같은 작은 소리도 알아차릴 정도였다.

그런데 지금 그의 기분이 뭔지 모르게 찜찜했다. 아무런 소리도 들리지 않다니, 마크가 지금까지 경험한 것과 사뭇 달랐다. 이곳 정글은 지나치게 조용했다. 그 흔한 새 소리 하나 없었다.

마크 앞에는 최근에 부러진 잔가지가 굵은 나뭇가지에 걸쳐져 있었다. 발길을 멈추고 땅을 살펴보았다. 발자국은 없었지만 무언가가 지나가는 바람에 풀이 짓눌린 게 보였다.

마크는 창을 들어 올린 채 나무 사이를 조심조심 걸어갔다. 놈의 정체가 뭔지는 모르지만, 가까운 곳에 있는 게 분명했다.

끔찍한 비명 소리가 침묵을 깼다. 마크의 간담이 서늘해졌다.

놈은 아주 가까이 있었다. 그의 바로 앞쪽 어딘가에.

마크는 가장 가까운 나무로 내달린 뒤 숨죽여 기다렸다.

그쪽으로 다가오는 건 아무것도 없었다. 그래도 계속 기다렸다. 섣불리 모험을 해선 안 된다는 걸 잘 알고 있었다.

마침내 새들이 찾아오고 숲 속의 소리가 정상으로 돌아왔다. 마크는 땅에 엎드린 채 덤불 사이를 빠져나갔다. 200미터 정도 앞에서 풀이 낮게 자란 또 다른 빈터를 발견했다. 마크는 다시 나무 뒤에 숨어서 귀를 기울였다. 아무래도 뭔가 잘못되었다는 느낌을 떨쳐버릴 수가 없었다.

빈터엔 아무것도 없었다. 마지막으로 지나온 빈터처럼 말라 있고 옅은 붉은색을 띠고 있었는데, 맞은편에 거무스름한 얼룩이 보인다는 것만 달랐다.

마크가 덤불에 몸을 숨긴 채 언저리를 따라서 갔다. 그 거무스름한 얼룩이 뭔지 관심이 갔다. 손을 뻗어 그걸 만져 보았다.

피.

마크가 나무 사이로 머리를 휙 숙였다. 뭔지 몰라도 피를 이렇게 많이 흘린 동물이라면 몸집이 엄청나게 크다는 얘기였다. 더 의아스러운 건, 그 동물을 죽인 게 뭐든 간에 아주 작은 시체 조각조차 하나 남기지 않고 통째로 끌고 갔다는 사실이었다.

달아나야 했다. 무조건 도망치고 볼 일이었다. 시간 낭비를 할 여유가 없었다.

마크가 그길로 발길을 돌려 빈터를 돌아 도망치려는 순간, 나무에서 뭔가를 발견했다.

마크가 신중한 걸음으로 가만가만히 나무로 다가가 몸통에서 그것을 잡아 뺐다.

화살이었다.

10

잠이 오지 않았다. 동이 트도록, 마크는 나무집 침상에 앉아 화살을 들고 이리저리 돌리며 살펴보았다. 화살엔 그가 본 적도 없는 검붉고 화려한 깃털이 달려 있었다. 검은색으로 지그재그 모양이 그려져 있고, 화살촉은 예리하게 깎은 돌을 물에 쪼그라든 가죽으로 능숙하게 잡아매 놓았다.

화살을 발견하면서 모든 게 바뀌었다. 그건 이곳에 마크만 있는 게 아니라는 뜻이었다. 이곳에 마크 말고도 생각하고 사냥하고 무기를 만들 줄 아는 또 다른 존재가 있다는 표시였다.

마크는 자신이 선택할 수 있는 걸 생각해 보았다. 화살 임자를 피해 더 깊은 정글 속으로 들어가는 게 안전할지도 몰랐다. 그런 곳이라면 화살 임자도 마크를 발견하지 못할 테니까.

'그럼 푸른 광선은 어떻게 되는 거지?'

푸른 광선을 찾는 걸 그만둘 수는 없었다. 그건 집과 연결된 유일한 고리였다

하이킹을 떠나기 전날 아빠가 뒤뜰에서 요리해 준 바비큐 냄새

가 떠올랐다. 아빠가 쓰고 있던 요리사 모자가 자꾸 귀 뒤로 흘러내린 익살스러운 모습과 함께. 엄마가 마크를 흘긋 보면서 걱정스럽다는 말을 하기도 했었다. 엄마는 즐거운 척했지만 마음은 영 그렇지 않았다는 걸 마크는 다 알고 있었다.

그 모든 것이 백 년 전 일만 같았다. 누더기를 걸치고 몹시 더러운 데다가 발바닥에 두껍고 단단한 못이 박힌 아들을 보면, 부모님 마음이 어떨까? 엄마는 몹시 큰 충격을 받겠지. 숲을 배회하고 있는 자신의 몰골이 사람이라기보다는 동물에 가까우니까. 실제로 동물처럼 생각하고 행동하고 있으니까.

윌리가 우듬지에서 내려와 마크 옆에 앉았다. 윌리의 부드럽고 하얀 털을 쓰다듬어 주었다.

"어떡하면 좋을까, 꼬마야? 내 생각엔 화살 임자가 사람이라면 짐승보단 덜 위험할 것 같은데."

마크가 화살을 쥔 채 제 손으로 만든 활을 들고 나무에서 내려왔다. 화살 임자에 대해서는 더 이상 생각하지 않기로 했다. 어쨌든 새로운 무기를 손에 넣었으니 일단은 그걸 잘 조사해서 자신이 생각하고 있는 것에 근접한 화살을 만들 작정이었다.

처음 화살을 쏘았을 때는 활시위가 너무 헐거워 6미터쯤 날아가다 떨어져 흙에 처박혔다. 그래서 활시위로 쓰고 있는 신발 끈을 좀 더 팽팽하게 잡아당긴 뒤 두 번째로 화살을 쏘았다. 화살이 호를 그리며 풀밭을 가로질러 나아갔다.

마크가 화살을 쫓아갔다.

'대단해.'

그날 아침 마크는 물웅덩이로 가는 길에 화살촉으로 쓸 만한 작은 돌을 보이는 대로 주웠다. 정찰하는 것도 여느 때보다 일찍 마치고 돌아와서 그길로 깃털을 찾아다녔다.

다시 화살을 쏘았다. 이번엔 겨냥한 나무 한가운데에 명중했다.

화살을 주운 뒤 나무집으로 돌아와 정찰할 때 필요한 먹을거리를 조금 쌌다. 나무 열매와 곤충뿐만 아니라 길게 찢어 말린 도마뱀 육포도 챙겼다. 육포는 고기 조각을 얇게 잘라 나뭇가지에 걸어 말리면 이동할 때 가지고 다녀도 상하지 않는다는 사실을 알아내 만든 것이었다.

마크가 의기양양하게 팔을 뻗어 창을 잡았다. 오늘은 무기를 두 가지나 챙긴 셈이었다.

그런데 당장 새 화살을 넣어 가지고 다닐 화살집이 필요했다. 나무 열매와 도마뱀 육포를 등산화에 넣었기 때문에 양말 한 짝이 남았다. 마크는 양말목 두 곳을 찢어 구멍을 낸 뒤 붕대로 썼던 긴 천 조각을 묶어 끈을 만들었다. 그런 다음 우아하게 화살을 양말에 꽂고, 활과 화살집을 어깨에 멨다.

마크는 평소대로 물웅덩이로 먼저 갔다. 가는 길에 돌멩이를 찾았지만 별로 눈에 띄는 게 없었다. 기껏 찾은 돌멩이는 너무 매끄럽거나 둥그스름해서 화살촉으로 쓸 수 없는 것이었다.

마크는 다시 화살을 살펴보았다. 화살촉으로 쓴 번들거리는 돌멩이는 이곳에 있는 돌멩이와 많이 달랐다. 그건 화살 임자가 이 근처에 살지 않는다는 뜻이었다. 화살 임자는 이 행성의 다른 곳에서 사냥을 나왔다가 이곳 정글까지 온 게 틀림없었다.

마크가 산을 유심히 보았다. 화살 임자가 저곳에서 왔을지도 모르는 일이었다. 문득, 결심이 섰다. 사람이든, 외계인이든, 다른 무엇이든 간에 화살 임자를 찾고 싶었다. 누구라도 있는 게 마크 혼자 있는 것보다는 나을 듯싶었다.

그날, 마크는 원을 그리며 돌지 않고 일직선으로 수색하기로 마음먹었다.

그날 아침까지만 해도 마크는 화살 임자가 어떤 사람일지 몰라 걱정을 했었다. 그런데 지금은 호기심이 일었다. 화살을 만든 사람들에 대해 그냥 좀 알고 싶은 정도가 아니라, 꼭 알고 싶어서 못 견딜 정도가 되었다.

11

그날 정찰에서 마크는 낯설고 새로운 영역에 발을 들여놓았다. 숲은 여전히 울창했지만 불그스름하기보다는 노란빛을 띠었고, 나무는 키가 작고 마디졌다. 마크가 온종일 본 짐승이라곤 사슴처럼 생긴 놈밖에 없었다. 몸통이 말처럼 크고 짧은 소용돌이무늬 뿔이 달렸는데, 작고 얼룩덜룩한 새끼 두 마리가 그 뒤를 따랐다. 사슴 같은 놈은 마크를 보자마자 바짝 뒤를 따르는 새끼들과 함께 훌쩍 달아나 버렸다.

화살 사람의 흔적은 어디에도 보이지 않았다. 낙심 끝에 마크는 화살 사람이 산에 살고 있을 거라고 생각한 게 잘못이라고 결론 내리고 다음 날은 다른 쪽으로 가 보기로 했다.

마크는 키가 작고 잎이 없는 나무 아래 앉아 준비해 간 나무 열매를 반으로 쪼갰다. 그곳의 숲은 너무 건조하고, 메마르고, 보기 흉해서 자기가 살고 있는 곳이 이곳과 다르다는 게 다행스럽고 고마울 정도였다. 마크가 소리 내어 웃었다. 자기 나무집이 자랑스러웠다. 그곳 나무에는 가지가 있다는 사실이 자랑스러웠다.

마크가 갈색 즙을 마시면서 곰곰이 생각해 보았다. 어쩌면 푸른 광선을 영영 발견할 수 없을지도 모르는 일이었다. 지금까지는 이 모든 게 그저 임시적이라고 생각해서 장기적인 계획을 세우지 않았는데, 만일 임시가 아니라면? 남은 생애를 이 원시적인 세상에서 살아야만 한다면?

시끄러운 고함 소리에 생각이 끊겼다.

마크가 벌떡 일어났다. 고함 소리? 화살 사람일지도 몰랐다. 마크가 무기를 움켜잡고 기다렸다.

아무것도 나타나지 않았다.

왜 진작 주의를 기울이지 않았을까? 목소리가 얼마나 멀리서 들렸는지, 어느 쪽으로 가야 목소리의 주인공을 찾을 수 있을지 감이 잡히지 않았다.

고함 소리가 괴로워서 내지르는 비명 소리로 바뀌었다. 누군가가 부상을 당해서 내는 소리였다. 마크가 힘껏 달리기 시작했다. 덤불을 뚫고 비명이 나는 곳으로 바람처럼 내달렸다.

소리를 놓쳤다고 생각하는 순간, 간담이 서늘해지는 비명이 또다시 들려왔다. 마크는 덤불을 뛰어넘고 머리를 숙여 나뭇가지 아래로 빠져나가며 숲 속을 질주했다.

그곳에 도착하고 나서야 무슨 상황인지 겨우 알아차렸다.

마크는 덤불에 몸을 낮게 웅크린 채, 개 또는 이리처럼 생긴 짐승을 쳐다보았다. 놈은 뒷다리로 서서 낮은 나뭇가지에 머리를 들이밀고 있었다. 등짝을 마크 쪽으로 둔 상태로 나무에 있는 뭔가를 잡으려고 앞발로 마구 더듬고 있었다.

엄청난 놈이었다. 개처럼 생겼든 이리처럼 생겼든 간에, 한마디로 엄청난 놈이라는 건 의심의 여지가 없었다. 얼마나 무지막지하게 큰지, 놈의 뒷다리 하나가 마크보다도 더 컸다. 등에 무성한 잿빛 털은 언뜻 보기에도 거칠고 뻣뻣해 보였다. 놈의 주둥아리에서는 거품투성이 침이 끈적끈적한 점액을 남기며 질질 흘러내리고 있었다.

마크는 나무에 있는 게 원숭이 같은 종류일 거라고 생각했다. 나뭇잎에 몸이 가려 잘 보이지 않았지만 어쨌든 그것이 미친 듯이 나무 위로 올라가나 했는데, 어느새 팔 한쪽이 축 늘어져 있고 한쪽 다리에서는 피가 철철 흘렀다. 그 엄청난 놈이 발톱으로 그것을 잡아채서 죽이려 하고 있었다.

생각할 겨를도 없이 마크가 화살 한 대를 뽑아 활시위에 메겼다. 나무 뒤에서 나오고, 겨냥을 하고, 활시위를 당겼다가 놓고 하는 일련의 행동이 단번에 이루어졌다.

활쏘기는 기대 이상이었다. 화살이 그 무지막지한 짐승의 등짝 한가운데에 가 박혔다. 그런데 그것으론 턱없이 부족했다. 놈이 방향을 바꿔 마크를 향해 달려들고 있었다.

마크는 흠칫거리며 뒷걸음질하다가, 팔을 뻗어 창을 잡았다. 그길로 도망가고 싶었지만 두 다리가 땅에 박힌 것처럼 꼼짝도 하지 않았다.

그 엄청난 놈이 단 세 발자국 만에 마크를 따라잡더니 그대로 뛰어올랐다. 놈의 무지막지한 무게 때문에 마크가 뒤로 쾅 하고 넘어졌다.

'한순간이구나.'

마크는 그렇게 생각했다.

'정말 한순간에 내 목숨이 날아가는구나. 모든 게 끝났어.'

그런 일은 일어나지 않았다. 마크가 무지막지한 짐승을 밀어 냈다.

그 엄청난 놈이 죽어 있었다.

놈이 돌진해 오자 마크가 본능적으로 창을 들어 올렸는데, 그 뾰족한 창이 그대로 놈의 심장을 뚫고 지나는 바람에 즉사해 버린 것이었다.

피가 마크의 얼굴에도 흘러내렸다. 마크가 엉금엉금 기어 나와서, 몸을 벌벌 떨며, 눈을 있는 대로 크게 뜨고 놈을 내려다보았다. 놈의 커다란 아가리가 쩍 벌어져 있는 통에 마크를 갈가리 찢어 놓을 수도 있었던 무시무시한 이빨까지 죄다 드러났다. 놈의 발톱 하나가 곰 발톱보다 길고 그의 손가락보다도 길었다.

다시 한 번 침이 꿀꺽 넘어갔다.

'아슬아슬했어. 정말 아슬아슬했어. 창이 놈의 심장을 관통하지 않았다면, 놈이 0.5초만 빨랐어도, 난 죽고 말았을 거야.'

문득 놈이 노리던 먹잇감이 떠올라 마크가 빈터 너머로 눈을 돌려 작은 나무를 살펴보았다.

나무엔 아무것도 없었다.

12

마크는 핏자국이 보이지 않을 때까지 계속 쫓아갔다.
끈기 있게 그 흔적을 찾아다닌 끝에 발자국을 몇 개 발견했는데,
발가락이 붙어 있다는 점만 **빼면** 작은 사람 발자국하고 비슷했
다. 움직이고 있어 잘 알아보진 못했지만, 나무에서 얼핏얼핏 드
러난 모습을 보면, 자그마한 몸집에 팔다리가 각각 두 개였다.
나뭇잎에 가려 얼굴은 거의 보이지 않았지만, 길고 거무스름한
머리카락을 본 기억은 났다.

풀이 너무 무성해 길이 끊기고 흔적 또한 사라져 버렸다. 그 엄
청난 짐승한테 공격당한 사냥감이 자취를 감춘 것이었다.

"고맙다는 인사도 없이 사라지다니……."

마크가 투덜거리며 빈터로 돌아왔다. 그 엄청난 짐승은 그가
떠날 때의 모습 그대로 있었다.

힘이 들기는 했지만 짐승의 몸통에서 가까스로 창을 비틀어 **빼**
냈다. 화살은 문제를 일으켰다. 짐승 등뼈 옆에 박혀 있는 화살을
확 잡아당기는 바람에 화살촉이 짐승 몸속에서 부러지고 말았다.

마크가 죽은 짐승을 다시금 살펴보았다. 자기가 이런 짐승의 공격에서 살아남았다는 게 도무지 믿어지지 않았다. 놈은 한번 마음만 먹으면 무엇이든 단번에 죽이고도 남을 몸집이었다. 한 마디로 살인 기구였다.

그런 짐승을 죽이다니.

마크는 의기양양했다. 뭐라고 표현하기는 힘들었지만 이상한 힘이 느껴졌다. 마크가 턱을 치켜들었다.

'나는 오늘 한 목숨을 구하고, 죽임을 당하지도 않았어. 이제 쓸 만한 화살을 더 많이 만들 거야. 무기를 가지고 있으면 숲 속에 있는 짐승들이 모두 나를 두려워하겠지.'

마크가 벌떡 일어나 허공에 대고 주먹을 휘둘렀다. 지금 기분 같아서는 노래라도 불러야 할 것 같았다. 노랫소리로 자신이 해 낸 일을 자랑하고, 사방에 막 떠들어대고 싶었다.

"내가 저 무시무시한 짐승을 죽였다네."

마크가 노래를 부르면서 발을 높이 세게 굴렀다.

"내-가-최-고-야. 내-가-저-엄청나게-무시무시한-짐승을-죽였다네."

마크가 주머니칼을 꺼내 짐승의 네 발에서 기다란 발톱을 잘라 냈다. 그리고 나서 숨이 찰 때까지 춤을 추었다. 피투성이 사체를 빙빙 돌며 "우아우아!" 소리를 질러 대기도 했다.

짐승 가죽을 벗겨 내 모카신(moccasins, 신창과 갑피를 한 장의 가죽으로 하여 뒤축이 없게 만든 구두로 사슴 따위의 부드러운 가죽으로 만

듬: 옮긴이)과 화살집과 옷을 만들 생각에 무릎을 꿇은 상태로 꼬박 한 시간 넘게 작업을 했다. 짐승의 등과 옆구리에서 가로 120센티미터 세로 90센티미터의 직사각형 크기로 가죽을 잘라 내고, 다리와 머리, 발의 가죽은 그냥 놔두었다.

가죽을 벗겨 내자 고기가 나왔다. 처음으로 그 짐승의 고기를 먹을 생각이 났다. 짐승은 이리처럼 생겼지만 개하고도 비슷했다. 개를 먹는다는 생각이 들어서 식욕이 당기지 않았지만, 이미 온갖 곤충이며 벌레에 도마뱀까지 잡아먹은 마크였다. 고기는 육질이 단단하고 거무스름했다. 마크는 나무집으로 가져가 나중에 말릴 생각으로 고기를 작은 조각으로 잘라 냈다.

모든 일을 마치자 허기가 밀려왔다. 마크는 준비해 간 나무 열매를 쪼개 즙을 마시면서 말린 도마뱀 조각을 씹어 먹었다.

지금 있는 곳이 그에게 결코 최적의 장소가 될 수는 없겠지만, 집으로 돌아가는 방법을 찾을 수 없는 게 사실이라면, 어떻게든 그곳에서 끝까지 살아남아야 했다. 지금보다 훨씬 더 뛰어난 사냥꾼이자 추적자가 되어야 하고, 그러기 위해선 무기를 만드는 데도 최선을 다해야 했다.

조만간 화살 사람들을 찾아 나서겠지만, 그들을 찾아내지 못한다고 해도 괜찮을 것 같았다.

마크는 이제 무시무시한 짐승을 죽인 엄연한 사냥꾼이었다.

13

나무 열매가 연달아 마크의 등으로 떨어졌다.

"윌리, 그만해. 지금은 캐치볼을 할 때가 아니야. 일하고 있는 것 안 보여?"

부러진 화살대의 갈라진 틈에 깃털을 끼워 넣은 방법을 살펴보면서 똑같이 따라하는 중이었다. 깨끗한 물웅덩이 근처에서 버드나무와 등나무의 교배종인 곧은 나무를 찾아내 화살대로 썼다.

화살촉으로 쓸 돌멩이를 아직 못 찾아서 화살대 끝을 바늘처럼 뾰족하게 갈았다.

그사이 나흘 동안이나 정찰을 나가지 않았다. 새 깃털을 모으고 화살로 쓸 만한 나무를 찾기에도 너무 바빴다. 화살을 만들지 않을 때는 활 쏘는 연습을 했다.

저녁이 되자 남은 고기를 먹고 나서 마크는 그 엄청난 짐승의 발톱을 덩굴에 꿰어 만든 목걸이를 정성껏 다듬었다. 그간 그는 그 목걸이를 목에서 한 번도 벗지 않았다. 고기는 힘줄이 많아

질겼지만, 맛은 그리 나쁘지 않았다. 고기를 막대기에 꽂아 구워서 배가 불룩해질 때까지 먹었다. 아무리 먹어도 배가 고팠다. 배가 부른데도 먹을거리 생각에 사로잡혀 버펄로처럼 생긴 짐승을 사냥하는 생각을 했다.

윌리가 어기적어기적 걸어와 마크의 무릎에 올라앉았다. 마크가 만들고 있던 화살을 내려놓았다.

"좋아. 지금으로선 화살이 충분하니까. 내가 요즘 너한테 좀 소홀한 것 같지. 자, 가자. 우리 같이 물웅덩이까지 가는 거야."

마크가 자기 어깨를 가볍게 쳤다. 윌리한테 등에 올라타라는 신호였다. 윌리가 털투성이 팔로 그의 목에 매달렸다.

윌리는 울창한 정글을 떠날 때마다 늘 겁을 냈다. 녀석이 정글 밖으로 나가는 건 마크와 같이할 때뿐이었다.

둘은 시원한 물을 마시려고 나란히 물웅덩이 앞에 섰다. 마크가 물에 비친 자기 모습을 자세히 바라보았다. 예전과는 완전히 다른 모습이었다. 머리털이 어깨까지 내려오고 무기를 지니고 목걸이를 해서 고대의 전사처럼 보였다.

미사일 시험 발사장을 통과하는 하이킹을 보내 달라고 조르던 아이는 땅딸막했고 외모도 별로 뛰어나지 않았는데……. 물웅덩이에 비친 자신을 내려다보고 있는 모습은 깡마르긴 했지만 무척 강인해 보였다. 근육질의 팔뚝은 굵고 단단했다. 이제는 덩굴을 잡고 제일 높은 나무 꼭대기까지 올라갈 수도 있었고, 한 팔로 나뭇가지를 잡은 채 열매를 딸 수도 있었다. 제법 감각이 발달한 훌륭한 사냥꾼이 되어가고 있었는데, 바로 어젯밤의 저녁밥이 그 증거였다. 처음으로 나무 높은 곳에서 날카롭게 째지는 비명을 질러 대는 새를 화살로 잡아서 구워 먹은 터였다.

마크가 맞은편에서 물장난을 치고 있는 윌리를 보고 말했다.

"어이 꼬마야, 나하고 단거리 정찰 여행 한번 다녀오지 않을래? 멀리 가진 않을게. 저녁때까지는 돌아올 거야. 약속할게."

마크가 자기 어깨를 툭툭 치자 윌리가 물웅덩이 가를 천천히 돌아 그의 등으로 가볍게 뛰어올랐다.

마크는 그간 한 번도 가 본 적이 없는 방향으로 5킬로미터 넘게 걸어갔다. 나무가 드문드문해지더니 얼마 가지 않아 흐릿하고 노란 하늘이 똑똑히 보였다. 그사이 그의 눈이 정글 그늘에 익숙해져 있었기 때문에 시력을 보호하려고 실눈을 했다.

그곳엔 풀이 군데군데 나 있어서 마크는 여기와서 처음으로 거대한 땅을 볼 수 있었다. 땅은 지구의 흙하고 많이 비슷해 보였다. 문득 모든 행성이 다 아주 많이 비슷할 거라는 생각이 들었다. 칼 세이건이라는 천문학자가 뭐라고 했더라? 그래, 우리 모두는 탄소, 산소, 돌, 가스와 같은 천체 물질로 이루어졌다고 했어. 그러니까 어떤 행성에서든 흙은 흙인 거지.

마크가 생각에 잠겨 흙을 손가락 사이로 흘려보냈다.

내일은 좀 더 멀리까지 나가 봐야겠어. 활하고 창을 들고 나가 숲 너머에 뭐가 있는지 살펴볼 거야. 친구 삼아 윌리를 데려가는 게 좋겠지. 이 행성이 어떻게 돌아가는지 잘 봐 둘 필요가 있어.

14

"**자,**어서. 너하고 같이 가고 싶다고 했잖아. 뭐가 문젠데?"

마크가 팔짱을 끼고 나무집에 있는 윌리를 노려보았다. 윌리가 나무 꼭대기로 올라가서 아무리 달래도 말을 듣지 않았다.

"정말 아기 같네. 알았어. 좋아."

마크가 무기와 먹을거리를 챙겼다.

"내가 같이 가자고 하지 않았다는 말은 절대 하지 마. 며칠 동안 날 볼 수 없을 거야."

윌리가 혀를 쯧쯧 차다가 날카로운 비명을 지르면서 나뭇가지를 세게 흔들었다.

"왜 그러는데? 숲에 뭐가 있기라도 하다는 거야? 나는 모르고 너만 아는 게?"

윌리는 막무가내로 나뭇가지를 흔들어 대면서 짜증나는 소리를 냈다.

마크가 어깨를 으쓱했다.

"내 걱정을 하는 거라면 안 그래도 돼. 이래봬도 내가 그 엄청나게 무지막지한 놈을 죽인 사냥꾼이잖아. 기억하지? 그러니까 내가 돌아올 때까지 우리 요새를 잘 지키고 있어."

마크가 발길을 돌려 풀밭을 가로질러 갔다. 윌리는 그의 모습이 보이지 않을 때까지 혀를 찼다.

마크는 전날 갔던 곳과 똑같은 방향으로 서둘러 숲을 지나갔다. 나무들이 드문드문 보이는 숲에 이르자 속도를 조금 늦췄다. 그곳은 은폐물이 없는 곳이라 버펄로 같은 짐승의 표적이 될 수도 있었다.

마크는 한 번도 쉬지 않고 오후 늦게까지 계속 걸었다. 이유는 설명할 수 없었지만, 나무에 있었던 게 무엇인지 확인하고 싶어 조바심이 났다.

그래도 먹는 건 빼놓을 수 없었다. 결국 먹기 위해 발길을 멈췄다. 따뜻한 흙에 앉아 흙이 부드럽게 살갗에 와 닿는 느낌을 즐기고 싶었지만, 지금은 그럴 때가 아니었다. 사방이 탁 트인 곳에 머무는 것도 절대 현명한 짓이 아니어서 나무 그늘을 골라 나무 열매와 그 엄청난 짐승 고기로 만든 육포로 가볍게 끼니를 때웠다.

마크의 머리 위쪽에서 처음 듣는 새 소리가 들렸다. 마크가 목을 쑥 빼고 나뭇잎 여기저기를 살폈다. 대가리가 올빼미처럼 둥그스름하고 커다란 새가 자기 나무를 사용한다고 호통을 치듯 울어 대고 있었다.

마크가 실눈을 뜨고 살폈다. 깃털. 그가 처음 발견한 화살에 있던 것과 같은 검붉은 깃털이었다. 바로 화살 사람들이 만든 화살에 있던 그 깃털이었다. 그러니까 여기서 멀지 않은 곳에, 어쩌면 아주 가까운 곳에 그들이 있을지도 모른다는 얘기였다.

마크가 다시 길을 떠났다. 갈수록 걷는 게 수월했다. 뒤얽힌 수풀과 덤불이 점점 사라지고, 그 자리를 붉은 모래밭이 대신했다.

어디선가 커다란 토끼 모양의 짐승 수십 마리가 마크 앞으로 뛰어나왔다. 그가 지내던 풀밭에서 본 것과도 비슷한 토끼 모양의 짐승들이 캥거루처럼 뒷발로 껑충껑충 뛰어 모래밭의 나무뿌리 근처에 난 구멍으로 종종걸음을 쳤다. 마크는 새로운 먹잇감을 머릿속에 잘 새겨 두었다.

날이 어두워지자 물을 가지고 다닐 방법을 진작 알아내지 못한 게 아쉬웠다 열매즙은 훌륭했지만, 빨리 걸어서 그런지 깨끗한 물을 마시고 싶은 갈증이 점점 더 커져 갔다. 기다리는 수밖에 없었다.

채비를 하기도 전에 하루가 저물었다. 해가 지기 전에 숲 가장자리를 찾고 싶었는데, 나무들이 드문드문해져도 끝이 보이지 않았다. 비가 오지도 않고 물도 찾지 못한다면 다음 날 돌아가는 수밖에 없었다. 먹을거리는 문제 되지 않았다. 사냥을 하면 되고, 또 주머니칼의 뒷부분으로 호주머니에 넣고 다니는 돌멩이를 쳐서 거의 완벽하게 불을 피울 줄 알았으니까. 적당한 부싯깃만 있으면 불꽃이 마른 나뭇잎에 옮겨 붙어 불이 활활 타오르게 할 수 있었다.

마크는 앙상한 나무 밑에 자리를 잡고 모래를 잘 고른 뒤에 누워서 팔꿈치로 머리를 괴었다. 성냥 없이는 불을 피우는 게 불가능할 뿐만 아니라 성냥을 가지고도 불을 피우는 게 힘들었던 일을 떠올리며 낄낄 웃었다. 아빠가 몇 년 전에 그를 데리고 캠핑을 갔었는데 어쩌다 성냥을 적시는 바람에 차가운 슬리핑백에서 둘이 몸을 잔뜩 웅송그리고 그날 밤을 보내야 했었다.

아빠 생각을 하자 죄스러운 마음이 들었다. 애써 푸른 광선을 찾으려고 한 것도 벌써 닷새 전 일이었다. 푸른 광선을 찾는 걸 대수롭지 않게 여기게 되었다. 화살을 만드는 게 중요했다. 먹는 게 중요했다. 사는 게 중요했다.

'우리 엄마 아빠는 다 이해해 주실 거야.'

한밤중에 하늘을 볼 수 있다는 게 이상했다. 울창한 정글 부근에서는 아무리 고개를 쳐들어도 보이는 게 나무밖에 없었는데. 문득, 검은색이 저렇게 짙은데도 별이 보이지 않았다는 게 떠올랐다.

마크는 똑바로 누워서 별 하나 없이 캄캄한 하늘을 뚫어져라 쳐다보았다. 어쩌면 별이 떠 있는데도 저 심술궂은 노란 안개에 가려 잘 보이지 않는 건지도 몰랐다.

마크는 눈을 감았다. 그리고 별을 상상했다.

15

이른 아침, 그들은 마크가 누워 있는 곳에서 20미터쯤 떨어진 곳에서 움직이고 있었다. 마크는 눈을 떴지만 꼼짝도 하지 않았다. 자기가 있다는 것을 저들에게 알리고 싶지 않았다.

모두 다섯 명이었다. 허리 위로는 아무것도 걸치지 않았지만, 틀림없이 여자들이었다. 가죽을 입고 있고, 길고 검은 머리가 치렁치렁하게 풀어 헤쳐져 있었다. 커다란 항아리를 들고 있는데 주위를 경계해 조용히 하려고도 하지 않았다. 그중 하나가 뭐라고 하자 다른 이들이 큰 소리로 웃음을 터뜨렸다.

'사람이야. 행성인. 지구인하고 크게 다르지 않아.'

그들이 다 지나가고 나자, 마크가 발치에 둔 물건을 챙겨 조심스럽게 그 뒤를 쫓았다.

그들은 잘 다져진 오솔길을 따라서 갔다. 마크가 포기하고 나무집으로 돌아갔다면 그런 길이 있는지 알 길이 없었을 것이다. 마크는 이 나무에서 저 나무로 쏜살같이 내달려 몸을 숨기려 했다. 머지않아 귀에 익은 소리가 어렴풋이 들렸다.

물소리.

그들은 모래와 나무를 끼고 돌아가는 작은 시냇물로 걸어갔다. 마크는 위험을 무릅쓰고 최대한 가까이 다가가서 지켜보았다.

여자아이들이었다.

피부가 거무스름한 올리브색이고, 눈이 작고 눈꺼풀에 주름이 한 개 더 있는 얼굴은 분명 여자아이들이었다. 마크에겐 낯선 언어로 대화를 나누었는데, 혀 차는 소리(clicking language, 혀를 입천장이나 윗니 뒷부분에 붙였다 떼면서 내는 소리로 남부 아프리카 언어에서 주로 발견되는 협착음을 말함: 옮긴이)를 냈다. 항아리를 들지 않은 한 여자아이가 절뚝거리면서 걷는 게 보였다. 그 여자애가 졸졸 흐르는 냇물을 마시려고 무릎을 굽혔다. 그러는 바람에 그 애의 발바닥을 볼 수 있었는데, 발에 두꺼운 헝겊이 덧대어 있고 거미줄 같은 덮개로 발가락까지 전부 감싸 놓은 상태였다.

여자아이들이 항아리에 물을 다 채우고 나서 돌아가려고 하자, 마크가 조용히 오솔길을 빠져나왔다. 여자아이들이 마크 바로 앞을 지나갔는데, 마크에 비해 키가 아주 작았다. 다들 그의 가슴 중간쯤밖에 오지 않았다.

절뚝거리며 걷는 여자애가 맨 뒤에서 걸어갔다. 마크가 부상을 입은 다리를 자세히 살펴보았다. 심하게 다친 편이었고, 찢어진 살이 막 아물기 시작한 상태였다.

'상처 자국으로 봐서는 뭔가에 할퀸 것 같은데……'

마크의 눈이 번쩍 뜨였다.

'그래. 발톱이야.'

마크가 그 엄청난 짐승을 죽일 때 나무에 있었던 게 바로 저 여자아이 같았다. 다시 보니 틀림없었다. 그길로 나가서 여자아이를 부르고 싶었지만, 그랬다간 다들 깜짝 놀라 달아날 것 같아서 꾹 눌러 참았다.

마크가 그 소녀들의 뒤를 따라 삐죽삐죽한 나무와 모래를 지나고 나무들이 울창한 또 다른 숲으로 들어갔다. 누군가가 나무를 베어 내고 길을 만들어 폭을 넓히지 않았다면, 이런 숲 속에서 소녀들의 뒤를 밟는다는 건 거의 불가능해 보였다.

소녀들이 걸음을 멈추고 부상 입은 동료가 쉬도록 해 주었다. 부상 입은 소녀는 길 한가운데에 있는 그루터기에 앉은 뒤 다른 소녀들한테 먼저 가라는 신호를 보냈다. 동료들이 가려고 하지 않자, 그 소녀가 찰깍거리는 말투로 날카롭게 소리치면서 어서 가라는 손짓까지 해 보였다. 이번엔 소녀들이 순순히 항아리를 들고 다시 오솔길을 따라 걷기 시작했다.

마크가 입술을 깨물었다.

'저 여자애한테 말을 건네야 해. 그런데 어떻게? 저 여자애는 내 말을 알아듣지 못할 텐데!'

마크가 여자아이를 쳐다보면서 해결의 실마리가 떠오르길 기다렸다. 여자아이는 묘하게 예뻤다. 피부가 흠 한 점 없이 매끈했다. 눈이 작고 들창코라는 점만 빼면 지구인하고 아주 흡사했다.

결심을 굳혔다. 마크가 몸을 숨기고 있던 나무에서 오솔길로 나와 소녀 앞에 섰다.

소녀가 깜짝 놀라 눈이 휘둥그레졌다.

"마워프. 타 타 마워프."

소녀가 도망칠 자세를 취했다.

마크가 한 걸음 뒤로 물러났다.

"해치지 않아. 자 봐."

마크가 무기를 내려놓고 손을 위로 들어올렸다.

"너와 친구가 되고 싶어."

겁에 질린 소녀의 눈이 마크 목에 걸린 발톱 목걸이로 향했다.

"카콘 네 왓 테!"

"맞아. 내가 너를 구해 줬어. 내가 바로 그 엄청난 짐승을 죽인 사람이야."

마크가 기다란 발톱을 만지며 말했다.

"리타? 왁 타 토 엑?"

오솔길 아래쪽에서 누군가 부르는 소리가 들렸다.

"리타가 네 이름이니?"

마크가 물었다.

소녀가 마크를 똑바로 쳐다보았다. 마음을 놓는 것 같았지만, 여전히 겁을 먹고 있고 당황한 기색 또한 역력했다.

"나 토 눅. 나 토 눅."

소녀가 손가락으로 숲을 가리켜 보인 뒤 마크를 지나쳐 오솔길을 따라 서둘러 걸어갔다.

마크가 망설였다.

'나더러 뭘 어떻게 하라는 거지? 그 애가 숲을 가리켰었지. 왜? 그 애가 나한테 말하려는 게 뭘까?'

마크가 무기를 집어 들었다. 숲으로 가는 건 미뤄도 되었다. 지금 당장은 리타와 그 동료들이 어디로 가는 건지 알고 싶었다.

소녀들을 놓칠 염려는 없었다. 오솔길이 그가 집에 있을 때 타던 자전거도로보다도 넓었다. 마크는 소녀들이 한참 앞서 가도록 기다렸다가 출발했다. 그곳은 그가 지내고 있는 정글과 언뜻 비슷해 보였는데, 볼수록 색깔이 다양한 점이 눈에 띠었다. 풀하고 나무 빛깔이 불그스름하지도 않고, 꽃도 하얀색, 노란색, 오렌지색으로 훨씬 다채로웠다.

드디어 숲 바로 너머에서 목소리와 움직이는 소리가 들렸다. 마크가 납작 엎드린 채로 가까이 다가갔다. 한동안 그저 놀란 눈으로 지켜볼 수밖에 없었다. 그의 코앞에 있는 넓은 빈터에 나뭇가지로 만든 오두막집이 마을을 이루고 있었다. 오두막집은 가운데 있는 기다란 집만 빼고 대부분 작고 둥그스름했다. 여자들이 노천굴에서 고기를 굽는 있는 게 보였다. 뾰족한 나뭇가지로 밭을 매는 여자들도 있었다. 아이들이 기다란 덩굴에 돌멩이를 매단 것으로 게임을 하는지 이리저리 뛰어다니는 모습도 보였다. 남자들은 원시적인 석기를 만들고 있거나, 모닥불 가에 모여 앉아 담배를 피우고 있었다.

딱 선사 시대의 한 장면이었다. 화살 사람들은 마크는 알지도 못하는 동물 가죽으로 만든 옷을 입고 있었다. 아무리 봐도 현대적인 거라곤 아무것도 찾아볼 수 없었다. 금속 공구도, 조리 기구도 하나 없었다. 마크 눈에 보이는 모든 게, 주위에서 구한 재료로 저들이 직접 만든 것이었다.

소녀들이 물 항아리를 들고 오두막 안으로 들어가는 게 보였다. 리타가 밖에 서서 잔뜩 겁먹은 표정으로 숲 쪽을 계속 흘긋거리고 있었다. 나이 든 여자가 리타에게 무슨 말을 하자 리타가 마지못해 오두막 안으로 들어갔다.

아무리 기다려도 리타는 밖으로 나오지 않았다. 마크는 배가 고프다 못해 속이 쓰릴 지경이었다. 마크가 다시 엉금엉금 기어서 울창한 숲으로 돌아가 무릎을 꿇고 앉았다. 이제 화살 사람들이 어디 사는지 알았으니까 언제라도 와 볼 수 있었다. 또 소녀들이 물이 있는 곳을 알려 주어서 언제까지라도 머물 수 있었다.

우선 좀 먹고 봐야겠어. 그러고 나서 화살 사람들을 어떻게 만날지 계획을 세워야겠어.

16

시냇물은 웅덩이 물보다 훨씬 맛이 좋았다.
마크는 모래투성이 숲에서 활로 토끼 모양의 짐승을 잡아 모닥
불에 구워 먹을 준비를 하고 있었다.

리타와 만났던 숲 근처에서 기다리는 게 가장 좋은 방법이라는
결론을 내리고 그곳에 자리를 잡은 터였다. 리타가 호기심이 많
다면 그곳으로 돌아와 마크를 찾을 게 분명했다.

그의 등 뒤에서 잔가지가 뚝 부러지는 소리가 났다. 마크가 재
빨리 손을 내밀어 창을 잡고 뒤돌아섰다. 아무것도 없었다.

눈살이 찌푸려졌다. 귀가 장난을 쳤나? 마크가 조심스럽게 모
닥불 뒤로 가서 기다렸다. 소리도, 움직임도 없었다.

조금 있다가 다시 요리를 시작했다. 꼬챙이로 쓴 초록색 나뭇
가지는 제법 쓸 만했지만, 모닥불에 너무 가까이 갖다 대서 타
버리는 일이 없게 주의해야 했다.

고기가 지글지글 익으면서 육즙이 모닥불로 떨어져 냄새가 기
가 막혔다. 마크가 고기 돌리는 걸 멈추고 나무 열매를 집으려고

팔을 뒤로 뻗었다.

등산화가 보이지 않았다.

"도대체……."

마크가 모닥불 주위를 두루 살폈다. 몇 분 전만 해도 등산화는 분명히 그 자리에 있었다고 장담할 수 있었다.

마크가 토끼 고기를 한 바퀴 더 돌린 뒤 모닥불에서 꺼내 놓고는 곧바로 창을 들고 오솔길을 따라 몇 미터쯤 걸어갔다. 그런데 배 속에서 꼬르륵꼬르륵하는 소리가 끊이질 않았다. 그래서 먼저 토끼 고기를 먹고 나서 등산화를 찾기로 했다.

마크가 모닥불로 돌아와 보니 이번엔 토끼 고기가 사라지고 없었다. 활과 화살도 온데간데없었다.

리타. 그 애가 이쪽을 가리켜서 그가 이곳으로 온 거니까, 리타가 한 짓이 틀림없었다. 마크는 화가 나서 마구 쿵쿵거리며 오솔길로 갔다.

"리타! 여기 있다는 거 알아. 리타 너지? 내 물건 돌려줘."

나무 열매가 마크의 머리 위로 떨어졌다. 위를 올려다보니, 리타가 태연하게 나뭇가지에 앉아 그의 물건을 살피고 있었다.

마크가 자기 이마를 쳤다.

"정말 하나도 재미없어."

펄쩍 뛰어서 리타를 잡으려고 하자 더 위로 올라가 버렸다.

"내가 거기까지 올라가게 하지 마."

마크가 나무를 타려고 했다. 리타가 활과 화살만 빼고 나머지는 모두 땅에 떨어뜨렸다. 그러고는 재빨리 화살을 끼운 뒤 활시위를 팽팽하게 잡아당겨 마크의 미간을 겨누었다.

"잠깐만."

마크가 양손을 들어 올렸다.

"이건 적반하장이야. 도둑은 너잖아. 난 내 물건을 돌려받으려는 것뿐이라고."

리타가 턱을 치켜들었다.

"초 초 카콘 네."

"그게 무슨 뜻인데? 최소한 밥은 먹게 해 줘야 하는 것 아니야? 배가 고파 죽을 지경이라고."

1미터쯤 떨어진 수풀에 토끼 고기가 있는 게 보였다. 마크가 그쪽으로 살금살금 발걸음을 뗐다.

"나. 나."

리타가 고개를 흔들며 마크한테 물러나라는 몸짓을 해 보였다. 할 수 없이 멈춰 섰다.

"봐, 이게 무슨 멍청한 짓인지. 너도 배가 고프면……."

마크가 자기 배를 문질러 보였다.

"좀 나눠줄게."

그러면서 손가락으로 고기와 리타를 차례로 가리켜 보였다.

리타가 마크를 한참 쳐다본 뒤 활을 조금 내렸다. 마크가 토끼 고기를 집어 풀을 털어 내고 모닥불로 돌아갔다.

리타한테 관심이 없는 척하면서, 마크는 모닥불에 나뭇가지를 몇 개 더 넣은 뒤 토끼 고기를 구워 냈다.

리타는 민첩했다. 다리에 부상을 입었는데도 눈 깜짝할 사이에 나무를 타고 내려왔다. 하지만 거기서 더 가까이 다가오려고 하지는 않았다.

토끼 고기가 다 익자 마크가 한 조각을 찢어 리타한테 주었다. 리타는 빤히 쳐다보기만 했다.

"네 맘대로 해!"

마크가 칼을 꺼내 들고 나무 열매를 쪼갰다. 리타가 그걸 넋을 잃고 바라보았다. 그 열매 반쪽을 리타한테 건넸다. 처음엔 열매를 받는 것 같더니, 이내 물러서 버렸다.

마크가 혼자서 실컷 먹고 난 뒤에 바지에 손을 문질러 닦으며 다음에 뭘 할지 생각했다.

리타는 어딘가 좀 불안해 보였다. 계속해서 어깨 너머로 뒤를 돌아보는 모양이 리타가 곧 떠나려고 하는 것 같아서, 마크도 덩달아 초조했다. 마크가 손가락으로 자기 가슴을 찌르며 말했다.

"마크."

그런 다음 그 손가락으로 리타를 가리켰다.

"리타."

마크가 그 동작을 다시 한 번 해 보였다.

"마크……. 리타……."

그런 행동에 리타가 당혹스러워하는 것 같지 않았다. 마크가 다른 방법을 시도했다. 이번엔 발톱 목걸이를 만지면서 으르렁

으르렁 거리고 창을 집어 들어 허공을 찌르는 동작을 해 보였다.

리타의 입에서 킥킥 웃는 소리가 나지막하게 새어 나왔다.

마크가 창을 내렸다.

"내가 우스꽝스럽니? 그래도 뭐 좋아. 그 정도만 해도 대단한 거니까."

마크가 무릎을 꿇고 앉으며 말했다.

"좋아. 이젠 네가 말해 봐."

리타가 반짝반짝 빛나는 검은 눈동자로 마크를 지그시 바라보았다. 그때 리타의 등 뒤로 뭔가 움직이는 게 보였다. 마크가 벌떡 일어났지만 손을 뻗어 창을 잡기도 전에 포위당하고 말았다.

리타와 같은 부족 사람들이 마크한테 무기를 겨누고 있었다. 마크가 주위를 휙휙 훑어보았다. 암만해도 자기가 그들에게 이름을 잘못 붙인 것 같았다. 화살 사람들이 맞기는 하지만, 곤봉도 가지고 있고, 바람총(blowgun, 대통이나 나무통 속에 화살 같은 것을 넣고 입으로 불어서 쏘는 총으로 주로 새를 잡는 데 씀: 옮긴이)에다가 원시적인 석궁도 갖고 있었다.

이마에 검은 점을 문신하고 코에 가는 뼈를 끼운 흉포해 보이는 사내가 모닥불 앞으로 걸어 나왔다. 검은 점 사내는 리타한테 몹시 화가 난 것 같았다. 뒤미처 그 사내가 곤봉을 높이 들어올렸다.

그것이 마크가 의식을 잃기 전에 본 마지막 모습이었다.

17

이마는 곤봉에 맞아 아프고, 바람총에 찔린 팔은 퉁퉁 부어오르고 욱신거렸다. 마크가 목을 가누며 일어나 앉았다. 자기가 둥그스름한 오두막집의 흙바닥에 있었다.

열린 문으로 와 하고 터지는 웃음소리와 소곤거리는 소리가 들려왔다. 그쪽으로 고개를 돌려 보니, 작은 아이들 몇 명이 그를 쳐다보고 있었다.

마크가 일어서자 머리가 천장에 닿았다. 별것 아닌 것 같은데 아이들은 배를 잡고 웃어 댔다.

"너희는 키가 작은 종족이구나, 그렇지?"

작은 방을 둘러보다가 벽 근처에 놓인 그의 소지품을 발견했다. 등산화, 나침반, 칼, 창, 활, 화살 들이 그대로 다 있었다.

마크가 머리를 긁적였다. 이해가 되지 않았다. 자신이 포로라면, 왜 무기를 저기에 그냥 놔두었을까?

짧은 머리칼이 희끗희끗하고 등이 굽은 노파가 크고 붉은 나뭇잎과 김이 모락모락 나는 하얀 옥수수 죽이 든 함지박을 들고 들어왔다. 노파가 들고 온 걸 마크 앞에 내려놓고 무릎을 꿇었다.

"카콘 케 이티."

마크가 옥수수 죽을 보았다. "나더러 이걸 먹으라고요?" 하면서 손을 들어 올려 입에 넣는 시늉을 해 보였다.

노파가 고개를 크게 끄덕끄덕했다.

"카콘 케 이티."

마크가 쪼그리고 앉아 나뭇잎을 집었다.

"설마 독을 탄 건 아니죠?"

노파가 주름살을 지으며 함박 웃었다. 앞니가 하나도 없었다.

마크가 나뭇잎으로 옥수수 죽을 조금 떠서 맛을 보았다. 맛이 밍밍했지만 못 먹을 정도는 아니었다. 옥수수 죽을 한 입 더 떠먹었다. 노파와 아이들이 마크를 빤히 쳐다보고 있었다. 마크는 사람들 시선을 의식해서 얼른 옥수수 죽을 떠먹은 뒤 입을 닦고 노파한테 함지박을 돌려주었다.

"정말 맛있었어요."

노파는 다시 함박웃음을 웃고는 오두막집을 나갔다.

마크가 노파를 따라 문으로 갔다. 보초는 없었다. 아이들만 마크한테 관심을 보였고, 다른 이들은 일상생활을 하느라 바빴다.

밖으로 나와도 달리 관심을 보이는 사람이 없었다. 아이들만 마크를 둘러싼 채 그의 하얀 피부가 신기하다는 듯이 손가락으로 찔러 보고, 그의 발가락과 눈이 이상하다는 듯이 손가락질했다. 어떤 아이는 그의 물 빠진 청바지의 엉덩이 부분을 만져 보기도 했다. 그 아이보다 좀 큰 아이가 짤깍거리는 말투로 무슨 말인가를 하면서 마크의 짐승 발톱 목걸이를 가리켰다. 다른 아이들도 그 목걸이가 꽤나 마음에 들었는지 서로 더 잘 보겠다고 줄까지 섰다.

"입장료 안 받는 걸 다행으로 알아."

마크가 아이들한테서 빠져나와서 문이 열린 오두막집들을 죽 지나쳤다.

두 남자가 직사각형 방패에 검은색과 오렌지색으로 바삐 색칠을 하고 있다가 마크를 보고 친절하게 고개를 끄덕여 보였다.

마크도 고개를 끄덕여 인사를 했다.

"안녕하세요? 날씨가 참 좋아요."

두 사람이 서로 쳐다보고는 어깨를 으쓱한 뒤 일을 계속했다.

지나는 사람들마다 마크를 잘 대해 주었다. 그를 가로막거나 하는 사람도 없었다.

문신을 새기고 코에 뼈를 끼운 흉포해 보이는 남자가 작은 모닥불 가에 앉아 마크를 지켜보고 있었다. 눈이 마주치자 그 남자가 자기한테로 와서 자리를 함께하자는 손짓을 해 보였다.

그 남자가 연기 나는 가느다란 식물 줄기를 깊게 들이마신 뒤 마크한테 건넸다.

마크가 그걸 유심히 보았다. 연기가 나는 그 물건은 나뭇잎으로 빈틈없이 친친 감싸서 덩굴로 묶어 놓은 담뱃대였다.

"우리 부모님은 내가 담배 피우는 걸 좋아하지 않을 거예요."

마크가 중얼거리면서 역겨운 냄새가 나는 담뱃대를 받아들고 조심스럽게 뻐끔뻐끔 빨았다. 냄새가 어찌나 독한지 눈에서 눈물이 쑥 빠질 지경이었다. 그가 기침을 캑캑하면서 담뱃대를 돌려주었다.

"카콘 엣 투 벳."

남자가 웃으면서 마크의 등을 찰싹 때리며 말했다.

"카콘?"

마크가 고개를 쳐들었다.

"사람들이 계속 그 말을 했어요. 내가 카콘이라는 거예요?"

마크가 자기 가슴에 손을 갖다 대며 물었다.

"카콘."

남자가 마크를 더 세게 때리며 말했다.

"좋아요. 그래요. 카콘."

마크는 말없이 앉아서 주변 상황을 살펴보았다. 여자들이 남자들보다 훨씬 더 힘들게 일하는 것 같았다. 마크가 뒤지개(digging stick, 땅속을 뒤져 식물의 뿌리나 열매를 캐는 데 쓰던 나무나 뼈로 만든 연장. 가장 원시적인 농경 도구로, 기다란 막대기에 옆에는 발로 밟아 누를 수 있도록 작은 가지가 달려 있다: 옮긴이)를 들고 뜰에 나와 있는 리타를 발견하고 손을 흔들었다. 리타는 그의 눈길을 피해 계속 땅만 팠다.

마크가 옆에 있는 남자에게 고개를 돌렸다.

"아저씨가 이 마을의 지도자예요? 그, 왜 있잖아요. 우두머리.

책임자."

상대방이 봇물 터지듯 한꺼번에 많은 말을 쏟아냈다. 연설이 몇 분간이나 계속되었지만, 그는 한마디도 알아들을 수가 없었다.

상대방이 말을 마치자, 마크가 손가락으로 모랫바닥에 작은 막대기를 든 남자들을 그렸다. 그리고 그 그림 위에 곤봉을 들고 있는 우람한 체격의 남자를 그려 넣었다. 마크가 그 우람한 체격의 남자 그림과 상대방 남자를 차례로 가리키며 물었다.

"아저씨가 이 사람이냐고요?"

상대방이 다시 한 번 장광설을 쏟아 내더니 벌떡 일어나 오두막집으로 급히 들어갔다. 잠시 후 그가 오두막집에서 나와 마크한테 곤봉 하나를 건넸다.

"아니, 잘못 알아들었어요. 무기를 달라는 말이 아니에요. 난 그냥 아저씨가 이 부족의 족장 같아서……."

마크가 상대방 눈빛을 보고 말을 하다가 말았다. 뭔가 보답을 바라는 듯 기대에 찬 눈빛이 마크를 주시하고 있었다.

"완전히 잘못짚었어요. 보다시피 난 아저씨하고 거래할 만한 물건이 하나도 없어요. 이 곤봉은 그냥 갖고 계시는 게 어때요?"

족장으로 보이는 상대방은 계속 기다리는 눈치였다.

마크가 마지못해 일어나 자기 물건을 놔둔 오두막으로 갔다. 한데 있는 소지품을 보았다. 문제라면, 이 소지품이 정말 모두 다 필요하다는 것이었다.

나침반. 마크 자신한텐 소용없는 것이지만, 답례품으론 충분할 것 같았다. 마크가 얼른 고장 난 나침반을 집어 들고 오두막 집을 나왔다. 처음에 족장은 반짝이는 나침반을 빤히 보기만 했다. 마크가 나침반을 가볍게 흔들자 가운데 있는 은빛 바늘이 방향을 휙휙 바꾸었다.

"아! 소 소 카콘!"

족장의 눈이 휘둥그레져서 나침반을 잡으려고 손을 내밀었다. 그리고는 나침반이 아주 귀중한 것이라도 되는 양 손바닥에 천천히 올려놓았다. 뒤미처 족장이 흥분해서 소리쳐 사람들을 불렀다.

"치크 마 카콘."

몰려든 사람들이 나침반을 보고 무슨 보물이라도 대하듯 감탄사를 터뜨렸다. 몇몇 사람들은 마크가 족장과 한 거래를 칭찬하듯 그의 어깨를 기분 좋게 두드려 주기도 했다.

"진짜 별것 아니에요. 어차피 고장 난 건데요 뭐."

그러면서 고개를 돌렸는데 리타하고 눈이 딱 마주쳤다. 마크가 얼른 리타가 있는 뜰 쪽으로 갔다.

마크보다 어려 보이는 사내아이가 즉시 마크를 막아섰다.

"나. 이 치 수 리타. 나."

"이봐, 친구, 난 저 여자애와 그냥 이야기만 할 거야. 저 애와 난 오래된 친구라고."

마크가 소년을 비켜 가려고 하자, 소년이 재빨리 마크를 막아서며 밀쳤다.

마크가 소년보다 머리 하나가 더 컸다. 소년을 도로 밀칠 생각이었는데, 주위를 흘긋 보자, 마을 사람들이 일손까지 놓고 자기를 주시하고 있었다.

리타도 땅 파는 걸 멈추고 그에게 단호한 표정을 지어 보였다.

자기가 지금 부족 공동체의 관습을 깨뜨리고 있다는 생각이 들었다. 마크가 뒤로 물러섰다.

"좋아. 첫날부터 마을 사람들 기분을 상하게 하고 싶진 않아."

소년의 얼굴에 부드러운 웃음이 번졌다.

"고트 카콘 니."

소년이 그의 팔을 잡고 다시 마을 사람들한테 데려갔다.

마크는 어두워질 때까지 마을 사람들과 자리를 같이해서 그들이 무기를 만들어 숫돌에 갈고 담배를 피우며 이야기를 나누는 모습을 지켜보았다. 다들 한마디씩 했고, 한 시간도 넘게 쉬지 않고 대화가 오갔다. 마크는 한마디도 알아듣지 못했다.

어두워지자 마을 사람들이 일렬로 늘어서서 마을 한가운데에 있는 길쭉한 초가지붕 오두막으로 향했다. 족장이 마크를 안으로 들어오라고 해서 그가 앉을 자리를 마련해 주었다.

창문이 없는 방 한가운데 모닥불이 지펴 있었다. 사람들이 모닥불 가에 넓게 둘러 앉아 연기가 소용돌이치며 지붕에 난 구멍으로 빠져나가는 걸 지켜보았다. 족장이 손뼉을 치자 누군가가 한쪽 면에 가죽을 씌운 나무 북을 두드리기 시작했는데 봉고처럼 둔탁한 소리가 났다.

어떤 남자가 일어나 리듬에 맞춰 몸을 움직이기 시작했다. 마크는 그가 하늘을 날아가는 한 마리 새의 모습을 표현하고 있다는 걸 알았다. 춤추는 동작은 우아하고 민첩했다. 바닥에서 뭔가를 낚아채려는 듯 와락 덤벼들었다가 다시 날아오르기도 했다.

춤이 끝나자 족장의 일장연설이 이어졌다. 아이들이 몸을 가만있지 못하고 오두막 뒤로 돌아가 장난을 치는 걸 보면 전에도 수없이 한 연설인 게 틀림없었다.

"카콘 치르 투 투 세. 카콘."

마크가 카콘이라는 자기의 새 이름이 나오는 걸 듣고 움찔했다. 족장이 그에게 일어나라고 손짓했다.

"저요?"

깜짝 놀라서 마크의 눈썹이 치켜 올라갔다.

족장이 마크를 일으켜 세우고 마크 목에 걸린 기다란 발톱을 만지며 말했다.

"카콘 치르 은토 투."

"아, 알았어요. 그 엄청난 짐승에 대해 알고 싶다는 거죠? 좋아요. 가만 있자…… 그래요. 이야기를 하자면 이래요. 어느 날 정찰을 하다가 막 점심을 먹으려던 참이었어요. 그때 내가……."

마크가 말을 하다 말고 사람들 얼굴을 보니 망연히 자기를 쳐다보고 있었다. 그가 머쓱해서 뒷머리를 긁적였다.

"알았어요. 저 분이 새 춤을 춘 것처럼 저도 몸으로 보여 줄게요. 리타한테 했던 것처럼요."

마크 입에서 리타 이름이 나오자 사람들이 모두 리타를 쳐다보았다. 리타가 당황해서 얼른 손으로 얼굴을 가렸다. 사람들이 일제히 웃음을 터뜨렸다.

"자, 보세요."

마크가 새로 얻은 곤봉을 집어 들고 사냥을 하고 있는 것처럼 천천히 원을 그리며 걸어갔다. 그러다가 갑자기 발걸음을 멈추고, 손을 귀에다 갖다 댔다. 그러고는 쭈그리고 앉은 상태로 마을 사람들을 빠져나가 리타 앞까지 갔다. 거기에 곤봉을 내려놓고 손발을 바닥에 짚고 엎드린 채 으르렁거리며 리타를 손톱으로 막 할퀴는 시늉을 해 보였다. 리타가 킥킥 웃으면서 마크를 밀어제치려고 했다.

마크가 몇 걸음 뒤로 물러나 짐승한테 활을 쏘는 척했다. 그런 다음 손을 뻗어 곤봉을 잡은 뒤 짐승을 공격할 준비를 했다.

이 대목에서 이야기를 조금 바꾸는 게 더 인상적일 거라는 생각이 들었다. 그래서 짐승이 덤벼들어 뒤로 넘어지는 것 대신에 선 채로 가상의 괴물이 쓰러질 때까지 창으로 찔렀다. 그러고는 한 발을 짐승의 머리에 올려놓은 채 승리의 표시로 상상 속의 창을 높이 들어 올려 보였다.

마을 사람들이 기다렸다는 듯이 수런수런 이야기를 나누기 시작했다. 마크의 방식이 제대로 먹혔든 게 틀림없었다. 마크가 인사를 하고 자리에 앉았다.

족장이 마크의 머리를 가볍게 두드리고 박수를 치자, 마을 사

람들이 모두 일어나 방을 나서면서 마크 곁을 지날 때마다 그의
윗머리를 가볍게 두드렸다.

마크는 뭘 어떻게 해야 하는 건지 알지 못했다.

리타가 맨 뒤에 남았다. 사람들이 다 빠져나가자 리타가 손가
락으로 마크를 가리키며 말했다.

"머-크."

그러고 나서 자기를 가리키며 말했다.

"리-타."

"그래! 맞아!"

마크가 씩 웃었다. 그의 손에 들고 있는 무기를 앞으로 내밀며
말했다.

"곤봉."

"크사."

마크는 벌떡 일어서서 방 한가운데로 달려갔다.

"불."

"티사."

리타가 따라와서 말했다.

"우리가 대화를 하고 있어."

마크가 리타의 어깨를 잡았다.

"믿어지니? 리타와 마크가 대화를 하고 있다는 게."

리타가 수줍게 웃으며 말했다.

"태-화."

18

별다른 말이 없어서, 마크는 자기 소지품을 놔둔 오두막에 가서 자기로 했다. 그가 들어갔을 땐 벌써 젊은 남자 몇 명이 흙바닥에 누워 있었다. 그들은 아무런 불평도 없이 몸을 움직여 마크한테 잠자리를 내주었다.

자리에 누웠지만 잠이 오지 않았다. 한꺼번에 너무 많은 일이 벌어져서 다 받아들이기가 어려웠다. 한 가지 분명한 건, 다른 사람들하고 어울리는 게 참 좋았다는 것이었다. 특히 이 마을 사람들은 다들 너무나도 순진하고 친절한 사람들이었다.

마크는 자기가 마을 사람들한테 붙잡혔을 때 리타가 변호해 준 게 틀림없다고 생각했다. 리타와 얼른 다시 대화를 나누고 싶어 안달이 날 지경이었다. 어쩌면 리타는 푸른 광선에 대해 아는 게 있을지도 몰랐다.

푸른 광선을 떠올릴 때면 그랬던 것처럼, 예전의 삶이 떠올랐다. 이곳에 오고 나서 아주 오랜 시간이 흐른 것만 같았다. 1년이나 혹은 그 이상으로.

마크는 마침내 잠이 들었다. 이제 막 눈을 감은 것 같은데, 오두막에서 사람들이 움직이고 있는 게 느껴졌다. 누군가가 마크를 흔들어 깨웠다.

마크가 간신히 한쪽 눈을 떴다. 전날 뜰에 있는 리타에게 가려고 했을 때 자기를 막아 세웠던 소년이었다.

"카콘 구트 노 마."

마크가 허둥지둥 일어나서 사람들을 따라 오두막 밖으로 나왔다. 여자들이 벌써 일어나서 불을 지피고 뜨거운 옥수수 죽을 담은 그릇을 나눠 주고 있었다.

아무도 말을 하지 않았다. 남자들은 재빨리 옥수수 죽을 먹고 나서 무기를 챙겼다.

마크도 옥수수 죽을 먹고 창과 활과 화살을 가지러 갔다. 남자들이 사냥을 나가는 거라면 자기 혼자 마을에 남고 싶지 않았다.

리타가 마크의 어깨를 짚었다. 걱정스러운 표정으로 고개를 저으며 말했다.

"머크. 세 드치크 나. 나."

"뭐? 내가 가는 게 싫다고? 미안하지만 가야 돼. 이 사람들한테 배울 게 많거든. 또 이 사람들이 나를 여자 같은 애라고 생각하게 하고 싶지도 않아."

"나. 머크. 나."

리타가 발을 굴렀다.

"그래. 리타. 그래."

마크가 팔짱을 꼈다.

리타가 화난 표정을 짓고는 마크를 깨운 소년한테로 갔다. 둘이서 몇 분간 작은 소리로 실랑이를 벌이더니 리타가 소년을 데리고 마크한테 왔다.

"머크. 투카."

마크가 소년을 보고 고개를 끄덕였다.

"투카."

투카라는 소년은 까닭은 모르겠지만 속이 좀 상한 것 같았다. 투카가 마크한테 같이 가자는 몸짓을 해 보였다. 두 사람은 행렬 맨 뒤에 서서 마을 밖으로 나가는 사람들을 따라갔다.

숲 속으로 들어서자 일행이 속보로 걷기 시작했다. 마크와 투카는 때때로 행렬에서 뒤처졌다가 오솔길을 따라 한참 걸어간 끝에 일행을 따라잡곤 했다.

마크는 천천히 가면서 새로운 지역을 조사하고 싶었는데, 투카는 마크의 걸음이 느려질 때마다 억지로 행렬을 따라잡게 했다.

정오쯤에 일행이 행진을 멈추고 휴식을 취하며 점심을 먹었다. 마크는 그들이 요리해 먹는 새의 숫자를 보고 놀랐다. 계속 행렬에서 뒤처지면서도 마크와 투카도 다른 사람들과 마찬가지로 행진 도중에 사냥을 해서 가까스로 먹을 만큼은 마련했다.

마크와 투카는 가죽 주머니에 들어 있는 물을 한 모금만 마신 뒤 다시 길을 나섰다. 투카는 마크와 함께 행렬 맨 뒤에서 걸어갔다.

토끼를 잡을 수 있는 좋은 기회를 몇 차례나 그냥 지나치는 걸 보면 그들이 노리는 사냥감이 작은 동물이 아닌 건 분명했다. 마크는 그들이 뭔가 큰 걸 뒤쫓고 있다고 생각했다.

해질 무렵이 되자 다들 족장 주위로 모여들었다. 족장이 타르 같은 게 담긴 작은 가죽 주머니를 내밀자, 사람들이 손가락을 그 안에 집어넣어 타르 같은 걸 묻힌 다음 얼굴에 발랐다.

투카가 자기 얼굴에 그걸 바른 뒤 마크 얼굴에도 발라 주었다. 순식간에 부족 사람들이 변했는데 흉포하고 호전적으로 보였다.

그들은 30분 동안 아무 말 없이 숲 속을 걸어 모래투성이 빈터에 도착했다.

마크는 자기 눈을 믿을 수 없었다. 그곳에 또 다른 작은 마을이 있었다. 마크는 자기도 모르게 흥분했다. 이 행성에 다른 사람이 살고 있다는 얘기였다. 그들 중엔 푸른 광선에 대해 아는 사람이 꼭 있을 것 같았다. 언젠가 서로를 잘 알게 되면, 마크가 리타를 이곳으로 데려와서 푸른 광선에 대해 물어보게 할 수도 있을 것 같았다.

일행은 각자 멀리 흩어져서 해가 지고도 한참이 지나도록 덤불에 몸을 숨기고 있었다. 마침내 족장이 곤봉을 들어 올렸다. 그러자 다들 숲에서 뛰쳐나와 고함을 지르며 마을을 향해 돌진했다.

마크도 따라가려 했지만 투카가 난폭하게 그의 팔을 잡았다.

"카콘 나. 치트 리타. 세크 투."

자기가 함께 가는 걸 투카가 원하지 않는데, 그게 리타와 관련이 있다는 것 말고는 투카의 말을 알아들을 수 없었다.

투카가 덤불을 가리키며 그곳이 마크가 기다리고 있어야 할 곳임을 알렸다. 투카가 험악하게 곤봉을 들어 올리며 말했다.

"세크 투."

"알았어. 나도 바보는 아니야. 나를 원하지 않는다는 것쯤은 알 수 있다고."

마크가 모랫바닥에 주저앉았다.

투카는 마크가 자기를 따라오지 않을 거라는 걸 확인한 뒤 다른 사람들을 뒤쫓아 마을로 내달렸다.

마을 사람들이 무엇을 하려는 건지 아직도 확실하게 알 수 없어서, 마크가 무슨 일이 벌어지는지 보려고 무릎을 세웠다.

지금 그의 눈앞에서 펼쳐지는 광경은 대혼란 그 자체였다. 화살 사람들이 오두막마다 불을 지르고, 마을을 질주하면서 솥 같은 걸 닥치는 대로 뒤집어엎는 등 살림살이를 되는대로 박살내고 있었다.

마크는 어리벙벙했다. 자기 눈으로 뻔히 보면서도 도무지 믿기지 않을뿐더러 이해할 수도 없었다. 마크가 아는 한 화살 사람들은 좋은 사람들이었다. 전날만 해도 자기를 기꺼이 부족의 일원으로 받아들여 준 친절하고 평화스러운 사람들이 저 마을과 저기 사는 사람들을 파괴하려고 저렇게 무자비한 짓을 서슴지 않고 저지르고 있다니…….

오두막에 있던 사람들은 기습을 당했는데도 곧장 밖으로 나와 맞서 싸우려 했다. 화살 사람들은 만반의 준비가 된 터라, 일대 일로 맞붙어 싸워 마을 사람들을 숲으로 몰아냈다. 여자들과 아이들이 도망치면서 살려 달라고 울부짖었다. 거의 모든 오두막에 불이 옮겨 붙어 마을 전체가 거대한 모닥불이 되어 불타올랐다.

오른쪽에서 투카가 싸우고 있는 게 보였다. 투카가 발이 걸려 넘어지는 바람에 창을 놓치고 말았다. 마을 사람이 투카에게 달려들어 육중한 곤봉으로 무자비하게 내리치기 시작했다.

마크가 덤불에서 뛰어나왔다.

"그만해. 그러다 죽겠어."

투카를 공격하던 작은 남자가 얼굴이 하얗고 키가 큰 소년이 숲에서 뛰어나오는 걸 보고 혼비백산이 되었다. 마크가 달려들기도 전에 얼이 빠진 남자가 넘어질 듯 비틀거리며 뒤로 걷다가 맞은편 방향으로 냅다 달아났다.

마크가 곤봉을 내려놓고 투카의 팔을 잡아 덤불로 끌고 갔다. 어린 전사는 아무리 흔들어도 눈을 뜨지 않았다.

화살 사람들은 이제 돌아갈 준비를 하고 있었다. 마을 사람들을 거의 다 몰아내고 망가지지 않은 귀중품들을 모조리 약탈했다는 사실에 한껏 들떠 있는 상태였다.

족장이 손을 들어 철수 신호를 보내려는 순간, 마크가 투카를 살리려고 애쓰는 모습이 눈에 들어왔다. 족장이 큰 소리로 명령을 내리자 두 사람이 황급히 다가와 투카를 들어 올린 뒤 다른 사람들을 앞질러 마을로 돌아가는 숲으로 들어섰다.

19

투카가 죽었다.

부족 사람들은 일손을 멈추고 투카의 마지막 의식을 준비하며 꼬박 하루를 보냈다. 마크는 어둠 속에 서서 장례 행렬을 지켜보았다. 남자들 여섯이 투카의 주검을 꽃과 덩굴과 나뭇잎으로 장식된 높은 나무 단상 위로 옮겼다. 단상 위에는 투카의 주검과 함께 그의 창과 방패도 놓여졌다.

투카의 가족은 누나―알고 보니 리타가 그의 누나였다―와 할머니뿐이었는데, 두 사람이 북 소리에 맞춰 천천히 걸어가 투카의 얼굴을 동물 가죽으로 덮었다.

누군가 족장한테 불타는 횃불을 건네자 족장이 그 횃불로 단상 아래의 작은 장작더미에 불을 붙였다. 다들 뒤로 물러나 투카의 주검이 불에 타는 걸 지켜보았다.

마크는 결심을 굳혔다. 이 마을 사람들하고 같이 지낼 수는 없었다. 달라도 너무 다른 사람들이었다. 거대한 놀이라도 하듯 다른 마을 전체를 파괴한 사람들이었다. 마크는 아침이면 나무집으로 돌아가 그 울창한 정글에서 혼자 지낼 생각이었다.

누군가 마크 어깨에 손을 얹는 게 느껴졌다. 리타가 할머니와 함께 마크를 찾아온 것이었다. 할머니의 슬픈 눈동자가 마크의 안색을 살폈다.

"카콘 에스 타트 메크 투카."

눈물이 할머니의 주름투성이 뺨을 타고 흘러내렸다.

"안됐어요. 할머니 손자는 좋은 사람 같았는데."

마크의 목구멍으로 뜨거운 덩어리가 차올랐다.

리타가 할머니를 데리고 사라졌다. 주검이 완전히 불타 버리자, 사람들이 기다란 오두막에 모여서 습격에 대해 이야기하고, 전리품을 나누고, 가족을 위로했다.

마크는 그 오두막에 가지 않았다. 모임이 너무 늦게 끝나지 않기를 바랐다. 가능하다면, 당장이라도 떠나고 싶었다. 아무래도 이해가 되지 않았다. 화살 사람들이 그 마을을 약탈해서 얻은 것도 별로 없었다. 새로운 무기 몇 점, 구슬 조금, 약간의 식량이 전부였다. 목숨을 걸고 가져올 만한 건 아무것도 없었다.

마크는 전날 잠을 잤던 오두막으로 가서 소지품을 챙겼다. 등산화에 나무 열매 한 개와 육포 두 조각, 빈 양말, 천 조각이 고스란히 들어 있었다. 등산화 끈으로 쓰는 덩굴을 허리띠 고리에 묶었다. 날이 밝는 대로 떠날 채비를 했다.

"머크?"

리타가 문가에 서 있었다. 마크는 쳐다보지 않았다. 창과 활과 화살을 챙겨 들고 리타를 지나쳐 갔다. 빈터 가장자리에서 밤을 보낸 뒤 첫새벽에 떠날 계획이었다. 이 마을 사람들과 그 미친 관습 따위는 다 잊고 푸른 광선을 찾는 일에만 전념하고 싶었다.

리타가 오두막을 나와 마크를 뒤쫓았다. 그가 멈춰 서서 리타를 보았다.

"어디까지 따라올 생각인데?"

"리타, 머크, 태화?"

"이야기할 게 없어. 너희 미친 부족 사람들이 널 잡아들이고 나까지 죽이려 들기 전에 어서 돌아가."

리타가 목에 건 나무 목걸이를 풀어 마크 손에 올려놓고는 슬픔에 잠긴 모호한 표정으로 마크를 쳐다본 뒤 발길을 돌렸다.

"잠깐."

마크가 리타의 팔을 잡았다. 그리고 고장 난 시계를 풀어 리타의 가는 손목에 채워 주었다.

"리타, 그동안 고마웠어. 언젠가 다시 만나게 될 거야."

리타가 시계를 쓰다듬었다.

"에트 트쿠스 카콘 머크."

"그래. 너도."

마크는 목걸이를 등산화에 넣은 뒤 빈터의 가장자리로 걸어갔다. 나무 앞에 도착해서야 어깨 너머로 흘긋 뒤를 돌아보았다.

리타는 떠나고 없었다.

20

연기 냄새가 났다. 아직 어두웠고, 마을의 여자들이 요리를 하기에도 이른 시간이었다. 마크의 눈이 번쩍 뜨였다. 마을에서 거무스름하고 짙은 연기가 피어오르고 있었다. 마크가 덤불 사이를 기어 다니며 무슨 일인지 이리저리 살펴보았다.

마을 사람들이 모임을 갖는 오두막이 불타고 있었다.

처음엔 다른 마을 사람들이 복수하러 화살 사람들을 뒤쫓아 온 거라고 생각했다. 하지만 침입자들을 본 순간 자기 생각이 틀렸다는 걸 알았다.

그의 눈에 잡히는 전사들은 평범한 마을 사람들이 아니었다. 그들은 말과 소의 교배종처럼 보이는 털이 길고 몸집이 큰 짐승을 타고 있고, 금속으로 만든 무기를 지니고 있었다.

화살 사람들이 이길 가망은 전혀 없어 보였다. 전사들에 맞서 싸우려는 사람들은 한방에 나가떨어져 즉사하고 말았다. 마크는 족장과 화살 사람들이 원시적인 곤봉을 들고 칼과 도끼에 맞서 싸우다 죽어 가는 것을 보았다.

도망을 치려는 사람들도 있었지만, 짐승을 타고 있는 사람들한 테 쫓기다 칼에 찔리거나 짐승한테 짓밟히고 말았다.

마크가 정신없이 땅을 훑어보며 리타를 찾다가 벌떡 일어나서 미친 듯이 리타의 이름을 부르며 빈터로 달려갔다. 마당 근처에 서 다급한 비명 소리가 났다. 한 전사가 리타를 구석에 몰아붙인 뒤 짐승을 타고 돌진하고 있었다.

"안 돼!"

마크가 리타에게 달려갔다. 밧줄이 마크 목에 걸렸다. 그 밧줄 을 뒤로 끌어당기는 바람에 마크가 그대로 땅바닥에 곤두박질쳤 다. 밧줄이 숨통을 죄여 왔다. 마크가 발버둥을 치면서 양손으로 밧줄을 잡았지만 아무 소용 없었다.

전사가 그길로 마크를 끌고 갔다. 마크는 등이 땅에 질질 끌리 는 채로 모래땅을 지나 마을 공터로 끌려갔다. 그 한가운데엔 침 략자들이 끌어다 놓은 마을 남자들과 여자들, 그리고 아이들이 있었다. 마크가 밧줄을 풀어서 던져 버렸다. 그리고 일어나서 리 타가 난폭하게 떠밀려 공터로 오고 있는 걸 보았다. 마크를 발견 하고 리타가 달려와서 그의 손을 잡았다.

"에스 추크. 추크."

침략자들이 리타와 마크를 에워쌌다. 그들은 화살 사람들보다 훨씬 몸집이 컸다. 피부는 옅은 노란색인데, 눈은 하나같이 다 이상했다.

짐승 가죽으로 만든 긴 망토를 어깨에 걸친 비대한 남자가 우두머리로 보였다. 우두머리가 명령을 내리자 전사들이 짐승에서 내려 화살 사람들을 서로 묶기 시작했다.

마크는 오른쪽 손목이 리타와 묶인 채 행렬의 맨 앞에서 걸어가게 되었다. 마크는 리타가 추크라고 부르는 전사들이 단순히 노략질을 하려고 마을을 습격한 게 아니라는 걸 알았다. 저들은 사람들을 잡으러 온 것이었다. 그리고 이제 자신도 저들의 포로 가운데 하나가 된 것이었다.

비대한 우두머리가 아까부터 마크를 빤히 쳐다보았다. 마크도 그에 질세라 우두머리를 노려보았다. 우두머리가 눈을 가늘게 뜨고 새로운 언어로 명령을 내렸다. 전사 하나가 뒤에서 마크의 목에 밧줄을 걸어 묶더니 그 밧줄 끝을 손에 쥐고 짐승 위에 올라탔다.

비대한 우두머리가 명령을 내리자 전사들이 짐승을 타고 나가기 시작했다. 마크와 포로가 된 마을 사람들이 마을 밖으로 질질 끌려 나갔다.

제 2 부

21

먹이를 주는 시간이었다. 언제나 그렇듯이 추크 부족은 자기들이 먹다 남긴 날고기의 궁둥이와 뒷다리를 땅에 던져 놓고는 포로들이 다 먹을 때까지 기다려 주는 법도 없이 다시 이동하라고 명령을 내렸다.

화살 부족 사람들이 포로로 잡힌 그 끔찍한 날 이후로, 하루 일과는 줄곧 똑같았다. 포로들은 서로 묶인 채 짐승을 타고 가는 추크 부족 뒤를 따라 아침나절 내내 터벅터벅 걸어야 했고, 오후가 돼서야 행진을 멈추고 잠깐 쉬면서 먹고 마실 수 있었다.

포로 숫자가 스물다섯에서 스무 명으로 줄었다. 추크 부족은 허약한 포로를 관대하게 보아 넘기지 않았다. 병에 걸리거나 뒤처지는 포로는 가차 없이 처형되었다.

리타가 날고기 한 조각을 들고 물어뜯었다. 마크가 자기를 쳐다보는 걸 알아차리고 그 고기를 내밀었다.

"머크 먹어."

마크가 고개를 저었다. 두 사람은 서로 말이 점점 잘 통하게 되었다. 째깍거리는 언어와 영어를 신기할 정도로 잘 섞어서 서로 말을 나눴다. 마크는 둘이 처음 만났을 때 리타가 미친 듯이 소리쳤던 '마워프'라는 말이, 노인들이 아이들 버릇을 고치려고 겁줄 때 쓰는 신화 속 동물이라는 걸 알게 되었다. 마크의 새 이름인 카콘을 설명하느라 리타가 애를 먹었는데, '콘'이라는 말은 아주 중요한 전사를 뜻하고, '카'는 둘째나 나이가 어린 사람을 뜻하는 말이었다.

마크가 푸른 광선에 관해서도 물어보았지만, 리타는 아무것도 모른다고 답했다. 하지만 마크가 푸른 광선 이야기를 꺼낼 때마다 리타가 왠지 모르게 불안한 모습을 보이며 화제를 바꾸려 한다는 걸 눈치 챘다.

마크는 추크 부족의 말도 몇 마디 배웠다. 추크 족 말은 모음이 분명하게 들려서 리타 부족의 말보다 한결 알아듣기 쉬웠다. 추크 부족의 우두머리인 '다곤'이 정지하라거나 출발하라고 하는 말도 알아들었고, 포로들한테 먹을거리를 나누어 주라거나 말을 돌보라고 하는 명령도 다 알아들었다.

리타와 포로들이 날고기를 게걸스럽게 먹는 걸 보며 마크가 마른침을 삼켰다. 마크가 날고기 자체를 먹을 수 없어서 안 먹는 게 아니었다. 곤충이나 식용 식물을 찾을 수 없을 때면 날고기도 먹곤 했으니까. 허기만이라도 달래려고 가끔 날고기를 조금 먹긴 했지만, 무엇보다 이런 식으로 취급당하는 게 몹시 마음이 상했고, 이젠 먹지 않고도 걷는 데 익숙해진 상태였다. 나무에서 떨어져 갈비뼈가 부러졌을 때 꼭 필요한 경우에만 먹겠다고 자신과 약속했던 경험이 있어서 그런지, 다른 사람들이 고기를 먹는 걸 봐도 그리 힘들지 않았다.

다곤은 늘 마크를 주의 깊게 보았다. 특히 먹을 때가 되면 마크 근처에 서서 사이드 쇼(sideshow, 서커스 등에서 손님을 끌기 위해 따로 보여 주는 소규모의 공연: 옮긴이)에서 나눠 주는 기념품을 살펴보기라도 하듯 눈을 크게 뜨고 보았다. 마크는 자기가 화살 부족하고 생김새가 다른데다 추크 부족보다 하얗고 키가 커서 그럴 거라고 생각하면서도 왠지 모르게 꺼림칙했다. 외모뿐만 아니라 옷도 유별나긴 했다. 몸이 커져서 바지가 맞지 않는 바람에 조각조각 찢어진 바지를 걸치고 있었으니까.

한번은 다곤이 마크가 허리띠에 매달고 다니는 등산화를 가리키며 '메콘'이라고 한 적이 있었다.

"나는 메콘이 아니라 카콘이에요."

마크가 단호하게 말했더니, 다곤 바로 밑의 부하로 턱수염을 기르고 험악하게 생긴 사보라는 자가 칼을 뽑아 들고 금방이라도 마크의 가슴을 찌를 것처럼 으르댔었다. 마크의 태도를 용납하지 않겠다는 것을 다곤이 말렸는데, 그게 일주일 전의 일이었다.

지금 일행은 마크가 언젠가 찾아가 보기로 했던 그 산기슭에서 휴식을 취하는 중이었다. 다른 상황에서 그곳에 왔더라면 좋았을 거라는 생각이 절로 들었다.

다곤이 또 마크를 유심히 보고 있었다. 마크는 그 시선을 무시한 채 리타한테 고개를 돌렸다.

"추크 부족 땅까지 얼마나 걸리니?"

리타가 산을 보고 "넘어가야 돼." 하면서 손가락 세 개를 펴 보였다.

"사흘이라고? 그다음엔?"

리타가 밧줄에 묶인 손목을 들어 올렸다.

"추크 족은 노예 얻으려고 싸워."

"너희 부족도 싸움에 반대하지 않는다는 거 똑똑히 봤어."

"많은 부족이 다 그래."

리타가 어깨를 으쓱한 뒤 고기를 한 점 베어 먹었다.

다곤이 휴식을 중단하라는 명령을 내렸다. 포로들이 재빨리 일어나 똑바로 줄을 섰다. 마크의 목에 더 이상 밧줄을 묶지 않았다. 마크가 다른 포로들과 함께 묶여 있어 도망치기가 쉽지 않을 뿐더러, 그가 아무리 빨리 달려도 자기들이 타고 다니는 짐승보다 빠르지 않다는 걸 그제야 알아차린 것 같았다.

물론 마크는 도망칠 생각도 몇 번 한 적이 있었다. 등산화 속까지 일일이 뒤지지 않아서 아직 주머니칼을 가지고 있었고, 그걸로 밧줄 정도는 쉽게 끊을 수 있었다. 하지만 아직까지는 주머니칼을 쓸 만한 기회를 잡지 못했다. 추크 족은 낮에도 포로들을 철저히 감시했고 밤에는 보초를 세워 놓았다.

산으로 높이 올라갈수록 바위가 많아지고 숨 쉬기도 힘들어졌다. 화살 부족은 편평하고 다습한 땅에 익숙한 데다가 추크 족이 타고 있는 짐승의 속도를 따라잡으려니 더 힘이 들었다. 갑작스런 비명과 함께 마크 손목의 밧줄이 팽팽해졌다. 얼른 뒤돌아보니, 리타가 뾰족한 바위를 디뎠다가 발바닥이 베인 것이었다.

추크 족이 곧바로 포로 행렬을 둘러쌌다. 리타가 입을 악물고 일어나 앞을 똑바로 보며 계속 걸었다. 리타의 발밑에서 피가 흐르는 걸 보고 마크가 속삭였다.

"심하니?"

"응, 심해."

마크가 걸음 속도를 최대한으로 늦췄다. 얼마 후 리타가 절뚝거리며 걷게 되자, 행렬이 거의 제자리걸음이 되었다.

사보가 짐승에서 내려 칼을 빼들었다. 다음에 무슨 일이 벌어질지 마크는 너무 잘 알았다. 리타를 죽여 길가에 팽개쳐 버린 뒤 그것에 대해 생각하고 말고 할 새도 없이 출발할 것이다.

노란 피부의 사보가 행렬 맨 앞으로 가서 리타 앞에 있는 마크와 리타 뒷사람을 묶고 있는 밧줄을 잘랐다.

리타가 눈을 감았다.

"멈춰!"

마크가 추크 족 말로 소리치고는 사보와 리타 사이로 갔다.

사형 집행인 눈에서 번쩍 불꽃이 튀었다. 사보가 칼을 들지 않은 손으로 마크를 확 밀쳐 내고 칼을 들어 올렸다.

마크가 용기를 다해 사보에게 덤벼들었다. 그의 어깨로 있는 힘껏 전사 사보를 들이받은 뒤, 엄청난 충격에 균형을 잃었다.

놀라서 비틀거리던 사보가 마크를 향해 고개를 돌리더니, 육중한 칼을 높이 쳐들고 호를 그리며 휘둘렀다. 마크가 재빨리 땅에 엎드려 치명적인 공격을 아슬아슬하게 피했다. 그러고는 몸을 굴린 뒤 벌떡 일어나 다음 공격에 대비하는 자세를 취했다.

"호 야트 사보."

다곤이 사보한테 명령을 내렸다.

사보가 칼을 든 채 머뭇거렸다. 뒤미처 경멸의 눈길로 마크를 쳐다보며 발에 침을 뱉고는 으쓱거리며 다시 짐승에 올라탔다.

마크가 다곤의 눈을 쳐다봤다. 차갑고 단단한 검은 돌멩이 같은 눈동자엔 아무런 감정도 엿보이지 않았다. 다곤이 왜 계속해서 자기 목숨을 구해주는지 그 이유를 알 길이 없었다.

다곤이 마크한테 행렬로 돌아가라고 명령했다.

마크가 급히 리타한테 가서 부상 입은 발을 살폈다. 발가락 사이의 투명하고 얇은 막이 배어날 정도로 상처가 깊었다. 마크는 추크 족이 어떻게 나올지 눈치 볼 새도 없이 등산화 안에서 천 뭉치를 꺼내 상처 부위를 살살 감은 뒤 해진 양말 한 짝을 그 위에 신겼다. 그러고 나서 리타한테 업히라고 했다.

리타의 뺨을 타고 눈물이 주르르 흘러내렸다. 리타가 고맙다고 고개를 끄덕이며 두 팔로 마크의 목을 감싸 안았다. 마크는 리타를 업고 자기 자리로 돌아갔다.

다시 행진이 시작되었다.

22

그날 밤은 나무가 우거진 산등성이의 작은 빈터에서 야영했다. 추크 족도 양식과 물이 거의 다 떨어져 포로들은 아예 끼니를 거를 수밖에 없었다.

추크 족 사람들은 왠지 모르게 들떠 있고 성질도 늘 예민하게 곤두서 있는 편이었다. 사보가 몇몇 전사한테 싸움을 걸었지만 성에 차지 않는 눈치였다. 마크는 어떻게든 사보와 마주치지 않으려고 했다.

노정이 거의 막바지에 이르렀고 기껏해야 이틀이면 된다는 추크 족 말을 마크도 다 알아들었다. 리타의 발을 다시 천으로 감으면서 마크는 노정이 끝난다는 게 무슨 의미인지 애써 생각하지 않으려고 했다.

"자, 이렇게 하면 되겠다."

마크가 등산화의 안창을 떼어 내서 리타 발바닥에 쿠션으로 대 주었다.

"좀 나아졌지?"

아무 대답이 없었다.

마크가 흘긋 올려다보았다. 리타의 눈길을 대하자, 마크의 마음이 왠지 편치 않았다. 리타가 아무 말 없이 묘한 웃음만 짓고 있는데, 마크가 모르는 뭔가를 자기 혼자만 알고 있기라도 한 듯한 표정이었다.

마크가 당황해서 뒷목을 긁었다.

"내…… 생각엔 내일이면 추크 족 마을에 도착할 것 같아."

리타가 고개를 끄덕였다. 말없이 마크가 선물한 고장 난 시계를 부드럽게 쓰다듬으며 계속 웃음을 지어 보이는 리타를 마주하고 있기가 어색했다.

"어, 좀 늦었어…… 크세 투. 그만 자는 게 좋겠어."

마크가 먼저 서둘러 눕고는 눈을 감았다. 리타가 자기를 이상하게 대하는 일이 없었으면 했다.

추크 족이 마크를 밧줄로 묶어 놓지 않았다. 마크가 몸을 뒤척였다. 탈출할 기회가 있다면 바로 지금이라는 생각이 들었다. 추크 족은 지칠 대로 지쳐서 서로 걸핏하면 싸우려 들었고, 또 자기들 집에 거의 다 왔기 때문에 성가시고 귀찮아서라도 마크를 추적하지 않을지도 몰랐다.

자기 혼자라면 아주 빨리 도망칠 수 있을 것 같았다. 하루도 안 걸려 산을 내려가고 들판을 지나 울창한 정글로 직행할 수 있을 것 같았다.

울창한 정글. 지금쯤 윌리는 마크를 잊고 원숭이와 곰을 합쳐 놓은 것 같은 동료들한테 돌아갔을 것이다. 물론 그곳엔 푸른 광선도 있었다. 그곳 어딘가에 있을 푸른 광선. 돌아가서 그것을 다시 찾아내야 했다.

확실하지는 않지만, 마크가 이 세계에서 지낸 지 벌써 1년이 훌쩍 넘은 것 같았다. 어쩌면 2년일 수도 있었다. 그렇다면 그의 나이가 열다섯 살이라는 말이었다.

'엄마 아빠는 어떻게 지내고 있을까? 내가 없어진 게 어쩔 수 없는 일이라고 체념하신 건 아닐까? 나를 잊고 두 분이 잘 살고 계신 건 아닐까?'

마크가 한숨을 내쉬며 몸을 돌렸다가 눈을 떴다. 리타가 아직도 그의 옆에 앉아서 시계를 어루만지고 있었다. 마크의 눈살이 찌푸려졌다. '내가 이대로 도망친다면 추크 족이 리타한테 무슨 짓을 할까?'

"갈 거니?"

리타가 물었다.

'어떻게 알았을까?'

리타가 자기 마음을 훤히 들여다보는 것 같았다.

마크가 어물어물했다.

"리타, 그만 자."

마크는 다시 눈을 감았다.

23

마크가 리타를 내려놓고 잠시 걷게 했다. 일행은 붉은빛이 도는 아름다운 산골짜기 밑의 잘 닦인 길을 걷고 있었다. 진홍색 풀이 무릎까지 오고, 길 양쪽에 과일 나무와 밝은 오렌지색 꽃이 핀 들판이 펼쳐져 있었다.

거름 냄새와 고기 굽는 냄새가 오솔길을 따라 일행한테까지 풍겼다. 산 중턱에 있는 바위 뒤쪽에서 사냥 나팔 소리가 길고 선명하게 들렸다. 이에 답하기라도 하듯 골짜기 저 아래쪽에서 또 다른 나팔 소리가 들려왔다.

일행을 향해 달려오고 있는 마차 쪽에서 흙먼지 구름이 자욱하게 피어올랐다. 일행 앞에 멈춰 선 동물은 황금빛으로 털이 반질반질하게 손질되어 있었다. 그 황금빛 동물에 여자아이가 타고 있었다. 검은 머리를 길게 땋아 늘어뜨리고, 전사처럼 사슴 가죽옷을 입고, 무릎 위까지 올라오는 잘 무두질한 모카신을 신은 모습이었다.

다곤이 타고 있는 짐승에서 뛰어내려 그 여자아이한테로 달려갔다. 그러고는 두 팔을 활짝 벌려 여자아이를 힘차게 꽉 껴안고 공중에서 빙글빙글 돌렸다. 여자아이가 그의 팔에서 내려오자 포로들을 흘긋 돌아보았다. 여자아이의 눈길이 마크한테 머물렀다. 자기 아버지가 그랬던 것처럼 여자아이도 마크를 드러내놓고 빤히 쳐다보았다.

"메간…… 카콘."

다곤이 나지막한 소리로 말했다.

여자아이가 도도하게 턱을 치켜들더니 자기 아버지한테로 고개를 돌리며 웃음을 지었다. 여자아이가 무슨 말을 했지만 마크는 알아듣지 못했다. 뒤미처 여자아이가 다시 황금빛 동물에 올라탄 뒤 다곤 옆으로 가서 행렬을 마을까지 이끌고 갔다.

건물 설계와 구조로 볼 때 추크 부족이 화살 부족보다 훨씬 앞섰다는 게 마을 외곽에서부터 드러났다. 이곳은 그냥 작은 마을이 아니라 번잡한 도시였다. 집은 통나무로 만들었는데, 통나무를 이어 붙이고 갈라진 틈을 진흙으로 메웠다. 또 구석마다 높은 감시탑이 있어, 적이 접근하면 제때 발견해 사람들한테 경보를 내릴 수 있었다.

건물에서 수백 미터쯤 떨어진 큰 나무 축사에서 거름 냄새가 났다. 추크 족은 버펄로처럼 생긴 짐승을 가축처럼 길들여 소규모로 기르고 있었다.

전사들이 다가가자 환호성이 터져 나왔다. 추크 족 사람들은 전사들이 자기네 집을 지나갈 때마다 박수를 치고 소리를 질렀다.

마크를 비롯한 포로들은 미로처럼 자리 잡은 모닥불, 솥, 집 들을 지나 마을 건너편으로 끌려갔다. 전사들이 포로들을 묶은 밧줄을 풀어주었다. 그러고는 포로들을 깊은 구덩이의 가장자리로 밀어붙였다.

마크가 아래를 내려다보니, 구덩이 깊이가 2미터는 훨씬 넘어보였다. 한 전사가 마크를 앞으로 떠밀었다. 마크가 전사의 손을 뿌리치고 구덩이 너머를 흘긋 보았다. 맞은편에서 다곤이 지켜보고 있었다. 마크는 어금니를 악물고 발걸음을 크게 떼서 다른 포로들과 함께 구덩이 바닥으로 내려갔다.

화살 사람들이 겁을 잔뜩 먹고 구덩이 한가운데로 몰려들었다. 추크 족 사람들이 구덩이 위로 떼를 지어 나타나더니 손가락으로 포로들을 가리키며 관찰하듯 살펴보았다.

마크는 한구석으로 가서 앉았다. 지치기도 했지만 리타를 업고 오느라 등이 몹시 쑤셨다. 마크는 양손으로 머리를 받친 채 하품을 하며 흙벽에 기댔다. 자기 혼자 탈출하지 않고 포로들과 함께 있기로 한 게 잘한 일이라고 생각했었다. 자기가 없었다면 리타가 이곳까지 올 수도 없었을 거라고 위안을 삼았었는데, 당장 눈앞에 벌어지고 있는 일들을 보니까 별로 잘한 일 같지도 않았다.

리타가 마크 옆에 무릎을 꿇고 앉았다.

"머크 찬 투."

"나한테 고마워하지 않아도 돼. 누구라도 그렇게 했을 거야."

포로들의 머리 위에서 거래가 이루어지고 있었다. 목소리가 커지고, 말싸움하는 소리도 들렸다. 마크는 추크 족이 노예를 분배하는 방법을 놓고 서로 다투고 있는 거라고 생각하면서도 자기와 상관없는 일이라고 여겼다. 자기로서는 원기를 회복하는 대로 곧장 도망칠 생각이었으니까. 그것도 추크 족이 절대 쫓아오지 못할 곳으로. 가능한 한 재빨리 도망쳐 짐승을 탄 추크 족이 접근할 수 없도록 덤불이 무성한 곳으로 간다는 게 마크의 계획이었다.

다투는 소리, 거래하는 소리가 몇 시간이고 계속되다가 오후 늦게야 어느 정도 가라앉았다. 서로 간의 금액이 맞으면 새 주인이 자기 소유가 된 노예를 데려가려고 구덩이로 내려왔다.

포로들이 한 사람씩 구덩이에서 끌려 나와 주인에게 넘겨졌다. 리타의 차례가 되어 그때까지 붙잡고 있던 마크의 팔을 놓아야만 했다. 리타를 산 노파는 끝이 뾰족한 막대기로 리타를 찔러 억지로 걸어가게 했다.

이제 구덩이에 남은 포로는 마크밖에 없었다. 마을 사람들이 줄어들자 전사들끼리 포로들의 몸값을 나누어 가졌다.

마크를 노예로 데려가려는 사람은 없는 것 같았다. 다행이었다. 적어도 내일 아침이면 그가 탈출한 걸 알고 거래를 잘못했다고 후회하는 일은 없을 테니까.

"카콘."

구덩이 위쪽에서 날카로운 소리가 들렸다.

마크가 눈을 떴다. 검은 머리를 길게 땋은 여자아이가 팔짱을 끼고 서 있었다. 그 애가 명령을 내리자 밧줄이 마크의 머리 위를 빙빙 돌다 어깨에 내려앉았다. 사보가 밧줄을 홱 잡아당겨 마크를 일으켜 세웠다. 뒤미처 전사들이 가세해 마크를 구덩이에서 끌어올렸다. 한 전사가 엎드린 마크를 누르고 있는 동안 다른 전사가 재빨리 마크의 손을 묶었다.

사보가 짐승 위에서 몸을 일으킨 뒤 마크가 일어설 틈도 주지 않고 그를 끌고 갔다. 그 상태로 마을을 지나 다다른 곳이 커다란 통나무집 뒤에 있는 작은 헛간이었다.

사보가 마크를 헛간 안으로 사정없이 떠다민 뒤 빗장을 걸었다. 사방에서 고약한 냄새가 진동했다. 마치 하수구가 열려 있는 것 같았다. 헛간 뒷벽 바닥에 난 조그만 반원형 구멍을 빼면 손바닥만 한 공간은 칠흑처럼 어두웠다. 마크가 진흙 바닥을 엉금엉금 기어가서 그 구멍으로 밖을 내다보았다.

마크가 있는 헛간 뒤쪽에 우리가 보였다. 그 우리 안에 길고 뾰죽한 코로 바닥을 헤집고 다니는 뚱뚱한 털북숭이 짐승이 있는데, 그 꼴이 딱 돼지 같았다. 악취가 진동하는 게 당연했다. 그러니까 지금 마크는 돼지우리 안에 갇혀 있는 셈이었다.

문으로 가서 열어 보려고 했지만 꼼짝도 하지 않았다. 이번엔 벽을 밀어 보았다. 다른 집처럼 통나무로 만든 벽이라 무척 단단했다. 남은 건 구멍뿐이었다. 마크가 구멍 가로 가서 무릎을 꿇고 앉았다. 구멍이 너무 작아서 몸은 고사하고 머리도 잘 들어가지 않았다.

바닥이 흙으로 되어 있어, 흙을 파내 구멍을 넓히면 빠져나갈 수 있을 것 같았다. 그러자면 손에 묶인 밧줄부터 풀어야 했다. 마크가 등산화 바닥을 더듬어 칼을 찾아내고 어설프게 밧줄을 자르기 시작했다. 몇 분 뒤에 손목에 묶인 밧줄을 풀었다.

칼, 등산화 앞코, 손가락 등등 가능한 수단을 모두 동원해 흙바닥을 팠다. 마침내 그의 어깨가 들어갈 정도로 구멍이 넓혀졌다. 마크가 꿈틀꿈틀 몸을 비틀어 우리까지 갔다.

어두워진 다음에 탈출할 계획이었지만, 추크 족이 구멍을 발견하는 위험을 감수하고 싶지 않았다.

통나무 울타리 뒤에 몸을 숨기고 있다가 돼지 떼를 가로질러 간 뒤, 우리 옆으로 가서 이리저리 엿보았다. 눈에 띄는 사람은 없었다.

지금이 기회였다. 마크가 심호흡을 한 뒤 미끄러지듯 울타리를 넘어갔다. 마을 입구에 닿을 때까지 이 건물에서 저 건물로 조심스럽게 움직였다.

크고 불그스름한 나무 뒤에서 머리를 휙 숙인 뒤 재빨리 주위를 살폈다. 오른쪽으로 포로들이 끌려왔던 길이 보였다. 하지만 그 길로 가는 건 위험했다. 사방이 탁 트인 곳으로 나가면 바로 추크 족한테 붙잡힐 게 뻔했다. 산을 바라보았다. 산은 몹시 가파르고 바위로 되어 있지만, 그런 이유로 몸을 숨기기엔 더 나을 것 같았다.

마크가 채소 밭고랑 사이를 기어갔다. 이제 한 집만 더 지나면 산 중턱에 있는 바위와 덤불로 갈 수 있었다.

건물 뒤쪽으로 힘껏 달려가 몸을 기댄 채 숨을 골랐다. 마크는 지금 거의 목숨을 내놓고 움직이고 있었다.

작고 털 많은 짐승이 소리 높여 짖어 대기 시작했다. 그 짐승을 개라고 부르기 뭐했지만, 어쨌든 생김새는 개하고 비슷했다. 뒤미처 그의 뒤쪽에서 사람들이 고함치는 소리와 쫓아오는 소리가 들려와 가까운 산등성이로 정신없이 내달렸다

뭔가가 윙 하고 마크의 귓가를 지나갔다. 앞쪽 흙바닥에 화살이 꽂혔다. 마크가 왼쪽으로 몸을 확 피한 뒤 지그재그로 산등성이를 타고 올라가 산마루턱까지 이르렀다. 그길로 덤불로 들어가 숨으면 추크 족이 절대로 잡을 수 없을 것 같았다.

그때 뭔가가 마크의 등을 세게 내리치더니 이내 불에 달군 인두 같은 것이 살을 확 지지고 들어오는 느낌이 났다. 마크의 무릎이 저절로 꿇어졌다. 두 번이나 일어나 보려고 했지만 어쩔 수 없었다. 손으로 땅을 더듬어 짚고 간신히 무릎을 꿇고 일어난 뒤 눈에 들어오는 바위 뒤로 가서 몸을 숨겼다.

사람들 목소리가 점점 가까워졌다. 마크는 숨을 쉬려고 발버둥을 쳤다. 어찌된 영문인지 숨쉬기가 힘들었다. 버둥거리던 끝에 번쩍 의식이 들어 자신을 지킬 만한 것을 찾아 주위를 더듬었다. 마크의 손가락이 가까스로 커다란 돌덩이에 닿았다. 돌덩이를 집어 들려고 했지만 힘이 너무 없었다. 돌덩이를 놓치고 말았다.

뒤미처 그들이 나타났다.

24

마크의 발목에 육중한 족쇄가 채워져 있어 걸을 때마다 살을 파고들었다. 쇠붙이를 녹여 주조한 쇠사슬에 무거운 쇠막대가 달려 있어 천천히 비치적거리며 걸을 수밖에 없었다.

화살에 맞은 상처를 치료하는 데 거의 석 달이 걸렸다. 마크가 일어나 앉을 정도로 회복되자, 다곤이 대장장이한테 족쇄를 만들라고 시켰다.

다곤의 딸인 메간이 마크를 직접 돌보았다. 메간과 그녀의 할머니가 화살을 뽑아내고 깊게 찢어진 상처를 치료해 주었다. 메간이 마크를 치료하는 동안 추크 족 말을 가르쳐 주어서 이제 마크는 거의 추크 족처럼 말을 할 수 있게 되었다.

마크는 낡은 벅스킨(buckskin, 사슴이나 양, 염소 따위의 가죽: 옮긴이) 바지를 받아 입고, 집 안의 구석진 바닥에서 잘 수 있게 되었다. 다곤은 마크한테 음식을 충분히 주라는 명령도 내렸다. 마크가 하루빨리 회복해 몸값을 치른 만큼 힘든 일을 시킬 수 있게 되기를 바란다고 하면서.

마크는 리타가 팔려간 이후로 한 번도 보지 못했다. 자존심 때문에 메간한테 리타의 안부를 물어볼 수도 없었다. 그저 리타가 천대받지 않기만을 바랄 뿐이었다.

"카콘. 내 말 잘 들어. 이 일을 거들어야 하니까."

메간이 얼굴을 찌푸리며 무두질을 하려고 고약한 냄새가 나는 액체에 담가 놓은 버펄로 가죽을 가리켰다.

"그 딴생각하는 버릇을 버리지 않으면 네가 쓸모없는 애라고 아버지한테 다 일러바칠 거야."

"이 족쇄를 풀어 주고, 억지로 여자들 일을 시키지 않으면 내가 훨씬 쓸모가 있다는 걸 알게 될 텐데."

메간이 눈초리를 치켰다.

"또 도망가려고?"

"그럴지도 모르지."

마크가 액체에 젖어 무거워진 가죽을 드는 일을 거들었다.

"정글로 돌아가 푸른 광선을 찾아야 한다고 다 말했잖아."

"믿기지 않아. 우리를 놀리려고 꾸민 엉터리 이야기 같아."

"그럼 내가 왜 이렇게 다르게 생겼는지 설명할 수 있어? 네가 사는 세상에서 나처럼 생긴 사람을 본 적이 있냐고?"

"트랜스올. 내가 말했잖아. 추크 말로 세상은 트랜스올이야."

"내 질문에 대답하지 않았어."

"이 가죽은 다 된 것 같아. 울타리에 널게 도와줘. 내일 좀 더 손보면 될 거야."

늘 이런 식이었다. 마크가 푸른 광선을 찾아 집으로 돌아갈 거라는 말을 꺼내면, 메간은 곧 모르는 척 피해 버렸다.

메간이 눈을 가리는 머리카락을 빗어 넘기며 말했다.

"이제 우린 탄타의 창고로 갈 거야. 우리 밀가루가 거의 떨어졌거든."

마크가 메간을 빤히 보았다.

"우리라고? 내가 너하고 같이 간다고? 네 아버지가……."

"아버지가 안 계실 때는 나더러 널 감시하라고 했어. 나하고 같이 가서 밀가루 자루를 옮겨야 되니까 가서 손수레 가져와."

메간 할머니가 문 앞에 나타났다.

"저 야만스러운 사내애를 사람들이 있는 곳으로 데려가는 게 옳다고 생각하니? 저 애 때문에 네가 곤란해질 수도 있어."

메간 할머니는 마크를 늘 야만인이라고 불렀다. 추크 부족이 어떻게 해서 최초의 사람들이 되었는지, 메간 할머니가 쉬지도 않고 말하는 소리를 마크도 여러 번 들은 적이 있었다. 생명의 창조자가 트랜스올을 통치할 사람이 필요해 특별히 추크 족을 만들었다는 것이었다. 다른 사람들은 추크 족을 섬기기 위해 태어났으며, 추크 족이 원하는 대로 다른 사람들을 얼마든지 부릴 수 있다는 말도 당연하다는 듯이 했었다.

"저 애가 뭘 어쩌겠어요? 밀가루가 필요한데 바로는 너무 작아 밀가루 자루 옮기는 걸 도와줄 수 없단 말이에요."

"내가 너무 작지는 않지."

검은 곱슬머리의 꼬마가 문가에 서서 머리만 밖으로 내민 채 입을 삐죽거렸다.

"나도 위대한 우리 아빠만큼 용감한 전사라고."

메간이 너그럽게 웃어 보였다.

"언젠가는, 요 귀염둥이 바로야. 언젠가는 그렇게 될 거야."

"농장 일꾼을 데려가. 이 애보다는 훨씬 잘 움직일 테니까. 아비가 이 야만인한테서 뭘 발견했다는 건지 도통 알 수가 없구나. 트랜스올의 이름으로 이 거인을 집 안에서 지내게 하고, 애완동물처럼 끼고 돌면서 맛있는 추크 음식을 주라고 한 이유를 모르겠어. 다른 노예처럼 농장에서 재워야 하는 노예를 말이다."

"이미 결정이 난 일이에요."

마크가 바퀴가 두 개 달린 작은 수레를 밀고 오는 게 보였다.

"저 애가 잘못하면 채찍으로 때려 줄 거예요. 저 애도 알고 있어요."

마크가 손수레를 집 앞에 갖다 놓고 명령을 기다렸다. 메간보다 마크가 훨씬 컸다. 마크를 마을에 붙들어 놓는 게 그의 다리를 죄고 있는 쇠고랑이라는 걸 둘 다 알고 있었다. 마크는 추크족과 잘 지내려고 시키는 대로 했다. 뭐 때문인지는 모르겠지만 다곤은 다른 노예들보다 마크한테 훨씬 잘해 주었다. 탈출할 방법을 찾기 전까진 말썽을 일으키고 싶지 않았다.

마크가 메간을 따라 대규모 마을을 지나 중심가로 이어지는 좁은 길로 걸어갔다. 그때까지 마크는 다곤의 농장을 벗어나도 좋다는 허락을 받은 적이 한 번도 없었다. 가축을 먹이고, 화단을 가꾸고, 장작을 패고, 농장 일꾼과 목동에게 물을 가져다는 주는 허드렛일만 했을 뿐, 마을의 주요 구역에 출입할 수도 없었다.

마크의 걸음으로는 메간을 따라잡을 수 없었다. 다루기 힘든 나무 수레를 밀어야 하는 데다가 짧은 쇠사슬에 달린 쇠막대가 발 뒤에서 거치적거리는 것도 처리해야만 했다.

두 사람이 집 밖에 나앉아 바느질을 하고 있는 여자들을 지나 갔다. 메간이 일일이 여자들의 이름을 부르며 손을 흔들었다. 여자들이 마크를 그의 머리가 두 개라도 되는 양 쳐다보았다.

마크는 키가 월등히 크고, 눈과 발이 이상하게 생겼고, 탈출을 시도하다 실패했는데도 목숨을 부지한 노예였다. 그런데 그의 탈출 사건은 추크 족 사람들한테 아직 알려지지 않은 상태였다.

지금 마을에는 여자들하고 아이들만 있다고 봐도 되었다. 다 곤이 대부분의 남자들을 이끌고 습격하러 나가서, 여기 생활이 순조롭게 돌아가는 데 필요한 대장장이와 석궁으로 무장한 노예 감독들만 남아 있었다. 몇몇 노인들이 모여 앉아 냄새가 코를 찌르는 담배를 씹고 있는 게 보였다.

다곤이 사보를 비롯한 부하 전사들과 함께 다음 습격에 대해 계획을 세우는 소리를 마크도 들었었다. 높은 산을 넘어서 동쪽으로 가면 라와즈라고 하는 야만인들이 살고 있는데, 다른 마을에 사는 추크 족을 학살한 식인종이었다. 다곤의 전사들이 다른 마을 추크 족과 연합을 해서 그 식인종들을 찾아 섬멸하려고 길을 나선 것이었다.

마크가 기다린 기회가 바로 지금과 같은 때였다. 전사들이 모두 출동해 버려서 그를 추적할 사람이 아무도 없었다. 우선 쇠사슬과 쇠막대를 없앨 방법부터 찾아야 했다.

금속끼리 부딪쳐 쨍그렁거리는 소리에 마크가 발길을 멈췄다. 천막지붕을 친 대장간에서 활활 타오르고 있는 화덕이 보였다. 불. 연장이 있고 쇠사슬을 불에 달굴 수만 있다면……

"카콘. 이렇게 고함을 질러야만 내 말이 들리니?"

"어? 뭐라고 했는데?"

마크가 손수레를 메간 쪽으로 굴리며 갔다.

"내 말은……, 나 참, 이렇게 한다고 무슨 소용이 있겠니? 넌 절대로 성실한 일꾼은 되지 못할 거야. 도대체 아버지가 널 왜 그렇게까지 생각하는지 모르겠다. 어쩌면 너하고 메콘이……."

그 순간 메간의 눈이 동그랗게 되면서 제 손으로 입을 가렸다.

"내 말은 꾸물거리지 좀 말라는 거야."

마크가 그 이름을 들은 게 벌써 두 번째였다. 그런데 그 이름이 비밀이라는 되는 건가? 마크가 걸음을 빨리하려고 애를 썼다.

"대체 메콘이라는 자가 누군데 그래?"

"여기가 창고야. 내가 들어가서 탄타와 물물교환을 하는 동안 넌 밖에서 기다리고 있어."

메간이 뒤도 돌아보지 않고 큰 건물 안으로 들어가 버렸다.

마크가 털썩 주저앉았다. 메간한테 너무 화가 났다. 늘 제 콧대만 세우고 그가 뭘 물어도 대답하는 법이 없었다. 조만간……

"머크."

맞은편에서 귀에 익은 목소리가 들려왔다. 리타? 무거운 바구니를 두 개나 들고서 노파를 따라가고 있는 사람이 리타였다.

마크가 벌떡 일어났다.

"리타, 어떻게 지내니? 괜찮아? 크세 티야크 투?"

노파가 마크를 노려보며 말했다. "노예는 말하면 안 돼. 금지야." 그러고는 막대기로 리타를 찌르며 길을 내려갔다. 리타는 고개를 돌려 마크를 쳐다볼 뿐, 아무 말도 하지 못했다.

리타가 어디로 들어가는지 확인하려고 마크가 서서 지켜보았다. 길 끝에 있는 첫 번째 초가지붕 집이었다.

"카콘. 뭘 그리 보고 있니? 지금 저 멍청한 노예를 넋 놓고 쳐다보고 있을 땐 줄 알아? 어서 이쪽으로 와서 자루나 날라."

메간이 창고 문 앞에 서서 눈살을 찌푸리고 있었다.

"할머니 말이 맞았어. 너 때문에 생고생을 할 거라고 했거든."

마크가 천천히 얼굴을 돌렸다. 어금니를 악물고 그가 하고 싶은 대로 말했다.

"리타는 영리해. 함부로 말하지 마."

메간의 뺨이 벌겋게 물들었다.

"이리 와서 자루나 들라고 했지. 두 번씩 말하게 하지 마."

25

"풍차라고? 그게 뭔데?"

마크가 무거운 물통을 나르도록 바로가 문을 열어 주었다.

"바람의 힘으로 작동하는 기계장치인데 그걸로 지하에서 물을 끌어올릴 수 있어."

"지금 애한테 무슨 허튼소리를 하는 거니?"

메간이 불 옆에 꿇어앉아 커다란 솥에 든 스튜를 젓고 있었다.

"허튼소리가 아니야."

마크가 탁자 위에 나무 물통을 올려놓았다.

"내가 살던 세상에서는 아무도 이렇게 물을 긷지 않아. 집집마다 물이 파이프로 직접 연결되어 있어서 필요할 때 물이 나오는 꼭지를 돌리기만 하면 물이 나오거든."

메간이 웃음을 터뜨렸다.

"끓는 물이나 얼음 같은 물을 마음대로 선택할 수도 있고?"

"그래 사실이야. 선택할 수 있어."

"다음번엔 뭘 내놓을 거니? 오늘 아침엔 애한테 네가 살던 세상 사람들은 금속으로 만든 새 안에 들어가 구름 위를 날아다닐 수 있다고 했다며. 네가 살던 곳은 정말 마법의 땅이구나."

메간이 마크한테 뜨거운 스튜 한 그릇을 건네며 말했다.

"누나, 카콘 형 놀리지 마."

바로가 마크 목에 걸린 발톱 목걸이를 가리키며 말했다.

"형은 용감한 전사이고 아는 것도 많아. 형이 흙에다 그린 그림은 또 어떻고? 그렇게 멋진 것들을 본 적 있어? 높은 건물, 저절로 굴러가는 바퀴 네 개 달린 마차, 그림이 막 바뀌는 상자 말이야. 그게 사실이 아니라면 형은 말도 안 꺼냈을 거야."

마크가 바로의 머리를 헝클어뜨렸다.

"이곳에 나를 믿어 주는 사람이 있다니 정말 좋다."

"흠, 얘야! 왜 바로가 저 야만인을 자꾸 쫓아다니게 놔두는 거냐? 그러다 골치만 아프게 될 거야."

메간이 고개를 돌렸다.

"할머니, 카콘은 해를 끼치지 않아요."

"해를 끼치지 않는다고? 저 야만인이 난로 위에 있는 아비의 낡은 석궁을 쳐다보는 걸 내 눈으로 직접 본걸. 어느 날 밤이고 우리 식구가 자다가 몰살을 당할지도 몰라."

"잠 얘기가 나왔으니 말인데…… 잠자리에 들 시간이에요."

메간이 하품을 하며 손을 닦았다.

"내일은 사람들이 수확한 걸 가져올 거예요. 우리 손으론 감당할 수 없을 만큼 일이 많을 거예요. 바로, 자러 가야지."

바로가 마크 옆에 몸을 바짝 붙이고 말했다.

"언젠가 내가 족장이 되면 누나한테 이래라저래라 할 거야."

그러고는 일어나서 제 누나와 할머니를 따라 침실로 갔다.

마크는 남은 스튜를 꿀꺽꿀꺽 마시고 자기 자리로 가서 기다렸다. 일이 너무 쉬워 보였다. 메간의 가족은 마크가 밤중에 돌아다니는 소리에 익숙했다. 소리가 나도 족쇄가 채워져 있기 때문에 마크가 도망갈 거라는 생각은 아무도 하지 않았다.

몇 시간이 흐른 뒤에 마크가 난로로 가서 다곤의 낡은 석궁과 화살집을 잡으려고 손을 뻗었다.

몸을 굽혀 쇠막대를 잡고 소리가 나지 않게 슬그머니 문을 열고 나왔다. 멀리서 개 모양의 짐승이 짖는 소리가 들렸다. 지난번에 탈출하다가 벌어졌던 일이 절로 떠올렸다.

그가 장작더미에서 손도끼를 집어 들고 집 뒤로 가서 뜰을 빠져나가 들판을 가로질러 갔다. 다곤의 농장 감독이 일꾼들을 데리고 풍작이 든 계곡으로 갔기 때문에 그를 막을 사람이 없었다.

쉬지 않고 걸어 첫 번째 산꼭대기까지 갔다. 리타 생각에 발길을 멈추고 뒤를 돌아보았다. 그길로 리타한테 간다면 둘 다 잡히고 말 것이고, 다곤도 이번엔 관대하지 않을 것이다. 이제 와서 마크가 할 수 있는 일은 없었다. 혼자 가는 수밖에.

마크가 첫 번째 산등성이를 내려와서 나무와 덤불을 헤쳐 가며 어둠 속에서 최대한 속도를 내기 시작했다. 내일 아침이면 아주 멀리까지 가서 추크 족이 절대 찾아낼 수 없을 것이다.

26

해도 다 떠오르지 않은 이른 새벽이었다. 마크의 걸음걸이가 지척지척했다. 전날 밤에 한적한 계곡에서 한 번 쉬었는데, 그때 작은 모닥불을 피우고 족쇄를 달궜다. 족쇄가 충분히 달궈지자 쇠사슬 고리가 부러질 때까지 손도끼로 사정없이 내리쳤었다.

그러고 나서 한 번도 쉬지 않고 계속 걸었다. 집에 있는 사람들이 마크가 사라진 걸 알아차리고 수색대를 보낼까 봐 겁이 나서 멈출 수가 없었다.

마크가 애초 계획한 대로 가장 험악한 곳에 머물렀다. 덤불과 바위 때문에 짐승을 탄 전사들이 지나기 힘든 곳이었다. 하지만 마크는 좀처럼 불안감이 가시지 않았다. 추크 족은 그 지역을 마크보다 훨씬 잘 알고 있었다. 그곳을 우회하여 마크를 앞지를 수 있는 길을 알고 있을지도 모르는 일이었다.

어둑한 산골짜기로 내려가 잠시 몸을 숨기고 쉴 만한 곳을 찾았다. 앞쪽에서 들리는 시끄러운 소리에 마크가 발걸음을 우뚝 멈췄다.

누군가가 혹은 뭔가가 마크 쪽으로 오고 있었다.

얼른 산비탈을 기어 올라가서 나무 뒤에 숨었다. 심장이 놀라서 쿵쿵 뛰는 소리가 그의 귀에까지 들렸다. 추크 족이 이렇게 빨리 그를 따라잡았을 리는 없었다.

잠시 후, 그늘 속에서 일행이 나타났다. 키가 작고 얼굴과 가슴에 푸른색과 검은색으로 줄무늬를 칠한 사람들이었다. 등까지 내려온 기다란 머리카락 한 가닥만 남기고 머리를 박박 밀어 버린 데다가 입은 옷은 허리에 두르고 있는 가죽이 전부였다.

그들은 입으로 불어서 쏘는 화살과 창을 들고 있었다. 추크 족처럼 칼과 도끼, 활을 든 사람들도 있었다. 마크 앞을 지나가는 키 작은 남자들의 수를 세 보니 모두 서른일곱 명이었다.

그들이 누구인지는 바보가 아니라면 알 수 있었다. 그들 목에는 뼈와 쪼그라든 두개골이 걸려 있고, 길고 검은 머리털이 달린 사람의 두피로 무기를 장식하고 있었다. 바로 다곤의 전사들이 찾고 있는 라와즈 족이었다.

그들이 추크 족 마을로 향하고 있었다.

마크가 제 머리를 쥐어뜯었다. 추크 족 전사들이 마을을 떠나 있었기 때문에 남아 있는 사람들이 곧 엄청난 위험에 처하게 될 지경이었다. 게다가 리타도 그 마을에 있었다. 마크를 졸졸 따라다니며 그의 말이라면 한마디도 놓치지 않으려 했던 어린 바로 생각도 났다. 또 메간이 아무리 거만해도 라와즈 족의 사냥감이 되어야 할 정도는 아니었다.

아무리 생각해도 마을로 되돌아갈 수밖에 없었다. 라와즈 족이 보이지 않자, 마크가 숨어 있던 곳에서 빠져나왔다. 늦은 감이 없지 않지만 추크 부족에게 라와즈 족 전사들이 오고 있다는 걸 알릴 수 있는 방법은 한 가지뿐이었다. 위험을 감수해서라도 사방이 트인 길을 선택해 큰길로 가는 수밖에 없었다.

어차피 어느 쪽이든 위험하기는 다 마찬가지였다. 라와즈 족이 마크를 발견하지 못해 요행히 그들보다 먼저 마을에 도착한다고 해도 추크 부족 사람들이 마크가 되돌아온 이유도 들어 보지 않고 그를 죽일지도 모르는 일이었다.

피로가 사라진 자리를 절박한 마음이 대신했다. 첫 번째 산등성이를 올라갔다가 마지막 산비탈을 내려가는 동안 숨을 고르고 시냇물을 마시느라 두세 번 쉬었을 뿐, 마크는 젖 먹던 힘까지 다 내어 질주했다.

마크가 붉은 산골짜기에서 마을로 이어지는 큰길에 도착했을 땐 이른 오후였다. 버펄로 우리를 지나 휘청휘청 걸어가는 마크를 추크 족 정찰병이 발견하고 나팔을 한 번 불었다.

"라와즈!"

마크가 게거품을 뿜어내며 말했다. 너무 목이 말라 말도 제대로 나오지 않을 정도였다.

대장장이와 마을에 남은 전사 두 명이 큰길가에서 마크를 기다리고 있었다. 전사 한 명이 마크의 멱살을 움켜잡았다.

"어떻게 족장의 노예가 무기를 가지고 있고, 사람들이 있는 데로 이렇게 자유롭게 돌아다니는 거지? 족장의 딸이 정신이 나가서 이 모든 걸 허락한 건가?"

마크가 침을 꿀꺽 삼켰다. 믿을 수가 없었다. 이들은 마크를 찾으러 나온 게 아니었다. 마크가 사라진 사실조차 모르는 것 같았다. 메간이 말을 하지 않은 게 분명했다.

전사가 마크를 흔들었다.

"이 멍청아, 크게 말해. 뭐라고 변명할 말도 없는 거냐?"

마크의 숨이 턱에 닿았다.

"헉헉…… 라와즈 족…… 오고…… 있어요…… 헉헉……."

대장장이가 한 걸음 물러났다.

"네가 그걸 어떻게 알아?"

"헉헉…… 봤어요…… 서둘러요…… 그들이…… 가까이…… 헉헉……."

"넌 주인집으로 돌아가. 내가 경보를 울리겠다. 경고하는데, 만약 이게 속임수라면……."

"헉헉, 속임수…… 아니에요. 헉헉, 내 두 눈으로…… 봤어요."

전사가 마크를 풀어 주면서 다곤의 집 쪽으로 탁 떠밀었다. 마크는 휘청거리는 걸음으로 좁은 길을 따라 계속 걸었다.

마크가 메간을 봤을 때 오두막 밖에서 짐승의 가죽을 손질하고 있었다. 메간이 그를 노려보았다.

"돌아오셨군. 남의 물건을 가져가서 다시 온 거니? 아니면 겁이 나서 계속 도망칠 수 없었던 거니?"

마크가 오두막 담에 쓰러지다시피 하면서 몸을 기댔다. 그 상태로 제대로 발음할 수 있을 때까지 기다렸다.

"돌아올 생각 없었어."

"그럼 왜 돌아온 건데?"

메간이 내뱉듯이 말했다.

"마을 …… 라와즈 족이 여기로 오고 있는 걸 봤어."

망루에서 경보를 울렸다.

메간이 망설였지만, 잠시뿐이었다.

"카콘, 얼른 이리 와. 바로와 할머니를 안전한 곳으로 데려가야 돼. 이곳에서 멀지 않은 골짜기 아래쪽에 하얀 바위로 둘러싸인 동굴이 있어."

"먼저 가. 내가 곧 뒤따라갈게. 그 전에 할 일이 있어."

"그 노예 아이?"

마크가 고개를 끄덕였다.

메간이 그의 팔을 잡고 말했다.

"동굴은 감춰져 있어. 뿌리가 드러난 죽은 나무를 찾아."

메간이 몸을 돌려 집으로 뛰어갔다.

마크가 서둘러 마을로 갔다. 어디를 가나 사람들이 뛰어다녔다. 등에 짐을 지고 손수레를 밀며 마을을 떠나는 사람들도 있고, 싸움을 준비하는 전사들도 있었다.

마크가 초가지붕을 얹은 첫 번째 집 문을 세게 두드렸다. 노파가 문을 10센티미터쯤 열고 밖을 내다보았다.

"무슨 일이냐? 네놈 때문에 허비할 시간 없다. 네 주인한테로 돌아가."

마크가 문을 확 밀어제치자 노파가 엉덩방아를 찧었다.

"리타 어디 있어요?"

"이 무례한 놈! 이 일로 네놈이 채찍질을 당하는 걸 꼭 지켜보고 말 테다."

리타가 방으로 들어왔다.

"머크. 도망쳐. 지금이 기회야. 어서 가. 어서."

"너 없이는 안 가."

마크가 리타의 팔을 잡았다. 나가기 전에 노파를 보고 말했다.

"우리하고 같이 가셔도 돼요. 내가 은신처를 알거든요."

"차라리 죽고 말지."

"그렇게 하시든지요 그럼. 리타, 가자. 시간이 없어."

거리는 여전히 혼란스러웠다. 다시 한 번 나팔 소리가 길게 터져 나왔다. 큰길에서 마크를 막아 세웠던 전사가 짐승을 타고 전속력으로 질주해 마크가 있는 쪽으로 왔다.

"이거 탈 줄 아나?"

"조금요. 왜요?"

"네 말이 사실이었다. 우리 정찰병들이 라와즈 족을 찾아냈다. 마을 남자들은 모두 남아서 싸워야 된다. 네가 이걸 타고 가서 다곤 족장한테 알리지 않으면 마을을 잃게 될 거다."

리타가 마크의 팔을 잡았다.

"안 돼, 머크. 하지 마. 제발 하지 마."

마크가 한숨을 쉬었다.

"리타, 가까운 골짜기를 따라 내려가. 가서 하얀 바위 앞에 있는 죽은 나무를 찾아. 그곳에 동굴이 있을 거야. 메간한테 내가 보냈다고 말해. 어서 가. 내 말대로 해. 나중에 너한테 갈게."

리타가 입술을 깨물며 떠났다.

전사가 미끄러지듯 땅으로 내려왔다.

"자, 내 걸 타라. 불모지 동쪽으로 가면 다곤 족장을 찾을 수 있을 거다. 라와즈 족은 해지기 전엔 공격하지 않는다. 우리가 잠시 그들의 공격을 늦출 수 있을 거다."

마크가 피곤에 지친 몸으로 짐승 위에 올라탔다. 짐승이 놀라서 옆걸음질을 치자 그가 두 손으로 고삐를 꼭 잡았다.

전사가 고삐를 잡고 마크한테 사냥용 나팔을 주었다.

"이 나팔을 불면 다곤 족장이 나타날 거다. 어서 서둘러라."

전사가 칼등으로 짐승의 궁둥이를 찰싹 때리자 짐승이 죽어라 내달리기 시작했다.

마크가 짐승을 다룰 수 있게 되자 뒤를 돌아보았다.

전사는 이미 사라지고 없었다.

27

마크가 타고 있는 짐승은 삼촌 농장에서 타 본 그 어떤 말보다도 크고 힘이 좋았다. 근육이 잘 발달된 짐승이 발걸음을 내딛을 때마다 온몸에 잔물결이 이는 것 같았다.

안장 없이 타는 것도 처음이었다. 얇은 담요가 짐승의 넓은 등 위에 깔려 있긴 하지만 편안하지는 않았다.

마크는 짐승이 가는 대로 그냥 내버려 두었다. 다곤이 잘 가는 야영지 중 한 곳으로 자기를 데려가기를 바랄 뿐이었다. 산 이쪽으로는 한 번도 와 본 적이 없었기 때문에 그로서는 다곤을 어디에서 찾아야 할 지 알 수 없었다.

안전하게 마을을 벗어났다 싶자 마크가 나팔을 불었다. 아무 대답이 없었다.

그 지역은 지금까지 트랜스올에서 보던 것과 많이 달랐다. 황폐하고 생명이 살지 않는 땅이었다. 나무도 몇 그루 보이지 않고, 여기저기 갈라진 땅은 보기 흉한 잿빛 사막이었다.

마크는 때때로 나팔을 불고 대답이 들려오는지 귀를 기울이며 바싹 마른 광활한 땅을 가로질러 몇 킬로미터를 달렸다. 거기서 그가 본 생명체라곤 반점이 있는 기다란 도마뱀과 독수리나 칠면조를 닮은 크고 못생긴 새 몇 마리뿐이었다.

새를 보자 자기가 오랫동안 아무것도 먹지 않았다는 게 떠올랐다. 다곤의 석궁으로 운을 시험해 볼까 하는 생각도 했지만, 시간이 없다는 걸 잘 알고 있었다. 마크가 발뒤축으로 짐승을 찼다. 밤이 찾아 왔으니 라와즈 족이 머지않아 공격을 시작할 것이다.

마크의 눈꺼풀이 점점 무거워졌다.

"정신 차려!"

마크가 혼잣말을 했다.

"추크 마을에 너를 믿고 기다리는 사람들이 있어."

마크가 입술이 아플 때까지 나팔을 불었다.

짐승이 가면서 따가닥따가닥 나는 발굽 소리가 일정한 리듬을 탔다. 마크가 털이 텁수룩한 짐승의 두꺼운 목에 머리를 대고 엉킨 갈기에 한 손을 끼워 넣었다. 거대한 짐승은 기수가 곤히 잠든 줄고 모르고 계속 터벅터벅 걸어갔다.

잡으려 해도 잡히지 않는 푸른 광선 꿈을 꾸었다. 광선은 바로 그의 눈앞에 있었다. 하지만 가까이 다가서면 이내 그의 손이 닿지 않는 곳으로 물러났다. 쫓아가고 또 쫓아가도 광선은 그가 잡을 수 있도록 한곳에 오래 머물지 않았다.

얼마 후 뭔가 달라진 느낌이 들었다. 짐승이 멈춰 서 있었다.

마크가 일어나 앉아서 눈을 비볐다. 하늘에 해가 떠 있고, 자신은 산에서 멀리 떨어진 곳에 와 있었다. 밤새 잠을 잤던 것이었다. 마크가 목에 걸린 나팔을 잡고 불었다.

지평선 저쪽에서 대여섯 명의 기수들이 전속력으로 달려오고 있는 게 보였다. 마크가 안도의 한숨을 내쉬었다. 다곤이나 그의 전사들이 마침내 자기 나팔 소리를 듣고 달려오는 중일 거라고 생각했다. 마을을 구할 기회가 아직 남아 있을지도 모르는 일이었다.

마크가 고삐를 잡아당겨 멈춘 뒤 그들에게 손을 흔들어 보였다. 왠지 모르게 짐승이 불안해했다. 이리저리 발을 구르면서 가만히 멈춰 서 있지를 않았다.

"왜 그래?"

마크가 실눈을 하고 먼 곳을 바라보았다. 자신이 있는 곳으로 힘차게 달려오는 짐승은 추크 족 것이지만, 기수들은 아니었다. 추크 족 사람들보다 훨씬 작은 것이 라와즈 족에 더 가까워 보였다.

마크가 채찍질을 하며 발뒤축으로 짐승의 옆구리를 차자 짐승이 쿵쿵 내달리기 시작했다. 그곳엔 마땅히 숨을 만한 곳도 없었다. 그저 필사적으로 사막을 가로지르면서 폭발하듯 나팔을 불어 대는 수밖에 없었다.

마크가 두 번이나 어깨 너머로 뒤를 흘긋 보았다. 라와즈 족이 그의 뒤를 바짝 따라붙고 있었다. 저들을 빨리 떼어 버리지 못하면 머지않아 잡히고 말 게 틀림없었다.

마크의 오른쪽으로 메마른 작은 절벽이 보였다. 마크가 방향을 바꿔 절벽 쪽으로 달렸다. 절벽 앞쪽에 설치류가 파놓은 작은 구멍이 수십 개나 되었다. 마크가 그 구멍을 보았지만 이미 늦은 때였다. 타고 있는 짐승의 발이 구멍에 빠져 비틀대다가 그대로 쓰러지고 말았다.

마크도 짐승의 머리 위를 휙 날아가 딱딱한 바닥에 꽈당 부딪혀 버렸다. 엄청난 충격으로 옴짝달싹 못하고 있다가 숨을 헐떡거리며 손바닥과 무릎을 바닥에 대고 겨우겨우 몸을 일으켰다. 짐승은 앞다리가 예각을 이루며 튀어 나온 채 나지막한 신음 소리를 내며 꼼짝없이 누워 있었다.

자욱하게 피어오른 잿빛 먼지구름이 마크 쪽으로 다가오고 있었다. 라와즈 족도 방향을 바꾼 모양이었다. 곧 그가 있는 곳까지 오게 될 터였다.

마크가 석궁을 살펴보았다. 석궁은 아직 그대로였다. 마크가 화살집을 잡고 쓰러진 짐승의 뒤편으로 기어가 배를 대고 엎드렸다. 그러고는 화살집에서 화살 한 대를 뽑아 시위에 메기고 나머지는 손이 쉽게 닿을 수 있는 곳에 놔두었다.

짐승은 고통으로 끙끙대면서도 몸을 앞뒤로 뒤척여 일어나려고 했다. 마크가 짐승의 등을 쓰다듬어 주었다.

"그냥 가만히 누워 있어. 오래 걸리지 않을 테니까."

이제 라와즈 족은 몇 미터도 떨어져 있지 않았다. 마크가 가장 가까이 있는 기수를 겨냥하고 활을 쏘았다. 화살이 놈의 어깨에 가 박혔다. 기수가 몸을 뒤틀다가 이내 말에서 떨어져 버렸다.

마크가 다시 재빨리 화살을 끼우고 발사했다. 이번엔 겨냥이 빗나가 화살이 짐승의 가슴에 맞았다. 짐승이 쓰러지면서 앞으로 굴러 고꾸라진 기수를 깔아뭉갰다.

라와즈 족은 그래도 멈추지 않고 마크를 공격했다. 마크가 또 화살을 쏘았지만 빗나가고 말았다. 라와즈 족의 화살과 창이 마크 주위로 쏟아졌다. 그중 한 개가 짐승의 목을 꿰뚫자 미미한 움직임마저 멈췄다.

마크가 다시 활을 쏘려고 일어났다가 전사 한 놈이 덤벼드는 바람에 하마터면 커다란 발굽에 머리를 차일 뻔했다. 마크가 몸을 숙인 채로 뒤집으면서 놈의 등에 화살을 날렸다.

다리에 통증이 느껴졌다. 얼핏 보니, 창끝이 넓적다리의 불룩 나온 근육을 스치고 지나간 자리에서 피가 스며 나오고 있었다.

남은 라와즈 족 두 놈이 짐승에서 내려 마크의 죽은 짐승을 천천히 맴돌았다.

마크가 힘없이 화살을 다시 끼웠다. 두 놈을 다 쓰러뜨릴 수는 없겠지만, 그래도 식인종 한 놈은 확실히 없애 버릴 수 있었다.

마크는 꼼짝 않고 누워 얕게 숨을 고르며 놈들이 다가오기를 기다렸다.

그때 고함 소리가 나면서 뒤미처 도망치는 발소리가 들렸다. 마크가 몸을 일으키고 무슨 일인지 살폈다. 라와즈 족 두 놈이

허겁지겁 자기들이 타고 온 짐승에 오르려 하고 있었다.

마크의 앞쪽에 놈들을 공격하고 있는 추크 부족이 보였다. 다곤과 그의 부하들이 사막을 질주하면서 화살을 잇따라 쏘아 대고 있었다. 라와즈 족 놈들은 짐승에 올라타기도 전에 고꾸라져 버리고 말았다.

다곤이 다가와서 미끄러지듯 말을 멈추고는 사방에 흩어진 시체들을 바라보았다. 죽은 짐승 주위를 돌며 이 전투의 주인공이 누구인지 살피던 다곤의 눈이 휘둥그레졌다.

"카콘? 도대체 트랜스올에 무슨 일이……."

마크가 숨을 거칠게 뱉어 냈다.

"설명할 시간이 없어요. 족장님을 찾으러 왔어요. 마을이 위험해요. 다른 라와즈 족이 마을을 습격하고 있어요. 서둘러야 돼요. 이미 늦었을지도 몰라요."

"사보, 카콘한테 라와즈 족 짐승을 가져다주게."

다곤이 마크한테로 고개를 돌렸다.

"부상이 심한가? 탈 수 있겠나?"

"탈 수 있을 것 같아요. 하지만 여기서 지체할 시간이 없어요. 빨리 가셔야 해요."

다곤이 물주머니와 식량 자루를 마크 옆에 떨어뜨렸다.

"자, 카콘. 그럼 몸을 움직일 수 있을 때 마을로 돌아와라. 이야기할 게 많다."

다곤이 명령을 내리자 전사들이 일제히 달려 나갔다.

28

날이 따뜻해서 라와즈 족 전사들과 짐승들의 시체에서 악취가 풍기기 시작했다. 마크는 죽은 짐승의 배에 몸을 기대고, 짐승의 덩치가 드리운 한 줌 그늘에 몸을 가렸다. 그 상태에서 상처를 닦아 내고 안장용 담요를 길고 가늘게 찢어 상처를 처맸다. 그런 다음 식량 자루에서 육포와 껍질이 딱딱한 빵을 꺼내 주린 배를 채웠다.

사보가 데려다 놓은 짐승이 참을성 있게 기다리고 있었다. 이제 시간이 되었다. 다리가 아직 뻣뻣하고 불에 덴 듯 화끈거렸지만 출발할 때가 되었다. 마크는 물주머니와 무기와 소지품을 챙긴 뒤 억지로 일어났다.

"상처가 심해."

절로 혼잣말이 나왔지만, 등에 화살을 맞았을 때는 이보다 더 심했었다. 마크가 몸집이 큰 짐승의 고삐를 움켜쥐고 죽은 짐승 옆으로 끌고 갔다. 죽은 짐승을 밟고 맨 위로 올라간 다음 다리 하나를 새 짐승 위로 뻗어 올라탄 뒤 출발했다.

마크는 짐승이 보통 걸음으로 걷게 하면서 산 쪽으로 돌아서
갔다. 느리게 걸었지만 그날 자정 무렵에는 줄지어 선 나무들이
보이기 시작하는 곳에 도착할 수 있었다. 마크는 너무 어두워서
앞이 잘 보이지 않을 때까지 계속해서 짐승을 몰았다. 그러다가
결국 짐승에서 미끄러져 내려와 짐승을 나무에 묶은 뒤 낙엽 더
미 위에서 잠들었다.

다음날 아침, 마크는 잠들었을 때와 똑같은 자세로 눈을 떴다.
그 결과, 다리가 전날보다 더 욱신욱신 쑤시고 뻣뻣해졌다.

마크는 아주 조심스럽게 상체를 일으켜서 나무에 등을 기댔다.
식량 자루에는 육포 몇 조각과 그걸 넘길 한두 모금의 물만 남아
있었다. 남은 걸 다 먹고 몸을 일으키려는데, 누군가 자기를 부
르는 소리가 들려왔다.

"카콘? 들리니? 나 메간이야. 제발 대답해."

그의 목에 아직도 나팔이 걸려 있는 게 생각났다. 나팔을 불자
황금빛 동물이 금세 나무를 뚫고 나타났다.

"여기 있었구나."

메간이 뛰어내려 마크한테로 달려왔다.

"아버지 말로는 네가 부상을 입었다고 하던데. 찜질약과 붕대
를 가지고 왔어."

"마을은? 괜찮니?"

마크가 물었다.

메간이 무릎을 꿇고 앉아 그의 상처를 치료하려고 가죽 바지를

크게 한 조각 잘라 냈다.

"일부는 불탔어. 창고도 부서지고 죽은 사람도 있어. 하지만 아버지와 전사들이 제때 도착해서 남은 사람들을 다 구해 냈어."

"리타는? 괜찮니?"

메간이 약을 바르자 마크가 움찔했다.

"네 친구는 무사해. 리타가 동굴로 찾아와서 습격이 끝날 때까지 우리 가족과 함께 숨어 있었어."

"족장님이 너를 보낸 거니? 나를 찾으라고?"

메간이 눈살을 찌푸렸다.

"치료가 끝날 때까지 가만히 좀 누워 있어. 내가 손댈 때마다 아기처럼 움직움직하지 말고."

"족장님은 네가 여기 온 걸 모르시지? 조금 전까지 전투가 벌어졌는데 네가 집에서 이렇게 멀리까지 나온 걸 아시면 무척 당황하실 거야."

"내 일은 내가 잘 알아서 한다는 걸 아버지도 알고 계셔. 나한테 이래라저래라 하지 않으신다고."

"누가 보낸 게 아니라면 내가 걱정이 되어 여기까지 달려왔다는 건…… 뭐 그럴 리는 없겠고. 무슨 일이니? 나대신 허드렛일을 해 줄 사람이 없을까 봐?"

메간이 일어났다.

"치료 끝났어. 이제 가도 돼."

"명령이니?"

메간이 고개를 돌렸다.

"더 이상 너한테 명령하지 않아. 아버지 말로는 네가…… . 아무것도 아니야. 일어날 수 있겠니?"

"글쎄, 너하기에 달렸지. 나에 대해 뭐라고 하셨는데 그래?"

메간이 화가 난 듯 눈알을 굴리며 말했다.

"아버지가 마을 사람들한테 네가 아주 용감하고, 목숨을 걸고 우리를 살렸다고 말했어. 아버지 말로는 네가 그렇게 행동했기 때문에 이제 더 이상 노예가 아니래. 우리와 동등하대."

"그래서? 그 동등하다는 게 무슨 뜻인데? 내 마음대로 어디든 오갈 수 있다는 거니?"

마크가 턱을 어루만지며 물었다.

"그래."

마크가 메간을 똑바로 쳐다보았다.

"동등하다는 게 그것 이상일 것 같은데."

"동등하다는 건…… 너도 탈것과 농사지을 땅을 가질 수 있고, 집도 지을 수 있고, 결혼하기로 마음먹으면 아내를 요구할 수 있다는 거야. 이제 일어나. 시간이 별로 없어."

"명령처럼 들려서 기분이 별로인데."

마크가 몸을 일으키면서 말했다.

"좀 도와줄래?"

메간이 그를 일으킨 뒤 부축해 주었다.

"도와주는 건 여기까지. 카콘, 여기서 기다려. 네 짐승을 이 바위까지 끌고 오면 네가 올라타기가 한결 쉬울 거야."

"아내를 요구한다는 게 무슨 뜻이니?"

메간이 마크를 매섭게 쏘아보았다.

"넌 아내를 얻기엔 너무 어려."

"그냥 농담한 거야."

"하나도 재미없어."

메간이 마크한테 고삐를 건넸다.

"혼자 올라탈 수 있겠니? 아니면 내가 도와주기를 바라니?"

마크가 바위 위로 올라가서, 이를 악물고 짐승 등에 올라탔다. 메간은 벌써 자기 동물을 타고 나무들을 지나가고 있었다. 마크가 짐승을 빨리 몰아서 메간을 따라잡았다.

"메간, 나를 찾으러 와 줘서 고마워."

"천만에. 별것 아니야. 누구라도 난 이렇게 했을 거야. 다른 노예라고 해도 말이야. 게다가 넌 우리 목숨을 구해 줬으니 빚도 있잖아."

메간이 발로 차서 짐승이 달려가는 바람에 마크가 붉은 먼지를 뒤집어썼다.

29

메간과 마크가 마을로 들어설 때까지도 창고와 다른 몇몇 건물에서 연기가 피어오르고 있었다. 망루에서 나팔을 불어 두 사람이 도착했다는 걸 알렸지만, 대부분의 마을 사람들은 부서진 건물을 손보느라 주변을 돌아볼 틈도 없었다. 몇 사람만 잠깐 일손을 멈추고 마크가 짐승을 타고 지나갈 때 손을 흔들어 보이거나 큰 소리로 고맙다고 말했다.

다곤의 오두막 밖에 짐승 몇 마리가 매여 있었다. 메간이 마크가 내리는 걸 도와주었다.

"카콘, 안으로 들어가. 내가 녀석들을 돌볼게."

마크가 절뚝거리며 걸어가 문을 열었다. 다곤을 비롯한 대여섯 사람이 넓은 나무 탁자가 있는 긴 의자에 앉아 있었다.

"카콘, 어서 와라. 지금 의원들과 네 이야기를 하고 있었다."

다곤이 빈 의자를 가리켜 보였다.

"거기 앉아서 우리 추크 부족이 은혜를 입은 사람에게 어떤 보답을 하는지 들어 봐라."

마크가 절뚝거리며 긴 의자의 모서리에 가서 앉았다.

"메간한테서 제가 마을 사람들과 똑같은 신분이 되었다는 말을 들었습니다. 고맙습니다."

"우리 마을에 다시 방어 태세가 갖춰지면 트랜스올의 모든 추크 부족을 초청하는 성대한 잔치를 베풀 거라는 말도 들었나? 우리의 대군주 위대한 메콘이 사자를 보내오면, 네가 우리 부족의 전사가 되는 의식을 시작할 것이다."

"제가요? 제가 전사가 되기를 바라신다고요?"

"그럴 자격이 있다는 걸 너는 이미 충분히 입증했다."

"다시 한 번 감사드립니다. 하지만……."

마크가 탁자에 둘러앉은 전사들을 한번 둘러보았다. 전쟁으로 단련된 저 얼굴들을 마주 보면서, 자유의 몸이 되면 푸른 광선을 찾아내 집으로 돌아가는 게 자기가 정말 원하는 거라는 말을 어떻게 할 수 있단 말인가?

마크가 침을 꿀꺽 삼켰다.

"제 말은 여러분이 너무나 많은 걸 주셨다는 거예요. 전사의 자리는 추크 부족 아이들 몫으로 남겨 놓아야 해요."

다곤이 탁자를 세게 두드렸다.

"이미 결정된 일이다. 이 결정에 따르지 않는 자는 대가를 치르게 된다."

의원들이 일어나서 차례차례 방을 나갔다. 다곤은 앉아 있었다.

"카론, 집을 지을 땅을 골라야 한다. 결정할 동안 하기스 집에서 살아도 된다. 하기스는 라와즈 족과 싸우다 죽은 용감한 전사다. 메간한테 필요한 걸 챙겨 놓도록 하겠다. 나한테 부탁할 게 있으면 말해라."

마크가 발목에 남은 족쇄를 내려다보았다.

"메간이 제가 쇠막대를 달고 있지 않은 이유를 설명했나요?"

"메간 말로는 추수하는 날 밭일할 사람이 필요해서 쇠막대를 떼 줬다고 하던데. 내가 여기 있었다면 화를 냈겠지만, 어쨌든 메간의 결정이 옳았다는 게 밝혀진 셈이지. 걱정 마라. 대장장이 타이보한테 나머지 족쇄도 없애도록 할 테니. 이제 더 이상 필요 없는 물건이지."

마크가 일어났다. 이렇게 피곤했던 적이 없었던 것 같았다.

"이제 그만 그 집에 가고 싶어요. 다리에서 다시 피도 나고 잠을 자야 할 것 같아서요."

"물론이지."

다곤이 문간으로 가서 메간을 불렀다. 메간이 나타나자 다곤이 이런저런 지시를 했다.

밖으로 나오자 마크가 쥐색 짐승을 풀어 주고 길로 끌고 갔다.

"메간, 그간 괴롭혀서 미안해. 날 찾아와 치료해 줘서 고맙고."

메간은 계속해서 걷기만 했다.

"쇠막대를 떼 낸 것에 대해 족장님이 다른 말씀을 하시던데."

"그럼 네가 도망치려고 그랬다고 말했어야 한다는 거니?"

메간이 딱딱거렸다.

"왜 안 그랬는데?"

"이 집이야."

메간이 방 한 칸짜리 오두막 앞에 멈췄다.

"하기스는 노총각이었어. 집 안이 어떨지 말 안 해도 알겠지?"

메간이 문을 밀고 안으로 들어갔다.

마크는 기둥에 짐승 고삐를 묶은 뒤 메간을 따라갔다. 메간이 안쪽 선반을 살피기 시작했다.

"이대로는 안 되겠다. 이따가 노예를 보내 청소를 시킬게."

"아니. 내가 할 수 있을 때까지 그냥 둬."

"하지만……."

"나 대신 일해 줄 노예는 없어도 돼. 알아듣겠니? 다른 사람한 테 억지로 네 일을 시키는 건 잘못이야."

"오, 그러셔?"

메간이 양 허리께에 손을 척 갖다 댔다.

"새 땅을 얻으면 어떻게 할 건데? 전사는 농부가 아니거든."

마크는 너무 피곤해서 바닥에 있는 찢어진 잠자리로 쓰러졌다.

"그렇게 먼 일은 생각 안 해 봤어. 그래도 한 가지는 말할 수 있어. 내 힘으로 할 수 없다면, 끝내지 못한 채로 남아 있겠지."

"머크. 무사해서 기뻐."

리타가 문으로 뛰어들었다.

마크가 팔꿈치로 몸을 받치며 일어나 앉았다.

"리타, 여기가 내 새 집이야. 어때?"

"좋아. 그런데 당장 청소부터 해야겠다."

리타가 코를 찡그리며 대답했다.

"네 주인은 어쩌고? 네가 너무 오래 자리를 비우면 좋아하지 않을 텐데."

리타가 웃으면서 추크 말로 유창하게 말했다.

"내 새로운 주인이 메간이야. 메간이 고맙게도 날 받아들였어."

"별일 아니야."

메간이 얼굴을 찌푸리고 문간으로 가면서 말했다.

"라와즈 족이 습격했을 때 리타 주인 할머니가 도망치다 죽었어. 네가 떠났으니 나한테 다른 노예가 필요하고. 리타가 네 자리를 대신하는 거야. 그뿐이야."

"정말이지, 메간."

마크가 머리를 가로저으며 말을 이었다.

"왜 그렇게 남의 칭찬을 못 받아들이니? 네가 족장의 딸이라고 해서 고맙다는 말도 할 수 없는 건 아니잖아."

메간이 턱을 치켜들고 말했다.

"리타, 가자. 카콘은 쉬어야 돼."

리타가 얼결에 메간을 따라 문밖으로 나갔다가 다시 돌아왔다.

"머크, 다시 올게."

"그래. 네 주인도 잘난 체하느라 바쁘지 않으면 데리고 오고."

문이 꽝 하고 닫혔다.

30

마크는 그 어느 때보다 기분이 좋았다. 족쇄도 떨어져 나가고, 상처도 거의 아물었다. 지난 몇 주일 동안은 동물 타기와 석궁 사냥, 그리고 칼을 가지고 적과 직접 맞붙어서 싸우는 백병전이라는 전투 요령을 배웠다.

사보가 마크의 사범이었는데, 그는 사부로서 제자한테 완벽을 요구했다.

"카콘, 그게 아니다. 물론 위에서 내리치면 더 큰 힘을 가할 수 있지. 하지만 그런 경우 상대가 아래로 파고들어 공격할 수도 있다. 자, 다시 해 봐."

마크가 연습용 사람 모형에서 칼을 빼내고 뒤로 물러서며 이마의 땀을 닦았다. 이번엔 몸을 휙 돌려서 옆으로 접근해 단칼에 모형을 두 동강 냈다.

"좋아. 훨씬 좋아졌다. 오늘은 이만하자. 집에 가서 식사하고 내일 보자."

"야생마도 나를 막지는 못해요."

"야생마라니?"

"그런 말이 있어요. 그 무엇도 나를 막지 못한다는 뜻이에요."

"이상한 아이야."

사보가 사람 모형을 집어 들었다.

"가져가서 아내한테 고치라고 해야겠다. 내일까지 준비가 될 거다. 그리고 카콘?"

"예?"

"내 생각엔 네가 야생마든 뭐든 아직 탈 준비가 안 된 것 같다. 좀 더 능숙한 기수가 될 때까지 기다려라."

"그럴게요."

마크가 웃으면서 허리띠에 칼을 차고 길을 걷기 시작했다.

대장장이 타이보가 마크한테 소리쳤다.

"카콘. 이리 와 봐. 이번엔 제대로 된 것 같구나."

마크가 총총걸음으로 연기가 자욱한 천막지붕 대장간으로 들어갔다.

"어디 봐요."

타이보가 뒤로 팔을 뻗어 가볍고 편평한 금속 조각을 꺼냈다.

"자, 어떠냐?"

"바로 이거예요. 이거라면 완벽한 갑옷을 만들 수 있을 거예요. 아주 가볍고 압박감도 별로 없어요. 투구는요?"

"투구는 훨씬 어려워. 아직 만들고 있다."

"좋아요. 다 만들면 알려 주세요."

마크가 발길을 돌려 집으로 뻗은 길로 향했다.

"카콘, 잠깐만요!"

뒤에서 바로가 달려왔다.

"형, 오늘 글씨 쓰는 법 더 가르쳐 주기로 했잖아요? 까먹은 거예요?"

"아니, 안 까먹었어. 우리 집으로 가자. 근사한 저녁 만들어 줄게. 먹고 나서 공부하자."

"난 벌써 먹었어요. 당장 시작해요. 연습도 했어요. 자, 봐요."

바로가 허리를 굽혀 흙바닥에 자기 이름을 썼다.

"바로, 참 잘했다. 다른 것도 쓸 수 있니?"

"알파벳 글자는 다 쓸 수 있어요. 오늘은 다른 이름 쓰는 걸 가르쳐 줘야 해요."

"글쎄. 발음 공부를 더 해야 할 것 같은데."

"비밀을 하나 알려 주면, 가르쳐 줄래요?"

"어떤 비밀이냐에 따라 다를 것 같은데."

"축제 날짜를 잡았대요."

"그래?"

"이제 가르쳐 줄 거죠?"

마크가 바로의 검은 머리카락을 헝클어뜨렸다.

"그래. 말해 봐."

"초승달이 뜰 무렵이래요. 또 있는데 알아맞혀 볼래요? 사자가 와서 위대한 메콘이 직접 방문할 거라고 했대요. 아주 큰 행사가 될 거래요.”

바로가 눈살을 찌푸리며 물었다.

“전사가 되어도 계속 내 친구가 되어 줄 거죠?”

“그럼, 안 그럴 까닭이 없잖니?”

“메간 누나가 그러는데…….”

“메간이 모든 걸 아는 건 아니야. 집에 다 왔다. 들어가서 내가 음식 만드는 걸 지켜볼래, 아니면 나중에 다시 올래?”

“형이 만든 음식 같은 걸 본 적 있어요. 나중에 다시 올게요.”

“야!”

마크가 화난 척했다.

“당장 와서 구경하는 게 좋을 거야. 안 그러면 더 이상 머리 좋아지는 스페셜 피자를 만들어 주는 일은 없을 테니까.”

바로가 킥킥거리면서 길을 건너갔다.

“손해라는 생각이 별로 안 드는데요.”

마크가 오두막 문을 열었다. 고소한 냄새가 가득했다. 리타가 화로 옆에 꿇어앉아 있었다.

“마크, 안녕!”

리타가 추크 말로 말했다.

“빵하고 스튜 좀 만들었어. 메간 말로는 네 손으로 만든 음식을 먹다간 네 몸이 망가지고 말 거래.”

“메간은 남 일에 신경 끄는 법 좀 배워야 해. 정말 못 말리는 참견쟁이야.”

"그럼 이 음식 다 치워 버릴까?"

"아니 뭐. 그렇다고 네가 힘들게 만든 요리를 쓰레기통에 버릴 수는 없지."

리타가 그릇에 스튜를 가득 담아 식탁 위에 놓았다.

"너하고 메간하고 늘 싸우는데 제발 안 그랬으면 좋겠어. 둘 다 좋은 사람이잖아. 왜 메간하고 잘 지내려고 하지 않니?"

"난 누구하고나 잘 지내. 문제가 있는 쪽은 메간이야. 자기가 트랜스올을 다 책임지고 있는 것처럼 생각하잖아."

마크가 뜨거운 스튜를 조금 맛보았다.

"정말 맛있어. 너도 좀 먹어 봐."

리타가 컵에 물을 따르고 나서 식탁 맞은편에 앉았다.

"마크, 여기서 지내는 게 행복하니?"

"그런 것 같아. 나무집에서 지낼 때보다는 한결 낫지."

마크가 어깨를 으쓱하며 말했다.

"푸른 광선이나 네가 살던 세상은 어떡하고? 네가 그곳으로 돌아가려고 갖은 수를 다 쓰던 때가 아직 내 기억에 생생한데."

마크가 손등으로 입을 닦았다.

"난 여전히 돌아가고 싶어. 그리고 돌아갈 거야. 지금은 나한테 여러 가지로 신경을 써 주고 있는 추크 족 사람들을 실망시키고 싶지 않아서 그래."

리타가 바닥에 침을 뱉었다.

"추크 족은 노예 상인들이야. 우리를 습격한 식인종보다 나을

게 없는 사람들이야. 저들이 우리 뜻과 상관없이 우릴 여기로 끌고 온 것 기억 안 나니? 마크, 저들을 믿지 마."

"잠깐만. 방금 전엔 메간이 좋은 사람이라고 했잖아. 메간도 추크 부족 사람이야."

"모든 집단엔 좋은 사람도 얼마간 끼어 있기 마련이야. 말해 봐, 마크, 네가 살던 세상 사람들 생각나지? 난 우리 부족 사람들이 생각나. 추크 부족이 우리 부족한테 한 짓을 절대 잊지 못할 거야."

마크가 부모 얼굴을 떠올려 보려고 애썼다. 머리가 조금 벗어진 남자와 금발의 작은 여자 모습이 흐릿하게 떠오르다가 그걸로 끝이었다. 마크가 그릇을 내려놓았다. 엄마 아빠를 본 지 너무 오래되어서 두 분이 어떻게 생겼는지 기억해 내기도 쉽지 않았다.

"너를 속상하게 만들었나 봐. 미안해."

리타가 일어났다.

"기다려. 가지 마. 네 말이 맞아. 나한테 진짜 중요한 게 뭔지 잊고 지냈던 것 같아. 축제가 끝난 뒤에 이곳을 떠날 거야. 난 이 마을 사람들한테 빚진 게 없어. 원한다면 너도 나하고 같이 갈 수 있어."

"마크, 너한테 꼭 말해 줄 게 있어. 옛날에 어떤 주술사가 우리 마을에 찾아온 적이 있었어. 아주 용한 치료사이기도 했는데, 그 사람이 네가 말한 푸른 광선에 대해 말했었어."

"왜 진작 말하지 않았니?"

"두려웠어. 그 주술사 말로는 그 푸른 광선에 우리가 상상하는 것 이상의 사악한 힘이 도사리고 있다고 했어. 또 주술사가 푸른 광선을 보면 최대한 멀리 도망쳐야 한다고 했거든."

"그 주술사가 광선이 어디 있는지도 말했니?"

"주술사는 푸른 광선이 어느 한곳에 머물러 있는 게 아니라고 했어."

"리타, 내 꿈이 그랬어. 푸른 광선이 나한테서 자꾸만 멀어지는 꿈을 꾼 적이 있어. 그 주술사가 치료사라고도 했지? 뭔가 다른 말 한 건 없니?"

리타가 아랫입술을 깨물었다.

"주술사가 말하기를…… 광선에서 온 사람한테 우리 세상을 파괴할 힘이 있을 거라고 했어."

31

"무슨 일 있나? 오늘은 어쩨 카콘답지 않군."

다곤이 새로 만드는 석궁의 마무리 작업을 하고 있었다.

"걱정할 것 없어. 축제는 오늘밤에 시작되니까. 그리고 메콘의 사자 말로는 대군주가 내일 사냥 시간에 맞춰 오신다는구나."

"걱정하는 것 아니에요. 그냥 좀 생각할 게 있어서 그래요."

마크가 화살대를 문질렀다.

"족장님, 궁금한 게 있는데요. 메콘이 누구예요? 다른 추크 부족에서 오는 사람이에요?"

"메콘은 트랜스올 전체의 지도자다. 큰 강 건너에 살고 있는데 너를 만나려고 먼 길을 오시는 거다."

"왜 그러는 건데요? 메콘이 왜 내 의식을 보러 이곳까지 먼 여행을 하는 건데요?"

"대군주가 우리 초대를 받고 승낙을 한 거지. 내가 아는 건 그게 전부다. 지난 몇 년 동안은 강 이쪽에서 대군주를 본 적이 없다. 항상 사자를 보내 우리의 공물을 거둬 가니까. 대군주가 직접 여기를 방문한다는 건 우리로서는 정말 영광스러운 일이다."

"어쩌면 대군주는 족장님이 맡은 일을 잘하고 있는지 확인하러 오는 건지도 모르겠네요. 그러니까 족장님이 메콘이 원하는 대로 하고 있는지 살펴보러 온다는 거죠."

"그럴 필요 없을 거다. 우리는 큰 마을 외곽에 있는 작은 마을에 불과하고 또 공물도 매년 잘 바치고 있다. 대군주가 우리 같은 마을을 살피는 데 시간을 낭비하진 않을 거다. ."

마크가 가만히 의자에 앉았다.

"이 마을보다 더 큰 마을이 있다는 거예요?"

"물론이다. 추크 부족은 별보다도 많다. 유감스럽게도 트랜스올에는 미개한 부족도 많지만 말이다. 시간이 걸리겠지만, 미개한 부족들은 모두 정복되고 말 거다."

"그게 메콘의 계획인가요?"

"메콘이 나타나기 전에는 같은 추크 부족들끼리 늘 싸웠다. 날이면 날마다 전쟁 통이었는데, 메콘의 지도력 아래 통일되었다. 이제는 평화가 더 일반적인 일이 되었지."

"카콘 형, 누나들이 보여 주고 싶은 게 있대."

바로가 문밖으로 머리를 내밀고 말했다.

마크가 화살을 바닥에 내려놓았다.

"무슨 일인데?"

"거기선 안 보여. 안으로 들어와서 봐."

메간이 안에서 소리쳤다.

마크가 문지방을 넘어서다 말고 멈췄다. 메간과 리타가 새 옷 한 벌을 들고 있었다. 회색빛이 감도는 흰색 가죽으로 되어 있고 소매에 긴 술이 달린 옷이었다.

"오늘 의식에서 입으라고 만들었어. 마음에 드니?"

리타가 의기양양하게 말했다.

"물론 바느질은 내가 다 했지. 이 철없는 계집애들 손으로는 절대 이런 옷을 못 지어 내거든."

메간 할머니가 으스대며 말했다.

마크가 새 옷을 만져 보았다.

"이렇게 멋진 옷은 입어 본 적이 없어. 무슨 말을 해야 할지 모르겠어."

"고맙다고 하면 돼. 하기야 이제 중요한 전사가 될 몸이니까 그 말도 어려울 수 있겠다."

메간이 마크를 놀렸다.

"난 누구하고 달라."

마크가 메간을 보고 얼굴을 찌푸리며 말했다.

"난 너한테 고맙다고 말할 수 있어…… 모두에게 다."

"이제 얼른 집으로 가서 준비해야 할 거야."

메간이 마크의 손에 벅스킨을 건넨 뒤 문밖으로 밀어냈다.

"네가 형편없는 모습을 하고 축제에 나타나면 우리가 난처해지 잖아."

다곤이 마크를 보고 씩 웃었다.

"카콘, 여자들한테 바느질을 시키는 건 위험한 짓이야. 다음번엔 목욕을 시켜 주겠다고 덤빌 게다."

"제 경우엔 그렇게 나쁜 일도 아닌데요 뭐."

마크가 화살을 집어 들었다.

"족장님, 조각하는 요령 잘 가르쳐 주셔서 고맙습니다. 메간이 말한 대로 이제 집에 가서 준비를 하는 게 좋겠어요."

마크가 길을 가자 사람들이 손을 흔들며 그의 이름을 불러 주었다. 족쇄를 찬 발을 질질 끌며 걸을 때 경멸하는 눈빛으로 쳐다보던 여자들이 이제는 그에게 갓 구운 빵을 건네기도 했다. 마크 자신도 모르는 사이 유명 인사가 되어 있었고, 이곳에서 영원히 머물러 살고 싶은 생각마저 들게 했다.

리타는 함께 정글로 돌아가자는 마크의 제안을 거절했다. 몇 명 남지 않은 자기 부족이 추크 족의 노예로 살고 있기 때문에 이곳에서 그들과 함께 지내고 싶어 했다. 마크는 이해할 수 있었다. 가족은 중요했다. 가족을 한 번 잃어버린 적이 있지만 다시는 그런 일이 벌어지지 않게 하겠다는 게 그의 결심이었다.

축제는 그날 밤을 새우고 다음날 늦게까지 계속될 예정이었다. 축제가 끝나고, 모두 잠자리에 들면, 그의 길을 갈 생각이었다. 그가 어디로 가는지 물어보거나 그를 쫓는 사람은 없을 것이다. 마크는 자유인이고, 자신이 원하는 대로 어디든 갈 수 있으니까.

오두막으로 돌아와 물을 조금 데워 몸의 때를 벗겨 낸 뒤 새 벅스킨 옷을 입었다. 옷은 잘 맞았다. 발톱 목걸이를 걸고, 가죽 띠로 긴 머리를 뒤로 묶었다. 오늘밤만큼은 메간도 자신한테서 흠을 잡을 수 없을 거라는 생각이 들었다. 그러면서 마크는 자신이 그런 생각을 하고 있다는 게 이상했다. 알게 모르게 메간한테 자꾸 신경을 쓰고 있는 자신이 의아했다.

나팔 소리가 울려오고 이어 북소리가 들려왔다. 축제가 시작된 것이다. 마크는 왠지 모르게 초조했다. 맨발부터 셔츠의 술까지 다시 한 번 꼼꼼하게 살폈다.

문이 열리고 사보가 들어왔다.

"야, 카콘, 멋진데. 축제가 시작되었다. 주빈이 없으면 아무도 먹지 않으니까 어서 가자."

"예, 가려던 참이에요."

마크가 사보를 따라 문밖으로 나와 길을 올라갔다. 마을 중심부에 식탁과 의자가 놓여 있고, 식탁마다 음식이 산더미처럼 쌓여 있었다. 꽃다발을 묶어 놓은 횃불이 큰길을 따라 일렬로 늘어서 있었다.

다곤이 마크한테 주빈석으로 오라고 손짓했다. 사보가 마크 옆에 앉아 속삭였다.

"카콘, 마을 사람들이 너를 위해 이렇듯 훌륭하게 준비했다. 내가 본 그 어떤 의례보다 잘 차려진 것 같구나."

망루에서 나팔을 불었다. 그 뒤로 잔잔한 음이 길게 한 번 잇따랐다.

다곤이 일어났다.

"내빈들이 일찍 도착한 게 틀림없다. 자, 카콘, 같이 가서 내빈들을 맞이하자."

마크가 사보와 다곤을 따라 마을 입구로 갔다. 어둑어둑해서 마을로 들어서는 손님들의 얼굴은 잘 알아볼 수 없었다.

열다섯 명 남짓한 기수들이 그들 앞에 멈춰 섰다. 기수들은 엉성하게 만든 갑옷을 입고 있었는데, 그 투박한 모습이 마크에게 자신이 타이보와 함께 만들고 있는 갑옷을 떠올리게 했다. 그중 대장으로 보이는 기수는 가벼운 금속으로 된 투구 같은 마스크에 얼굴 위쪽이 가려져 있고, 키가 월등하게 컸다.

"어서들 오십시오."

다곤이 큰 소리로 말했다.

"위대한 메콘과 동지들을 환영합니다. 이렇게 작은 마을을 방문해 주셔서 영광입니다. 제때에 잘 오셨습니다. 축제가 이제 막 시작되려던 참입니다."

앞쪽에 있는 기수가 말했다.

"대군주께서 카콘이라는 자를 만나고 싶어 하십니다."

마크가 앞으로 나왔다.

"제가 카콘인데요."

금속 마스크를 쓴 사람이 작은 구멍으로 마크를 빤히 보았다. 아무도 움직이거나 말을 하지 않았다. 마침내 메콘이 손을 들자, 앞쪽의 기수가 내려서 메콘이 타고 있는 짐승의 고삐를 잡았다.

메콘이 내려서 다곤 쪽으로 고개를 돌렸다.

"축제를 시작하시오."

사보가 기사들한테 짐승을 둘 곳을 알려 주었다. 다곤이 메콘을 자리로 안내하면서 마크의 영웅적인 행동을 자랑하듯 말했다.

일행이 자리에 앉자 메콘이 마크한테 물었다.

"이유를 말해 주겠나? 노예가 목숨을 걸고 자기를 붙잡은 사람들을 도와준 이유가 뭔가?"

마크가 정직하게 대답했다.

"쉬운 결정은 아니었어요. 내 목숨만 구할 생각도 했지만, 다른 사람들을 죽게 내버려 두는 게 옳은 일이 아닌 것 같았어요."

"보상을 바라고 그랬던 건 아니고?"

마크의 눈살이 찌푸려졌지만 담담하게 대답했다.

"어쩌면요."

메콘이 웃음을 터뜨리면서 구운 고기를 집으려고 손을 뻗었다.

"카콘, 마음에 든다. 용감할 뿐만 아니라 영리하기까지 하구나. 너는 훌륭한 전사가 될 거다."

마크는 배가 고프지 않았다. 대군주라는 메콘의 이상한 행동에 식욕이 달아나 버렸다. 식탁 아래를 내려다보았다. 메간이 친구들과 함께 앉아 웃고 떠들며 즐거운 시간을 보내고 있었다.

나머지 사람들도 축제에 흠뻑 빠져 있었다. 술래잡기 놀이를 하는 아이들의 맑고 높은 웃음소리가 밤공기를 채웠다.

"깜박 잊고 오두막에 놓고 온 게 있어서요. 금방 돌아올게요."

마크가 다곤한테 그렇게 말하고는 다른 사람이 막기 전에 얼른 자리를 떴다. 축제가 마크를 위한 행사인데도 이상하게 마음이 내키지 않았다. 그냥 혼자 있고 싶었다. 메콘 때문에 마음이 불편했다. 뭔지 모르지만 메콘이 대군주감이 영 아니다 싶었다.

마크의 오두막에는 깜부기불이 아직 타고 있었다. 귀찮아서 촛불도 켜지 않고 자리에 앉았다.

"왜 그러는데?"

혼잣말을 중얼거렸다. 불이 톡톡 소리를 내며 불똥이 바닥으로 튀었다. 마크가 천장을 올려다보았다. 대답은 이미 알고 있었다. 진실은 자기가 이곳을 그리워할 거라는 것이었다. 이곳은 2년여 만에 얻은 그의 진짜 집이었으니까.

문이 열렸다.

"카콘, 여기서 혼자 뭐 하니?"

메간이 물었다.

"이야기가 시작됐어. 너도 사보 전사의 이야기를 들어야 돼. 혼자서 움파스 악마들과 싸워 물리친 때의 이야기를 하고 있거든."

"나의 사부님다운 이야기네. 먼저 돌아가. 곧 뒤따라갈게."

"어디 아프니?"

"아니야. 걱정하지 마. 다시 갈 거라고 했잖아."

메간이 가까이 다가왔다.

"무슨 문제인지 말하기 전엔 나도 안 가."

마크가 메간을 올려다보았다. 머리에 크고 붉은 꽃을 꽂고 치마를 입었는데, 그로서는 처음 보는 모습이었다.

"메간, 멋지구나. 나를 위해 격식을 차려 입어 주니 좋은데."

"참 나, 불손하기는. 네가 진짜 추크 족이라면 내가 족장의 딸이라 관례상 이렇게 차려 입었다는 걸……."

메간이 말을 하다가 말았다.

"아니, 네 속셈이 뭔지 다 알아. 오늘밤만큼은 네가 무슨 말을 해도 화를 내지 않을 거야."

"내일 의식이 끝난 뒤 이 마을을 떠날 거라고 말해도?"

메간이 입술을 깨물었다.

"떠난다는 게 무슨 뜻인데? 다시 돌아오지 않을 거라고?"

마크가 고개를 가로저었다.

"그래. 내가 살던 곳과 나를 여기 트랜스올로 데려온 광선에 대해 했던 말 기억하지? 광선을 찾아야 해. 네가 말했듯이 나는 진짜 추크 족 사람이 아니야. 다른 세상에서 나를 기다리고 있는 사람들이 있어. 어떻게든 돌아가야 해."

"선택은 네가 하는 거야."

메간이 문 쪽으로 갔다.

"그럼 돌아가. 네 멍청한 노예 계집애도 데려가. 난 상관없어. 너를 알았던 게 유감이다."

메간이 쿵쿵거리며 문을 열고 나가는 걸 지켜보다가 마크가 어둠 속에서 나지막하게 말했다.

"메간, 나도 네가 보고 싶을 거야."

32

  그날 저녁은 유난히 더디게 흘러갔다. 마크가 다시 축제에 참가하자 바로가 벌써 수십 번은 넘게 들었을 그 엄청난 짐승을 사냥한 이야기를 해 달라고 졸랐다.

  다곤이 마크가 죽은 짐승 뒤에 숨어서 마지막 화살을 끼우고 끝까지 추크 족을 위해 싸우려고 했던 이야기를 들려주었다. 사람들이 자리에서 일어나 환호성을 올리며 나어린 주빈을 칭찬했다.

  마크는 여전히 메콘 때문에 기분이 언짢았다. 메콘이 차갑고 음산한 눈으로 계속 자기를 살피고 있는 게 느껴졌다.

  이야기와 연회는 늦은 밤까지 계속되었다. 아이들이 잠자리에 들어야 해서 일부 남자들이 아이들과 함께 집으로 돌아갔다. 술을 너무 많이 마셔서 식탁에 엎어져 잠든 남자들도 있었다.

  마크는 집으로 돌아와 눈을 붙여 보려 했지만 몇 시간 동안 뒤척이기만 했다. 그러다 설핏 잠들었다가, 깜짝 놀라서 깨어났다.

  메콘이 식탁에 앉아서 그를 바라보고 있었다.

  "카콘, 방해되지 않았기를 바란다."

"아, 아니에요."

마크가 눈을 가늘게 뜨고 보다가 자리에서 일어나 앉았다.

"그냥 좀 놀랐을 뿐이에요. 아무 예고도 없이 집에 사람이 들어오는 거에 익숙지 않아서요."

메콘의 입술이 창백해졌다. 마스크 안에 숨은 그의 눈동자가 번득거리는 것 같았다.

"넌 내가 두렵지 않구나, 그렇지?"

"두려워해야 하나요?"

"그러는 편이 현명할 거다. 지금 당장 네 목을 따서 숲 속의 짐승들 먹이로 주라고 명령을 내릴 수도 있으니까."

메콘의 부하 두 명이 문간에 서 있었다. 메콘이 그들한테 손짓했다. "밖에서 기다려." 그러고는 마크한테로 고개를 돌렸다.

"네가 광선을 찾고 있는 걸로 알고 있다. 위력을 가진 광선을."

마크가 일어나서 조심스럽게 식탁 쪽으로 걸어갔다.

"그걸 어떻게 아세요?"

"트랜스올에서 벌어지는 일이라면 모르는 게 없지."

"그럼 내가 왜 그 광선을 찾으려고 하는지도 아시겠네요?"

메콘이 식탁을 가볍게 두드렸다.

"너한테 어떤 일이 일어나서 네가 우리 세상 사람이 아니라고 믿게 되었고, 또 그 광선이 네가 살던 세상으로 돌아가는 입구라고 믿게 되었다는 이야기를 들었다."

마크가 팔짱을 끼었다.

166

"믿게 된 게 아니에요. 아는 거예요."

메콘이 마크를 유심히 보았다.

"다곤이 너를 극구 칭찬했다. 그래서 너를 도와주기로 결정했다. 의식이 끝난 뒤에 나하고 트리사드로 가게 될 거다. 그곳에 늙은 주술사가 있다. 네가 말한 광선에 대해 알 만한 사람이 있다면 바로 그 무당일 거다."

메콘이 문으로 걸어가자 갑옷에서 절거덕절거덕하는 소리가 나고 가죽 망토가 휘날렸다.

"우리는 내일 출발한다."

메콘이 나가면서 문을 잡아당겼다.

문이 쾅 닫히자 마크가 의자에 털썩 주저앉았다. 새로운 국면에 처하게 된 셈이었다. 메콘은 생각만으로도 불쾌했다. 정말이지 메콘과 그의 돌덩이처럼 무표정한 보디가드들하고는 그 어디라도 함께 가고 싶지 않았다. 그런데 만일 메콘이 말한 주술사가 리타가 말한 그 주술사라면? 그렇다면 그가 붙잡아야 하는 유일한 실마리일 수도 있었다. 가야 했다.

결심을 굳혔다. 마크가 눈에서 졸음기를 씻어 내고 밖으로 나갔다. 사보가 짐승을 탄 채, 마크의 회색 짐승 고삐를 잡고 기다리고 있었다.

"카콘, 어서 올라타라. 오늘 아침에 맨 먼저 경주가 열린다고 하지 않았나?"

"말씀하셨지요. 하지만 지난밤 이후론 아무도 경주를 중요하게 여기지 않는 걸로 생각됐어요. 특히 사부님이오. 술잔에 얼굴을 박고 잠들지 않으셨어요?"

사보의 표정이 굳어졌다.

"그냥 쉬고 있었던 것뿐이다. 네가 그때 자리를 뜨지 않았다면 내가 기운 차리는 걸 봤을 텐데."

"그러셨겠죠. 그다음엔 뭘 하셨는데요? 이리 비틀 저리 비틀 하면서 부인이 계신 집으로 가셨나요?"

"카콘, 네가 나이가 웬만하면 내가……."

마크가 웃음을 터뜨렸다.

"그렇다면 나이가 많지 않은 게 천만다행이네요."

사보가 마크한테 고삐를 던졌다.

"어서 올라타라. 이 경주에서 나한테 혼쭐이 나면 이 사부님을 좀 더 존경하게 될 거다."

"제가 이기면요?"

"네가? 무슨 그런 농담을. 넌 앉는 법도 잘 모르잖아?"

"그럼 내기해요."

마크가 자신만만하게 말했다.

"제가 이기면 저한테 사부님의…… 새 칼을 주세요."

"하! 그럼 내가 이기면 그렇게 애지중지하는 그 목걸이라도 넘길 텐가?"

"좋아요."

마크가 자기 짐승에 올라탄 뒤 사보를 따라 큰길을 내려갔다.

마을의 거의 모든 남자들이 짐승을 타고 버펄로 우리 근처에 모여 있는 걸 보고 마크가 깜짝 놀랐다. 메콘의 부하 가운데 몇 명도 경주에 참가했다.

다곤이 울타리로 올라가 난간 위에 섰다.

"계곡을 지나 커다란 적황색 꽃나무까지 달려가라. 그곳에 가면 타이보가 파고마 열매를 한 바구니 들고 기다리고 있을 것이다. 이로 열매 한 개씩을 물고 돌아오면 된다. 열매를 문 채 나를 처음으로 지나쳐 가는 자가 우승자다."

마을 사람들이 출발 지점에 일렬로 섰다. 마크가 손을 흔들고 있는 리타와 바로를 발견했다. 메간은 보이지 않았다.

다곤이 이어서 말했다.

"나팔 소리가 나면 경주를 시작한다."

기수들이 자리를 잡았다. 마크는 낯선 사람과 사보 사이에 섰다. 마크가 사보 쪽으로 고개를 돌렸다.

"행운을 빌어요."

"행운이 필요한 사람은 너지. 목걸이를 넘길 준비나 하라고."

나팔을 불자 오십 마리의 짐승이 숨 막히는 붉은 모래 먼지를 자욱하게 남기면서 일제히 계곡을 따라 내달렸다.

사보가 마크보다 조금 앞섰다. 마크가 양손으로 고삐를 잡고 더 빨리 달리라고 재촉했다.

먼지구름 때문에 길이 희미하게 보였다. 짐승들이 땅바닥을 파헤치며 서로 선두에 서려고 싸웠다. 검은 짐승이 마크 앞으로 끼어드는 바람에 그대로 멈춰야만 했다.

뒤미처 뭔가가 마크의 등을 세게 때리는 통에 균형을 잃고 말았다. 마크가 죽기 살기로 짐승의 갈기를 붙잡았다. 짐승이 계속 달리면서 그의 몸이 미끄러지고 있다는 걸 느꼈다. 마크가 온힘을 다해 버티면서 한쪽 팔로 짐승의 목을 감싸 안았다.

그 상태에서 조금씩 중심을 잃다가 결국은 몸이 뒤집혀 버렸다. 발이 땅바닥에 부딪힐 때도 손은 여전히 짐승의 갈기에 얽혀 있었기 때문에 그의 몸이 넝마처럼 퍼덕거렸다.

마크를 가로막은 검은 짐승이 이제는 사실상 그의 위에 있었다. 검은 짐승의 기수가 마크 옆에 멈춰 서서 마크가 간신히 매달려 있는 짐승의 배를 밀어붙였다가 방향을 홱 바꿨다.

마크의 팔이 찢어져 나가는 것 같았다. 짐승한테 멈춰 서라고 고래고래 소리쳤지만, 오히려 더 빠르게 내달릴 뿐이었다. 짐승이 달릴 때마다 발굽이 마크의 옆구리를 때렸다.

마크가 갈기를 잡지 않은 손으로 고삐를 더듬어 찾았다. 손가락에 고삐가 닿자 홱 잡아챘다. 고삐를 앞뒤로 움직여서 마침내 짐승을 세우고 짐승의 옆구리가 오르내리는 것도 멈추게 했다.

경주는 여전히 계속되고 있었다. 마크가 간신히 짐승 등에 올라탄 뒤 발뒤축으로 힘껏 차서 다시 달리게 했다. 기수들이 마크의 양옆을 지나갔다. 앞에 적황색 꽃나무가 보였다. 타이보가 나무 밑에 서서 바삐 파고마를 나눠 주고 있었다.

마크가 미끄러지듯 멈춰 서서 타이보가 열매를 줄 때까지 기다렸다. 마침내 타이보가 마크한테 노란 열매 한 개를 던져 주었다. 마크가 열매의 가는 끝을 입에 넣었다. 경주에서 우승할 방법은 없었지만 그래도 끝까지 포기하고 싶지 않았다.

소리를 높여 짐승을 격려하고 있는 힘껏 발을 찼다. 회색 짐승이 경주로로 돌진해서 한 무리의 기수들과 함께 달리다가 서서히 그들을 제치면서 앞으로 나아갔다.

저 멀리 다곤이 울타리 가로대 위에 서 있는 게 보였다. 회색 짐승이 선두 기수들을 제치고 결승선을 통과했다.

사보가 보였다. 마크가 입에 문 파고마를 뱉어 내고 짐승을 걷게 해서 그에게로 다가갔다.

"사부님이 이기셨네요. 지금 목걸이를 받으실래요?"

사보가 손을 들어 올렸다.

"열매를 떨어뜨려 실격을 당하지 않았다면 기꺼이 목걸이를 받겠지. 오늘 경주에서 진 쪽은 나다."

마크가 고개를 가로저었다.

"그럼 무승부로 해요."

마지막 기수가 결승선을 통과하자 다곤이 우승자를 발표했다. 사보는 영 못마땅해 했다.

"하! 저것 봐라. 우승자가 나크와다. 내가 나크와보다 2킬로미터나 더 앞섰는데. 결승선에 다 와서 입만 열지 않았어도……."

구경꾼들이 족장의 발표에 갈채를 보내고 젊은 승리자를 축하해 주었다. 다곤이 우승자의 등을 가볍게 두들기고 나뭇잎을 엮어 만든 화관을 선사했다.

짐승들이 줄을 지어 마을로 돌아가고 있었다. 마크가 개중 크고 검은 녀석을 특별히 눈여겨보았다.

"사부님, 저 검은 녀석의 기수가 누구예요?"

"나도 모른다. 우리 마을 사람이 아니야. 메콘이 데려온 사람이다. 그건 왜 물어보나?"

"경주하는 도중에 누군가 나를 떠민 것 같아서요. 내가 짐승에서 떨어졌을 때 저 기수가 나를 들이받고 짓밟으려고 했어요."

사보가 고개를 쳐들었다.

"카콘, 이건 네가 처음 참가한 경주다. 예전에 아주 무모한 짓을 감행하는 기수들을 본 적이 있다. 한번은 경기 참가자가 죽은 적도 있다. 그런 건 경기를 하다 보면 흔히 일어나는 일이다. 그런 일을 개인적인 감정으로 받아들이면 안 된다."

"모든 게 아주 순식간에 일어났어요. 하지만 사부님 말씀에도 일리가 있어요. 그런데 나를 죽일 정도로 세게 때린 게 뭘까요?"

사보가 웃었다.

"네가 짐승 타는 걸로 보자면, 깃털이 그런 게 아닐까 싶은데."

"하나도 안 웃겨요."

마크가 발뒤축으로 짐승을 차며 말했다.

"다음 경기 때도 내기를 걸고 싶어 하실 것 같은데요?"

"조심해라, 카콘. 다음번엔 운이 따르지 않을 거다."

33

마크는 다음 경기를 하면서 미식축구와 왕좌 놀이(King of the Mountain, 아이들이 나무 그루터기나 의자에 올라서서 서로를 밀어 내고 자리를 독차지 하는 게임: 옮긴이)를 합쳐 놓은 것 같다는 생각이 들었다. 다른 점이 있다면, 축구공 대신 돼지를 닮은 짐승의 머리를 사용하고 편이 없이 각자 혼자 한다는 점이었다. 우승자는 출발선에서 5미터 떨어진 곳에 있는 나무통에서 짐승 머리를 찾아서, 경기장 한가운데 있는 작은 원으로 돌아와, 다른 사람들한테 뺏기지 않고 지켜 낸 사람이 되었다.

마크는 경주를 하다 다친 등이 욱신거려서 마지못해 경기에 참가했다. 구경꾼들 틈에 메간이 없다는 걸 다시 확인했다.

돼지를 닮은 짐승 머리를 손에 넣었던 사람이 머리를 떨어뜨리자 다른 사람이 즉시 가로채 갔다. 경기자들이 머리를 갖고 있는 사람을 쫓아갔는데 그 사람이 쓰러지면서 머리를 놓쳤다. 사보가 머리를 집어 들고 원으로 달려갔다. 다른 사람이 머리를 빼앗으려고 달려들자 돼지 머리가 터지면서 살점이 사방으로 흩어졌다.

사보가 가까스로 머리뼈를 붙들었다. 두 사람이 동시에 사보한테 덤벼들었다. 사보가 두 사람한테 받혀 붕 날아올랐다. 사보가 바닥에 떨어지기가 무섭게 나머지 사람들이 그 위를 덮쳤다.

다곤이 마지막 남자를 끌어내자, 사보가 몸을 잔뜩 웅크리고 있는 모습이 나타났다. 그때까지도 엉망으로 짓이겨진 머리 잔해를 붙잡고 있었다. 다곤이 사보를 우승자로 선언했다.

나중에 사보가 식탁 옆에 서 있는 마크를 발견했다.

"카콘, 이번에 내기를 걸지 않은 게 천만다행인 줄 알아라. 내가 예견한 대로 이 몸이 승리자시다."

"상한 뇌 같은 냄새를 풍기는 게 승리자라면 그 말이 맞아요. 사부님이 승리자예요."

사보가 심호흡을 하고는 얼굴을 찡그렸다.

"무슨 말인지 알겠다. 씻으러 가야겠다. 내가 돌아올 때까지 다음 경기를 시작하지 말라고 전해라."

마크가 빵 한 조각을 집어 들었다. 생각에 잠겨 빵을 우적우적 씹었다. 메콘의 부하가 아무도 경기에 참가하지 않은 게 이상했다. 그 이유가 궁금했다.

"카콘 형, 경기가 더 남았어요. 버펄로 타기에 도전할 거예요?"

바로가 달려와서 말했다.

"나한테 좀 위험할 거라는 말로 들리는데."

"지금 농담하는 거죠? 형이 무서워하는 건 없잖아요."

마크가 한 입 문 빵을 꿀꺽 삼켰다

"누가 그래? 나도 다른 사람들하고 똑같이 무서움을 타는데."

"다른 사람들하고 완전히 똑같지는 않겠죠. 난 무서우면 숨어 있을 데를 찾으니까요."

"나도 몇 번은 그랬어. 숨는다는 말이 나왔으니 하는 말인데, 메간 누나 어디 있니? 오늘 하루 종일 안 보이네."

"몸이 안 좋대요. 누나가 침대에 누워 있는 걸 봤어요. 누나가 운 걸 보면 많이 아픈 게 틀림없어요. 지난밤에 먹은 게 잘못되었나 봐요."

"정말?"

마크가 남은 빵을 입으로 밀어 넣고 걷기 시작했다.

"카콘, 어디 가요? 다음 경기를 시작하려고 하는데."

"사보 사부님이 올 때까지 기다려 달라고 대신 말해 줘."

"형은요?"

"이번 경기는 빠져야 할 것 같아. 서둘러. 사부님이 자기도 없는데 경기가 시작되면 무척 서운해 할 거야."

마크가 다곤 집으로 가서 문을 두드렸다. 메간의 할머니가 문을 열어 주었다.

"카콘이구나. 다곤 족장은 여기 없다. 버펄로 우리에서 경기에 쓸 놈들을 고르고 있을 게야."

"족장님을 뵈러 온 게 아니에요. 메간이 아프다고 해서요."

"할머니, 들어오라고 해요."

메간이 안에서 소리쳤다.

마크가 들어가니, 메간이 식탁에서 콩꼬투리를 까고 있었다.

"아픈 게 아닌가 보네."

마크가 웃으며 말했다.

"원하는 게 뭔데?"

메간이 화가 난 것 같았다.

"나? 뭐 아무것도. 네가 아프다고 해서 보러 온 거야."

"염려 붙들어 매도 돼. 어차피 넌 곧 정글로 떠날 거잖아. 내가 아프든 말든 무슨 상관이야?"

메간이 딱딱한 황금색 꼬투리에서 콩을 떨어내며 말했다.

"그래서 이러는 거구나. 아직도 내가 못마땅한 모양인데, 네가 잘못 짚었어. 난 정글로 돌아가지 않아. 적어도 당장은 아냐. 내일 메콘이 나를 트리사드로 데려가서 그가 아는 주술사를 만나게 해 준다고 그랬거든."

메간이 콩깍지를 내려놓았다.

"메콘이라고? 그분이 왜 너한테 그런 일을?"

"그거야 네가 말을 했으……."

"지금 무슨 말을 하는 거니?"

"메콘은 내 과거를 모두 알고 있을 뿐만 아니라 내가 광선을 찾고 싶어 한다는 것도 알아. 그걸 아는 건 너하고 리타뿐인데."

"그, 그렇다면 리타가 했을 거야. 난 아무한테도 말 안 했어."

메간이 흥분해서 침을 튀기며 말했다.

"나한텐 했지."

메간의 할머니가 의자 귀퉁이로 와서 앉았다.

"내가 대군주한테 네 이야기를 했다. 대군주가 지난밤에 우리 집에 머물면서 너에 관해 묻길래 내가 알고 있는 걸 말해 줬지. 너한테 아무런 해가 되지 않을 거라고 생각했는데."

"할머니."

메간이 소리를 질렀다.

"걱정 마세요. 실은 저한테 은혜를 베푼 셈이에요. 메콘이 저를 돕겠다고 했거든요. 메콘이 광선을 보았다는 주술사를 알고 있어서 저를 그 주술사한테 데려가 알아봐 주겠다고 했어요."

마크가 메간의 할머니를 안심시켰다.

"내가 알기론 트리사드에 주술사는 없어. 잘못 들었을 거야."

"아니야. 분명히 트리사드라고 했어. 광선이 어디 있는지 알아내면 정글로 돌아가기 전에 이곳에 다시 들르게 될 거야."

마크가 콩꼬투리 한 개를 집어 들었다.

"좋을 대로."

메간이 어깨를 으쓱했다.

마크가 문으로 갔다.

"기분이 나아지면 오늘밤 내 의식에 참석했으면 좋겠어."

"어쩌면."

"꼭 부탁한다면?"

고개를 들어 마크를 쳐다보는 메간의 입가에 웃음이 번졌다.

"어쩌면……."

34

사보가 버펄로 타기와 도끼 던지기 시합에서도 우승을
했다. 저녁이 되면서 다시 횃불이 타올랐다. 커다란 모닥불을 가
운데 두고 둥글게 배치한 식탁에 더 많은 음식이 차려졌다. 마을
사람들이 마크의 가입식을 보기 위해 떼를 지어 모여들었다.

마크는 하얀색 벅스킨 옷을 차려 입고 다곤과 메콘 사이에 있
는 상석에 앉아 있었다. 마을 사람들이 조용해지자 다곤이 일어
나서 마크한테 자기를 따라 원 한가운데로 오라고 했다.

다곤이 손을 들어 올렸다.

"추크 족이여, 전쟁터에서 자신의 능력을 입증한 젊은 전사를
보라. 그는 자신의 목숨을 걸고 우리를 구함으로써 추크 족에 대
한 충성심을 보여 주었다."

식탁에서 우레 같은 환호가 터져 나왔다. 마크가 구경꾼들을
둘러보았다. 메간은 보이지 않았다.

다곤이 계속 말했다.

"추크 족은 최초의 사람들이다. 우리는 트랜스올을 위임받은

부족이다. 카콘은 수호자가 되고 싶다는 뜻도 보였다. 그가 전사 자리를 받아들인다면, 우리의 재산을 바쳐 경의를 표하며 충실할 것을 약속한다. 그가 추크 족을 받아들인다면, 부족을 위해 자신의 모든 것을 바쳐 충성을 다할 것을 맹세한다."

이상할 만큼 조용해졌다. 마크는 마음을 졸이며 기다렸다. 다음에 벌어지는 일에 대해서는 들은 게 없었다. 다곤이 허리띠에 차고 있는 칼집에서 작은 사냥용 칼을 꺼냈다.

"카콘, 진정한 부족, 추크 족의 전사가 되기를 원하는가?"

마크가 고개를 끄덕였다.

다곤이 마크의 왼손을 잡고 손바닥의 살집 있는 부분을 칼로 얇게 벴다. 손가락을 타고 따뜻한 피가 흘러내리자 마크가 움찔했다.

"여러분 가운데 여기 있는 카콘을 추크 족이자 트랜스올의 동료 전사로 맞이할 자가 누구인가?"

둥글게 모여 있는 사람들 틈에서 덜커덕거리는 소리를 내며 사보가 앞으로 나왔다.

"제가 맨 먼저 하겠습니다."

다곤이 전과 마찬가지로 사보의 손바닥을 칼로 베자, 사보가 피가 흐르는 손으로 마크의 손을 맞잡고 힘차게 흔들었다.

"최선을 다해 너를 추크 족의 일원으로 지켜줄 것을 맹세한다."

사보가 자리를 뜨자 다른 남자들이 사보처럼 맹세를 하기 위해 길게 줄 서 있는 걸 보고 마크가 놀랐다.

마크는 자기도 모르게 울컥 목이 멨다. 마지막으로 맹세를 한 사람은 다곤이었다. 다곤은 족장이라 직접 자기 손을 벴다.

"카콘, 나는 네가 우리 마을에 온 게 우연이 아니라고 확신한다. 너는 위대한 과업을 수없이 이루어 낼 운명이다. 네가 오늘 내 친아들이 된 것처럼 기쁘다."

사보가 춤을 추기 시작했다. 리드미컬한 북소리에 맞춰 모닥불을 빙글빙글 돌았다. 다른 이들도 따라서 춤을 추는 바람에 나중에는 서 있을 공간이 없을 정도였다. 마크가 거의 텅 빈 탁자를 흘끗흘끗 보았다. 리타가 바로를 집으로 데려가는 게 보였다. 끝내 메간은 보이지 않았다.

'이것 참. 메간이 결국 안 왔다는 거지.'

마크는 사람들과 어울려 춤을 추면서 메간을 잊으려고 했다.

다곤이 사람들을 향해 의식의 마지막 순서를 진행하자고 말할 때까지 춤은 몇 시간 동안 계속되었다.

"카콘, 이제 자리에 앉으면 마을 사람들이 너한테 선물을 주는 것으로 승낙과 존경의 뜻을 한층 더 표현할 거다."

다곤이 망토 아래로 손을 뻗었다.

"이 석궁은 네 거다."

"이건 족장님이 새로 만드신 거잖아요? 이걸 만드시느라고 그렇게 애를 쓰셨는데."

마크가 사양했다.

"이게 내 선물이다. 이걸로 우리 적을 수없이 죽이기 바란다."

타이보가 앞으로 걸어 나왔다.

"카콘, 이건 내 선물이야. 보다시피 이렇게 완성했지."

타이보가 갑옷과 투구를 내밀었다.

"마음에 드나?"

마크가 투구를 머리에 썼다.

"딱 맞아요. 대장장이님은 진짜 천재예요."

메콘이 의자에 앉은 채 갑옷을 손가락으로 가리켰다.

"훌륭한 솜씨군. 어떻게 그걸 만드는 방법을 알았나?"

타이보가 마크를 보면서 대답했다.

"카콘이 알려 줬습니다. 아주 똑똑한 젊은이에요."

"그런 것 같군."

"타이보, 비켜나게. 자네 말고도 여기 선물 줄 사람이 많아."

사보가 타이보를 한쪽으로 밀었다.

"이건 내 선물이다."

사보가 마크한테 새 칼을 건넸다.

마크가 조심스럽게 그 칼을 받아 들었다.

"무슨 말을 해야 할지 모르겠어요. 정말 특별한 선물이에요."

사보가 마크한테 윙크를 했다.

"실제 싸움에서 이 칼이 제법 도움이 될 거다."

메콘이 손뼉을 치며 말했다.

"카콘, 나도 선물이 있다."

메콘의 부하가 늠름한 은빛 동물을 사람들 사이로 데려왔다.

"트랜스올의 최고 가축 중에서 고른 놈이다. 이제 네 것이다."

마크가 식탁을 돌아 나와 동물의 고삐를 잡았다.

"굉장한 선물이에요. 고맙습니다."

콧김을 뿜으며 옆 걸음질 하는 동물의 목을 쓰다듬어 주었다.

"우린 이제 좋은 친구가 될 거야."

다른 사람들도 선물을 가져와서 마크의 발밑에 내려놓았다. 선물은 음식에서부터 담요까지 꽤 다양했다. 마크는 마을 사람들한테 일일이 고맙다고 인사를 했다.

바로가 숨을 헐떡거리며 다가왔다.

"내 선물도 있어요. 내가 직접 만들지는 않았지만 형이 좋아할 거라고 생각해요. 이 안에 있어요."

바로가 토끼 가죽으로 싸서 덩굴로 묶은 것을 건넸다.

"다른 사람도 아니고 네 선물이니 틀림없이 맘에 들 거야."

마크가 선물을 풀어 보려는데 리타의 말소리가 났다.

"바로, 여기 있었구나. 할머니가 화가 많이 나셨어. 벌써 잠자리에 들었어야 할 시간에 몰래 집을 빠져나오면 어떡하니?"

바로가 고개를 숙였다.

"그냥 다른 사람들처럼 나도 형한테 선물을 하고 싶었어."

"몇 분만 있다가 가면 안 될까?"

마크가 물었다.

리타가 고개를 저었다.

"당장 바로를 데려가지 않으면 우리 둘 다 혼날 거야."

마크가 몸을 앞으로 숙였다.

"이러면 어떨까. 내일까지 기다렸다가 네가 보는 앞에서 이 선물을 풀어 보는 거야. 그럼 됐지?"

"좋아요."

바로가 뿌로통하게 말했다. 그리고 리타가 이끄는 대로 큰길을 걸어가다 말고 어깨 너머로 소리쳤다.

"카콘 형, 잊으면 안 돼요."

"잊지 않을게."

마크가 바로한테 손을 흔들며 대답했다.

사보가 비틀거리는 걸음으로 다가왔다.

"다시 춤이 시작되었다. 어서 가자. 네가 춤출 수 있다는 걸 보여 줘야지."

"산딸기 주스를 너무 많이 마신 것 같아요, 사부님. 젊은 사람들이 춤추게 자리를 좀 비켜 주시는 게 좋겠어요."

"젊은 사람들이라……."

사보가 투덜거렸다.

"말해 줄 게 있는데……."

사보가 탁자 뒤로 넘어져 의자에 털썩 주저앉았다.

"말해 줄 게 있는데…… 이번만은 네가 맞는 것 같다."

35

마크는 아침 일찍 일어나 여행에 필요한 짐을 쌌다. 담요를 둘둘 말아 침낭을 만들고, 가죽 주머니에 빵과 말린 음식을 넣었다.

간밤에 받은 선물이 식탁 위에 죽 펼쳐져 있었다. 마크는 물주머니에 물을 채우고, 나머지 선물을 보며 감탄했다. 새로 얻은 밭에 뿌리라고 씨를 한 바구니 준 사람도 있었다. 여기 남아 마을 사람들이 살아가는 방식대로 사는 게 훨씬 나을지도 몰랐다.

마크는 갑옷과 투구를 쓰고, 허리띠에 칼을 차고, 석궁을 집어들었다. 왕이 된 기분이었다. 원하던 것이 모두 그의 손안에 있었다.

짐을 밖으로 들고 나와 새 동물 위에 묶었다. 마을도 잠에서 깨어난 상태였다. 몇몇 집에서는 가느다란 연기가 피어오르고 음식을 만드는 냄새도 풍겨 왔다.

사보의 단단한 갈색 짐승이 빠른 걸음으로 다가왔다.

"카콘, 방금 소식을 들었다. 족장님 말로는 네가 벌써 탐색에 나설 거라는데."

"그렇게 말할 수도 있겠네요. 사실은 메콘이 저를 트리사드에
데려가기로 했어요. 그곳에 제가 궁금해 하는 걸 대답해 줄 나이
많은 주술사가 있대요."

사보가 턱을 문질렀다.

"트리사드라고? 예전에 폐허로 변해 버린 곳이라 아직 있는 줄
몰랐네. 지난 몇 년 간은 그쪽으로 가 본 적이 없어서. 내가 같이
가게 될 거다."

마크가 수상쩍다는 듯이 사보를 보았다.

"왜 같이 가려는 건데요? 족장님이 명령이라도 내렸나요?"

사보가 커다란 주먹으로 자기 가슴을 쳤다.

"나는 추크 족 전사다. 내가 원하면 어디든 간다. 게다가 너 같
은 애송이는 진짜 전사가 보호해 주지 않으면 사막에서 얼마 버
티지 못해."

마크가 한숨을 쉬었다.

"솔직히 말해 같이 가 줄 사람이 있다면 좋겠죠. 그런데 저를
보호해 줄 필요가 있어서가 아니라 메콘하고 그의 부하들이 이
상해 보여서 그러는 거잖아요."

"그럼 결정됐다. 가서 짐을 챙겨 가지고 오마."

사보가 짐승을 채찍질해서 메콘과 그의 부하 여섯 명을 지나
큰길을 따라 내달렸다.

마크는 메콘 일행이 올라오기를 기다렸다.

"저는 준비됐어요. 나머지 부하들은 어디에 있죠?"

메콘이 자기 고삐를 부하에게 건넨 뒤 짐승에서 내렸다.

"우리가 예정과 다른 경로로 가는 거라 부하들을 먼저 보내 적이 있는지 살펴보라고 했다. 나중에 부하들과 만나게 될 거다."

메콘이 마크를 빙 돌며 그의 갑옷과 투구를 살폈다.

"내 호위병이라고 해도 되겠구나. 트리사드에서 네가 찾는 걸 얻지 못하면, 나와 영원히 함께하는 건 어떤가?"

마크가 대답을 피했다.

"동료 한 분이 저하고 같이 가기로 했어요. 괜찮겠지요?"

메콘의 표정이 딱딱하게 굳어졌다.

"그럴 필요 없다. 내 부하들이 다 알아서 네 편리를 봐 줄 테니까. 네가 가고 싶은 곳이면 어디든 부하들이 동행해 줄 거다. 어떤 해도 당하지 않게 막아 줄 거고."

"감사합니다. 하지만 곤란하지 않으시다면, 동료가 우리와 동행하고 싶어 해서요. 오랫동안 트리사드에 못 가 봤다고 하네요."

"마크, 바로가 자기 선물 뜯는 걸 보러 온대."

리타가 마크한테 손을 흔들며 말했다.

마크가 토끼 가죽 꾸러미에 대해선 거의 잊고 있었다. 그 토끼 가죽 꾸러미는 탁자 안쪽에 있었다.

바로가 총총걸음으로 마크한테 다가왔다.

"메간 누나도 형한테 줄 선물이 있대요."

마크가 흘긋 보니, 메간이 저 앞에서 뭔가를 겨드랑이에 끼고 걸어오고 있었다. 마크 앞까지 오자 메간이 그걸 내밀었다.

"시간이 나서 만들어 봤어."

무릎까지 올라오는 모카신이었다. 마크가 신발을 집어 들었다.

"고마워, 메간. 오랫동안 신발 없이 지냈는데."

마크가 모카신 한 짝을 신어 보았다.

"딱 맞네. 어떻게 내 사이즈를 알았니?"

"누나가 흙바닥에 나 있는 형 발자국 치수를 쟀대."

바로가 대신 대답했다.

마크가 나머지 한 짝도 신어 보았다. 부드러우면서 이상했다. 정글에서 등산화 한 짝을 잃어버린 지 3년이 지난 뒤라 발은 이미 딱딱해질 대로 딱딱해졌고 굳은살이 박인 상태였다.

마크가 모카신을 신고 몇 발자국 걸어 보았다.

"이제 정말 모든 걸 갖췄어."

마크가 메간한테로 고개를 돌렸다.

"고마워. 간밤에 네가 보고 싶었어."

"모카신을 만들어야 했거든."

"멋진 선물이야. 정말 고마워."

한순간, 두 사람의 눈이 거의 맞닿을 듯했다. 그 순간은 이내 사라졌다.

"형, 이제 내 선물을 풀어 봐요."

바로가 마크를 끌고 오두막으로 갔다.

"알았어. 다들 들어와서 내 작은 친구가 준 멋진 선물을 구경하시죠."

리타와 메간이 오두막 안으로 따라 들어가고 메콘은 문간에 서 있었다.

마크가 탁자에 앉아 토끼 가죽을 집었다.

"바로, 이 많은 선물 보이지?"

바로가 고개를 끄덕였다.

"내가 떠나 있는 동안 네가 이걸 잘 간직했으면 좋겠어. 한 가지 더 큰 부탁이 있는데, 내 잿빛 짐승을 갖지 않을래? 녀석한테 좋은 주인이 필요하기도 하고 나한텐 이제 쓸모가 없어서 그래. 내 부탁 들어줄 거지?"

바로의 눈이 휘둥그레졌다.

"정말이에요? 잿빛 녀석이 이제 내 거라고요?"

"그래. 하지만 녀석을 제대로 잘 보살펴야 해."

"카콘 형, 그럴게요. 날 믿어도 돼요."

"좋았어. 이제 네 선물이 뭔지 풀어 보자."

마크가 꾸러미의 덩굴을 자르고 토끼 가죽을 펼쳤다.

안에 푸른빛을 띤 유리 조각이 있었다.

마크가 깜짝 놀랐다. 추크 족이 어떻게 유리 만드는 방법을 알고 있는지 모를 일이었다. 마크가 유리 조각을 들고 돌려 보았다. 바닥에 글자가 찍혀 있었다.

코카콜라 회사 제품

제 3 부

36

마크가 있는 곳은 지구였다.

믿을 수가 없었다. 불가능한 일이었다. 물론 모든 게 닮았다는 생각은 했었다. 거의 비슷하게 생긴 사람들, 거의 똑같은 식물, 거의 똑같은 동물에 이르기까지 다. 하지만 생명체가 살 수 있는 행성의 생물은, 별의 구성 물질에서 시작해 모든 것이, 거의 비슷한 방식으로 진화하기 때문이라고 생각했었다. 따라서 마크는 자신이 다른 행성에 와 있는 거라고 믿어 의심치 않았었다.

하지만 이젠 의심의 여지가 없었다. 마크는, 자신들이 어디로 가고 있는지 거의 신경 쓰지 않고 달리는 메콘의 부하들과 함께 가고 있다는 사실에 아직도 어리벙벙했다.

마크는 전날 바로와 다곤, 그리고 마을 노인들에게 물어볼 것이 있어서 트리사드로 가는 출발을 미뤘었다. 처음에는 그들이 별 도움이 되지 않았었다. 그들에게 세상은 자신들이 살고 있는 트랜스올이라는 곳이 전부여서, 이상한 유리 조각에 적힌 글자 따위에는 관심을 갖지 않았다.

그런데 바로가 지난 몇 년 동안 마을 사람들이 발견한 다른 물건에도 글자가 적혀 있다는 사실을 말해 주었다. 바로 말고는 마을 사람들 가운데 글자를 읽을 줄 아는 사람이 아무도 없었다. 그래서 그런 물건을 발견한 사람들은 그 글자를 조상이 남긴 기호로 알고 있었다.

마크가 사람들이 발견한 유물을 봐야겠다고 고집했었다. 먼저 질기고 투명한 물질로 만든 작은 튜브를 가져왔는데, 'USAF' 라는 알파벳 대문자가 적혀 있었다. 또 커다란 강철 덩어리도 가져왔는데, 먼지를 닦아 내 '제너럴 모터스' 라는 글자가 나타나기 전까지는, 특별한 물건일 거라고 생각할 수 없는 것이었다. 어떤 아주머니가 뒤늦게 가져온 하얀 유리는 절반이 고스란히 남아 있는 그릇으로, 바닥에 '파이렉스' 라고 찍혀 있었다. 어느 할아버지는 지팡이 손잡이로 쓰고 있는 놋쇠 문손잡이를 보여 줬는데, 아래쪽에 '일본 제품' 이라고 적혀 있었다.

트리사드의 주술사를 만나보겠다는 마크의 뜻이 더욱 확고해질 수밖에 없었다. 자기가 만일 시간 왜곡이나 조작 같은 걸 통과해 먼 미래로 나온 거라면, 돌아가는 것도 가능한지 알아야만 했다.

마크의 머릿속에 질문들이 물밀듯이 밀려왔다. 문명 세계와 과학 기술에 무슨 일이 일어난 걸까? 그 수많은 도시와 거기 살던 무수한 사람들은 다 어디로 간 걸까? 식물과 동물, 그리고 사람들이 죄다 돌연변이를 한 원인이 대체 무엇일까?

무슨 일이 어떻게 벌어졌든, 마크 생각엔, 대재앙이 일어난 게 틀림없었다. 추크 족은 암흑시대로 퇴보했고, 화살족은 그보다 더 퇴보했으며, 라와즈 족은 야생 동물보다 조금 나은 정도였으니 말이다.

마크는 동물이 행렬 맨 뒤로 뒷걸음치게 했다. 메콘의 부하들이 마크를 봤지만 아무 말도 하지 않았다. 사보가 한 바퀴 돌아 마크 옆으로 왔다.

"신참, 무슨 걱정 있나? 오늘 하루 종일 행동이 이상했어."

"말하자면 길어요. 말을 해도 믿을 것 같지도 않고요."

마크가 사보를 쳐다보았다. 넓적하고 누르끄레한 얼굴에 마크를 진심으로 걱정하는 빛이 역력했다.

"번개보다 더 강력한 힘을 가진 이상한 광선에 대해 들어 본 적 있어요? 사람들을 시간 너머로 이동시키는 힘을 가진 광선 말이에요."

사보가 생각에 잠겨 짧고 검은 수염을 어루만졌다.

"그게 이번 여행의 목적이냐? 그 광선을 찾고 있는 거냐고?"

마크가 목소리를 낮추며 단어를 신중하게 골랐다.

"그 광선 때문에 내가 트랜스올에 오게 된 거예요. 나는 수백 년, 아니 수천 년 전의 과거에서 왔어요."

사보의 눈이 휘둥그레졌다. 마크가 서둘러 말을 이었다.

"믿기 어렵다는 거 알아요. 나도 그 문제 때문에 한동안 괴로웠으니까요. 하지만 지금은 뚜렷한 증거가 있어요. 바로가 선물로 준 유리에 글자가 새겨져 있는데, 그게 내가 살던 시대에 쓰던 물건이라는 증거예요. 마을 사람들이 어제 내 오두막으로 가져온 옛날 물건들도 마찬가지예요. 다 글자가 있어요. 내가 살던 시대에 사용한 물건이라는 뜻이에요."

"네가 다르다는 건 사실이다. 거기까지는 나도 안다."

사보가 한숨을 돌린 뒤 메콘을 흘긋 쳐다보았다.

"다곤은 그걸 즉시 알아차렸지. 다른 사람 가운데 오직 한 사람이……."

사보가 입을 다물었다.

"다른 사람이오?"

마크가 사보의 말을 되뇌었다.

"그럼 나 같은 사람을 또 봤다는 말이에요?"

마크가 물었다.

"그래, 내가……."

때를 맞추듯 화살 한 발이 날아와 사보가 타고 있는 짐승의 어깨에 박혔다. 짐승이 날카로운 비명을 지르며 뒷다리로 선 채 앞발로 허공을 찼다. 더 많은 화살들이 날아와 그들 근처의 땅바닥에 꽂혔다.

"숲으로 달려라, 카콘!"

사보가 말을 돌려 오른쪽으로 도망갔다. 숲에서 두 사람을 향해 잇달아 화살이 날아왔다.

"돌아가야겠다. 내 옆에 붙어 있어라, 카콘."

사보가 고함을 질렀다.

마크가 고삐를 홱 당겨 전속력으로 사보의 뒤를 쫓았다.

사보가 아무 예고도 없이 오솔길로 줄행랑쳤다. 마크도 그 뒤를 따라 짙은 붉은색 풀을 지나 숲으로 내달렸다.

사보가 나무를 은폐물 삼아 땅에 내린 뒤 짐승에 박힌 화살을 능숙하게 비틀어 뽑아냈다. 피가 내뿜어져 짐승의 다리를 타고 흘러내렸다. 사보가 흙에 물을 조금 부어 지혈제를 만들었다.

마크는 칼을 쥐고 숲 가장자리에서 보초를 섰다.

큰 소리가 들리기는 했지만 두 사람을 쫓아오는 사람은 없었다. 사보가 입에 손가락을 갖다 대고 마크한테 조용하라는 신호를 보냈다. 정적이 찾아든 뒤에도 두 사람은 나무 뒤에서 한참 기다렸다.

거의 한 시간쯤 지나자 사보가 입을 열었다.

"매복이었어. 우리를 공격한 자들은 바로 우리를 기다리고 있었던 거야."

"어떻게 알아요?"

마크가 속삭였다.

"메콘이 트리사드로 간다는 걸 아는 사람은 아무도 없다. 메콘이 단독으로 이틀 전에 결정한 일이다."

"알았어요. 생존자가 있는지 확인하러 가요."

사보가 짐승의 부상을 살폈다. 응급 지혈제 덕에 출혈이 멈춘 상태였다. 사보가 짐승 등에 오른 뒤 조심스럽게 빈터로 들어섰다. 마크는 사보 옆에서 재게 달리면서 별다른 소리가 들리는지 주의를 기울였다. 공격을 당했던 곳에 도착하자 메콘의 부하 세 명이 땅바닥에 큰 대자로 뻗어 있는 게 보였다.

"메콘은 틀림없이 도망갔을 거예요."

마크가 큰 소리로 말했다.

"그들이 메콘을 죽였다고 해도 이곳은 아니에요."

마크가 고개를 돌려 보니 사보가 시체를 살펴보고 있었다.

"뭐예요? 뭘 발견한 게 있어요?"

"그런 것 같다."

사보가 시체 목에 박힌 화살대를 부러뜨려서 마크한테 가지고 왔다.

"이걸 알아보겠나?

"라와즈 족."

마크가 눈살을 찌푸렸다.

"라와즈 족이 공격할 거라는 생각은 못 했어요. 미리 준비해서 매복하는 건 그들 방식이 아닌 것 같은데요."

"그들 방식이 아니다. 적과 직접 맞닥뜨려 죽을 때까지 싸우는 것이 그들 방식이지. 오늘 매복하고 있었던 건 라와즈 족이 아니 다. 화살 모양을 자세히 봐라. 급히 색칠을 했지. 라와즈 족은 무 기 만드는 일에 자부심을 가지고 있다. 게다가 그들은 쓰레기까 지 싹쓸이하지. 바닥에 떨어진 칼과 석궁을 그냥 놔둘 리가 없 다. 이 시체들을 발견한 사람이 누구든 공격을 한 게 라와즈 족 이라고 믿게 만들려는 속임수를 쓴 거야. 그들 짓이 아니다."

37

두 사람은 메콘의 짐승 발자국을 찾았다. 메콘이 수십 명의 병사들한테 포획된 것 같았다. 짐승 발자국을 따라 5, 6킬로미터쯤 가자 울창한 숲이 나타나면서 흔적이 사라져 버렸다.

해질녘에 사보가 외딴곳을 발견하고 그곳에서 야영을 하자고 했다. 사보는 짐승 상처에 다시 진흙 지혈제를 발라 주고 나서 추운 막사에 자리를 잡고 앉았다. 두 사람은 현재의 상황이 얼마나 위험한지 확인하기 전까지는 모닥불을 피우지 않는 게 나을 거라고 판단했다.

마크가 이로 딱딱한 빵 조각을 뜯어 내 두어 번 씹고 삼켰다.

"누가 라와즈 족이 공격한 것처럼 꾸몄을까요? 대체 왜 그랬을까요? 메콘한테 적이 있나요?"

사보가 풀밭에 누웠다.

"메콘은…… 특이한 사람이다. 우리 추크 부족을 하나로 통일한 사람이고, 아무도 하지 못한 일을 해낸 사람이다. 하지만 그에게 분개하는 사람들도 있지."

"추크 부족 사람들 가운데요?"

"반은 추크 족이지. 오래전에 진짜 사람이 많지 않았을 때 어느 추크 족이 사막에 거주하는 사마틴이라는 종족을 모두 생포한 적이 있다. 그때 추크 족이 사마틴 사람들과 결혼을 해서 그들의 자녀들은 모두 혼혈인이 되었다. 더 이상 진정한 추크 족이라고 할 수 없게 된 거지."

"그게 메콘하고 무슨 상관인데요?"

"메콘이 사마틴을 우리 부족의 일원으로 간주해선 안 된다고 선언했다. 추크 족이 더 이상 사마틴의 영토를 보호해 줄 필요도 없고 추크 족의 이익을 위해 약탈을 해도 괜찮다고 했지."

"힘센 편견은 잘도 살아남아서 이 행성에서도 활개 치고 있다는 소리로 들리네요."

마크가 중얼거렸다.

"무슨 말인지 모르겠구나."

마크가 고개를 가로저었다.

"사마틴에게 한 것처럼 추크 족도 당한 적이 없나요? 왜 종족이 다르다는 이유만으로 그들을 미워하는 건데요? 그러면 나는요? 나도 진짜 추크 족이 아니잖아요."

"너는 추크 족이 될 권리를 얻은 거지."

"말도 안 되는 얘기예요."

마크가 다시 빵 한 조각을 뜯어 생각에 잠긴 채 씹어 먹었다. 사보가 자리를 옮기고 나서 두 사람은 서로 한마디도 하지 않았다. 마크가 화제를 바꾸기로 마음먹었다.

"트리사드가 여기서 얼마나 돼요?"

"이틀 아니면 사흘 걸린다. 죽음의 사막 한가운데 있는 도시다. 오래전에 한 부족이 전부 진흙 벽돌로 된 도시를 건설했지. 그 도시는 강을 건너가는 대상들(caravans, 사막이나 초원과 같이 교통이 발달하지 않은 지방에서 낙타나 말에 짐을 싣고 떼를 지어 먼 곳으로 다니면서 특산물을 교역하는 상인 집단: 옮긴이)의 집산지가 될 정도였지만, 지금은 거의 다 사라지고 몇 명만 살고 있다. 대부분 몸을 숨겨야 하거나 혼자 있고 싶어 하는 사람들이지."

마크가 빵을 다 먹어 치웠다.

"메콘한테 무슨 일이 생겼을까요?"

"우리를 습격한 게 라와즈라면 메콘은 벌써 죽었을 거다. 하지만 내 생각대로 사마틴이라면 메콘을 인질로 잡고 몸값을 요구할 거다."

"메콘을 찾으러 가야 하나요?"

"눈을 크게 뜨고 발자국을 찾아야 하겠지만, 그걸 따라가 봐야 아무 소용 없을 거다. 지금쯤이면 이미 그의 운명이 결정되었을 테니까. 우리는 내일 트리사드로 간다."

마크가 상체를 뒤로 젖혔다.

"만일 메콘한테 일이 생기면, 이제 누가 추크 족의 대군주가 되는 거예요?"

"그건 나도 모른다. 메콘은 리스트라 강 건너의 대도시에서부터 이곳까지 통치하고 있다. 내 생각엔 그가 하던 일을 대신할 부하들이 많을 것 같구나. 메콘한테 아들이 있다는 이야기를 들은 적 있다. 그런데 들리는 말로는 메콘이 일부러 자기 아들을 2인자로 임명하지 않는다고 하더구나."

"사마틴 족이 몸값을 받아 내면 메콘을 풀어 줄 테니까 뭐 걱정할 필요는 없겠네요."

마크가 말했다.

뒤미처 마크가 팔꿈치를 짚고 몸을 일으켰다.

"우리가 습격받기 직전에 사부님이 나하고 비슷하게 생긴 사람을 본 적이 있다고 말했죠. 사부님도 알고 다곤 족장님도 안다는 사람이오. 그게 누구예요?"

사보가 헛기침을 했다.

"너처럼 눈이 동그랗고, 피부가 하얗고, 발바닥에 보호 덮개도 신지 않은 사람은 본 적이 없었다. 그 사람이 우리 마을에 나타나기 전까지는. 그 사람도 너처럼 우리 추크 족의 일원이 될 수 있는 권리를 얻었다. 영리하고 아주 강인한 사람이어서 곧 강력한 전사가 되었지."

"그 사람이 누군데요?"

"메콘."

38

반짝이는 붉은 모래알이 찌는 듯한 햇살을 반사했다. 마크의 이마에서 땀방울이 뚝뚝 떨어졌다. 마크는 거의 비다시피 한 가죽 주머니의 물을 마저 마시고 싶었지만, 사보가 얼마 남지 않은 물이라도 아껴야 한다고 경고했다.

사보 말에 따르면, 죽음의 사막을 헤매던 많은 사람들이 결국 집과 가족의 품으로 돌아오지 못했다고 했다. 사막에서 길을 잃고 미쳐 버린 사람들도 있고, 그냥 사라진 사람들도 있다고 했다.

산과 정글이 급격하게 불모지로 바뀌었다. 나무 한 그루 없는 라와즈 족 평원이라도 여기에 비하면 천국이었다. 어디를 둘러 봐도 풀 한 포기 없이 진홍색 사막만 끝없이 펼쳐져 있었다.

사보가 탄 짐승은 어깨 부상에서 회복 중이라 걷는 게 부자연 스러웠다. 마크가 탄 동물이 나란히 걸었는데 숨이 막힐 것 같은 열기 때문에 더 빨리 가고 싶지도 않았다.

두 사람은 간밤에 작은 샘터 근처에서 야영을 했다. 사보가 알기론 그게 트리사드로 가는 길에 있는 유일한 샘터였다. 거기서 마크는 메콘에 관한 질문으로 시간을 보냈다.

그의 부족은 어디 있는데요? 그곳에 자기하고 비슷한 사람이 더 있다는 이야기를 그가 한 적 있어요?

사보는 대답하지 않았다. 사보와 다곤이 처음 메콘을 만나고 그가 다르다는 걸 알았을 땐 두 사람이 젊었을 때였다. 벌써 25년 도 더 지난 일이었다. 메콘의 출신 배경에 대해, 전의 통치자는 그가 큰 물 건너에 있는 금속을 쓰는 부족에서 왔다고 했었다.

마크는 그 큰 물이라는 게 오대양 가운데 하나일 거라고 생각했다. 사보한테 그 큰 물을 본 적이 있냐고 물었더니, 웃으면서 그런 게 있다는 말을 믿지 않는다고 했다. 마크가 모래 위에 대충 세계 지도를 그렸다. 기억나는 대로 북아메리카에 강과 산을 그려 넣은 뒤, 육지가 끝나고 대양이 시작되는 곳을 설명했다. 대륙에서 대륙으로 항해하는 큰 배에 대해서도 말해 주었다.

사보는 마크가 로키 산맥과 리오그란데 강을 그려 넣기 전까지는 그의 말을 믿지 못하는 눈치였다. 그런데 마크가 그린 산맥과 강을 알아보는 것 같더니, 그다음부터는 이상할 정도로 조용하고 침울해졌다.

오늘도 사보는 말이 별로 없었다. 마크는 더위 탓이려니 했다. 두 사람은 말없이 걷고 또 걸었다.

마크는 일찌감치 갑옷과 투구를 벗어 동물 목에 묶어 놓았다. 갑옷과 투구에 햇살이 반사되고, 말이 걸어갈 때마다 절거덕거리는 소리가 났다. 마크가 갑옷과 투구를 모래에 버릴 생각을 하고 있을 때, 사보가 갑자기 고삐를 잡아당겨 짐승을 세웠다.

"카콘, 네가 한 말을 생각해 봤다. 네가 말한 광선 이야기가 사실일 거라 믿는다. 트랜스올에는 너만큼 많은 지식을 지니고 있는 사람이 없다. 따라서 네가 우리 세상 사람이 아닌 게 틀림없다. 네가 너의 세상으로 돌아갈 수 있도록 힘껏 도와주마."

"고마워요. 날 믿어 줘서 정말 고마워요. 사부님은 이미 큰 도움을 줬어요. 사부님이 아니면 여기까지 오지도 못했을 거예요."

사보가 앞쪽을 가리켰다.

"트리사드는 바로 저 언덕 너머에 있다. 네가 찾는 주술사가 저곳에 없다고 해도 계속해서 그를 찾아볼 생각이다."

마크가 소매로 땀에 젖은 턱을 문지르며 뒤를 흘긋 보았다. 불그스름한 먼지구름이 빠른 속도로 달려오고 있었다.

"일행을 만난 것 같은데요."

사보가 고개를 돌렸다. 순식간에 그의 얼굴 표정이 바뀌었다.

"사마틴이다. 죽음의 사막에서 저렇게 빨리 이동할 수 있는 건 그들밖에 없다. 서둘러라, 카콘. 저들이 우리를 따라잡기 전에 트리사드로 가야 한다."

두 사람이 채찍질을 하며 사막을 가로질렀다. 사마틴 족이 점점 다가오고 있었다. 추적자들은 키가 작고 빨리 움직이는 짐승을 타고 있었는데, 아무리 깊은 모래도 그들의 발걸음을 더디게 하지 못하는 것 같았다. 마크 눈에 맨 앞 기수의 윤곽이 들어왔다. 머리를 터번처럼 하얀 천으로 감고, 달릴 때마다 침대 깔개 같은 옷이 커다란 날개처럼 퍼덕거렸다.

트리사드로 가는 언덕이 점점 더 멀어지는 것만 같았다. 더 빨리 가도록 마크가 동물을 몰아쳤다. 부상당한 사보의 짐승이 넘어져 다리가 몸통 밑에 깔렸다. 짐승이 쓰러지면서 사보도 모랫바닥으로 굴러 떨어졌다. 사보가 얼른 몸을 일으키면서 말했다.

"카콘, 어서 가라. 빨리. 넌 할 수 있어. 내가 최대한 놈들을 잡아놓고 있을게."

마크가 급하게 멈춰 서서 동물의 머리를 홱 돌렸다.

"바보처럼 굴지 말고 어서 뒤에 타요. 우리 둘 다 트리사드로 가거나, 둘 다 안 가는 거예요."

사보가 잠시 망설이다 재빨리 마크 뒤에 올라탔다. 은빛 동물이 방향을 돌려 내달리기 시작했다. 하지만 모래와 늘어난 무게 때문에 속도가 나지 않았다.

사마틴 족이 더 가까워졌다. 적어도 스무 명은 넘는 목소리가 "야아! 야아!" 파도치듯 함성을 질러 댔다.

마크가 마침내 언덕 꼭대기로 올라갔다. 아래쪽으로 진흙과 짚을 섞어 만든 어도비 벽돌로 지은 옛날 도시의 잔해가 보였다. 벽이 무너져 전체 단면이 사라진 상태였다. 마크가 가파른 모래 언덕 아래로 말을 몰고 가다가 한때는 도시를 둘러쌌던 무너진 성벽으로 돌진했다.

"여기라면 추적자들에 맞서 싸울 수 있어요."

마크가 고삐를 잡아당겨 동물을 멈춰 세웠다. 뒤미처 팔을 뻗어 칼과 석궁을 잡고 동물에서 뛰어 내린 뒤 성벽으로 달려갔다.

사마틴 족이 모래 언덕 꼭대기를 가로질러 한 줄로 넓게 퍼진 상태로 굽은 칼을 들고 야유와 협박처럼 들리는 고함을 질러 댔다. 개중 몇 명이 활을 쏘았지만, 화살은 몇 미터 앞에 떨어졌다.

"저들이 뭐 하는 거죠? 우리를 얕잡아 보고 저러는 건가요?"

마크가 사마틴 족을 노려보며 물었다.

사보가 성벽에 난 커다란 구멍으로 그들을 지켜보았다.

"내가 들은 게 정확하다면, 저들은 두려워하고 있는 거다."

"두려워하다니? 뭘요? 저들이 우리보다 열 배는 많은데요."

"너하고 나를 두려워하는 게 아니다. 이곳을 두려워하는 거지. 예전에 트리사드는 중요한 종교의 중심지였다. 다양한 숭배자들이 모여들어 종교 의식을 치렀고, 그런 의식에서 사마틴 고유의 종교가 태어난 거지. 저들은 이곳을 손댈 수 없는 성지라고 생각하는 거다."

"그럼 저들이 미신에 사로잡혀 있다는 말이에요? 우리가 여기 있는 한 저들이 우리를 좇아 이곳까지 들어오지 못한다고요?"

"그래. 하지만 잊어선 안 될 게, 저들과 추크 족이 철천지원수라는 사실이다. 우리가 살아서 여기를 빠져나가지 못하게 할 거다. 끝까지 우리를 기다리고 있을 테니까."

"그런 건 그때 가서 걱정하기로 하고요."

마크가 날카로운 고함을 질러 대는 사마틴 족한테 등을 돌렸다.

"주술사 찾으러 가죠."

39

먼지가 자욱한 트리사드의 중심가는 황량했다. 생명체라곤 잿빛 수염이 땅에 닿도록 자란 더러운 거지 노인밖에 없었다. 누더기를 걸치고 무너진 집 앞에 앉아 있던 거지 노인이 지나가는 마크와 사보에게 먹다 남은 거라도 달라고 간청을 했다.

마크가 어떤 건물의 어둠침침한 입구를 자세히 들여다보았다. 쥐를 닮은 커다란 짐승 몇 마리가 마루를 가로질러 종종걸음을 쳐 갔다. 거리 위쪽에서 문 닫히는 소리가 꽝꽝 요란하게 들렸다. 먼지바람이 불그스름한 회오리바람이 되어 빛바랜 낡은 벽으로 불어닥쳤다.

머리에 광주리를 인 야윈 여자가 균형을 잡으려고 애쓰면서 사보와 마크 앞의 도로를 쏜살같이 건너갔다. 그 여자의 왼쪽 눈썹에서부터 턱까지 난 흉터가 하도 넓어서 마크가 보지 않을 수가 없었다.

"후유, 안성맞춤인 곳이네요."

"카콘, 내가 말했듯이, 트리사드는 이제 무법자나 은둔자의 은

신처다. 여기 사람들은 남들하고 어울리지도 않고 외부인을 좋아하지도 않지. 자, 우리한테 먹을 것과 마실 것을 줄 사람을 알고 있으니 가자. 적당한 때에 주술사에 관해서도 물어볼 생각이다."

사보가 모퉁이를 돌아 뼈와 깨진 도자기가 흩어져 있는 마당으로 들어섰다. 짧은 쇠사슬에 묶여 있는, 개와 악어의 잡종으로 보이는 털북숭이 짐승이 마크가 탄 동물을 보고 으르렁거렸다.

"카콘, 여기서 기다려라. 우리를 반기는지 살펴보고 오겠다."

사보가 그늘 속으로 성큼성큼 걸어갔다. 흙 계단을 다 내려가 문을 요란하게 두드리는 소리가 마크에게도 들렸다.

"안에 숏다리 있나?"

사보가 소리쳤다.

"이 뜨거운 햇볕 아래 전사 사보를 세워 둘 참인가."

아무런 대답이 없었다. 사보가 어떻게 하고 있는지 보려고 마크가 동물을 데리고 흙 계단 쪽으로 갔다. 사보가 어깨를 으쓱하고는 다시 문을 두드렸다.

"이봐 숏다리, 친구와 같이 왔네. 먹을거리와 하룻밤 잘 곳이 필요하네. 우리를 그냥 보낼 참인가?"

문이 삐걱대며 손톱만큼 열리더니 굵고 낮은 목소리가 나왔다.

"사보, 정말 자네인가?"

"귀를 대고 있는 문짝을 부수기 전에 어서 열어, 이 늙다리야."

"자네가 틀림없군. 사보만이 트리사드의 위대한 전사를 위협할 배포를 가지고 있지."

문이 활짝 열리면서 박박 깎은 머리에 가슴이 술통 모양으로
딱 벌어진 풍채 좋은 남자가 나왔다. 남자가 사보를 얼싸안고 등
을 두들겼다. 한참을 그러고 나서야 싱글거리며 뒤로 물러났다.

 "라와즈의 습격에 죽었다고 들었는데 멀쩡하군, 이 가르카 뱀
의 자식 같으니라고."

 "거짓말, 말짱 거짓말이지. 자네가 위대한 전사라는 게 거짓말
인 것처럼 말일세."

 사보가 크게 웃으며 대꾸했다.

 "같이 온 사람은 누구인가? 저렇게 생긴 사람은 본 적이 없는
데. 참 이상한 생김새군."

 숏다리가 마크를 보며 고개를 주억거렸다.

 "저 친구 외모에 대해서는 신경 쓰지 말게. 진정한 친구이자,
참다운 용사이고, 싸움도 곧잘 하니까. 하룻밤 묵을 곳이 필요하
네. 들어가도 되겠나?"

 숏다리가 집 안에 대고 소리를 질렀다.

 "용크, 당장 이리 나와. 이분들 짐승을 데려가서 잘 보살펴라."

 얼굴이 땟국으로 꾀죄죄하고 뼈만 앙상한 열 살 안팎의 사내아
이가 어줍게 계단을 뛰어 올라왔다. 그 사내아이가 마크한테서
고삐를 넘겨받아 동물을 끌고 갔다.

 "어서 들어오게, 내 오랜 친구. 모닥불 위에 설치류 수프를 잔
뜩 올려놨네."

 다들 계단을 몇 칸 더 내려가 곰팡내 나는 지하실로 갔다. 지하

방엔 창문도 하나 없었다. 불빛은 구석에 매달린 기름등잔과 어도비 벽돌로 지은 둥근 난로에서 나오는 게 전부였다. 바닥에 깔린 모피가 가구 대용이었다. 사보가 모피를 깔고 앉자 마크도 따라 했다.

숏다리가 속이 깊은 솥의 뚜껑을 열고 조롱박 국자에 미적지근한 물을 가득 퍼 담았다. 그 국자를 사보한테 건네고 다 마실 때까지 기다렸다가 마크한테도 그 국자를 건넸다.

마크는 야단스럽게 구는 숏다리가 어딘지 모르게 마음에 들지 않았다. 딱 꼬집어 말할 수는 없지만 숏다리가 자기를 꺼림칙하게 생각하는 것 같았다.

용크라는 사내아이가 겁먹은 표정으로 살며시 방으로 돌아와 어두운 구석에 가 앉았다. 숏다리가 사내아이를 노려보았다.

"머리에 똥만 찬 놈, 거기 앉았지 말고 가서 음식을 내와야지. 손님들이 먼 길 오느라 시장해 하는 게 안 보이냐?"

사내아이가 모닥불 위에 걸린 냄비로 갔다. 냄비에 있는 스튜를 나무 그릇 두 개에 퍼 담은 뒤 사보한테 먼저 한 그릇을 건네고 남은 그릇을 마크한테 건넸다. 그런데 그릇을 건넬 때 국물이 넘쳐흘러서 마크의 발에 떨어졌다.

"멍청한 놈!"

숏다리가 대번에 호통을 치면서 손을 들어 사내아이를 때리려고 했다. 마크가 벌떡 일어나 두 사람 사이를 막아섰다.

"아무 피해 없어요. 사고잖아요. 공연히 저 때문에 이 노예아이를 때리느라 기운 빼지 마세요."

마크가 칼자루에 손을 갖다 댄 채 나지막하게 말했다.

겁에 질린 사내아이의 눈이 휘둥그레졌다. 방안이 침묵에 잠겼다. 결국 숏다리가 물러섰다.

"사보, 자네 말이 맞네. 자네의 이상하게 생긴 친구가 무척이나 용감하군. 그게 아니라면 아주 멍청한 거겠지."

"이 친구는 아직 어리네. 자, 다른 이야기나 하세."

사보가 손을 저어 상황을 무마했다. 숏다리가 바닥에 앉았다.

"그러지. 자네가 어쩌다 이 황량한 사막까지 오게 됐는지 얘기해 보자고. 그저 옛날 친구를 만나러 온 건 아니겠지?"

"허어!" 하며 사보가 뜨거운 스튜를 꿀꺽 삼켰다.

"자네가 그리 생각한다면 사막의 열기 때문에 결국 자네 머릿속이 뒤죽박죽이 된 거지. 아닐세. 우린 사람을 찾고 있네. 트리사드에 사는 주술사를 만나러 왔어."

"주술사라고? 거 참 재미있는 농담이네."

숏다리가 웃으면서 자기 무릎을 찰싹 쳤다. 마크가 이야기를 꺼내려 하는데 사보가 손을 들어 신호를 보낸 뒤 말을 이었다.

"이곳에 이상한 힘에 대해 알고 있는 주술사가 있다는 얘길 들었네. 놀라운 걸 목격했고, 우리가 찾는 정보를 줄 사람 말일세."

"친구, 누가 자네한테 그런 얘기를 했는지 모르겠군."

숏다리가 킬킬거리며 말을 이었다.

"그 얘기를 한 자가 자네를 놀린 걸세. 이곳까지 오느라 헛고생만 한 셈이지. 이곳에 주술사 같은 건 없네. 예전에도 없었고."

"그냥 단순한 주술사가 아닐지도 몰라요. 우리가 잘못 알아들었을 수도 있어요. 예전엔 치료사였던 사람이, 그러니까 예전에 치료도 하고 주술도 했던 사람이 지금 이곳에 살고 있을지도 몰라요. 옛날에 일어난 일에 대해 잘 알고 있는 사람이에요."

"쳇! 누가 그런 거에 관심이나 가져야 말이지?"

숏다리가 사보 쪽으로 몸을 숙였다.

"이곳에 온 진짜 이유를 말해 보게. 도망이라도 친 건가? 아니면 습격하기 전에 정찰을 나온 건가? 노획물이 괜찮다면 나도 따라갈 수 있는데."

사보가 잠시 망설였다.

"숏다리, 내가 자네를 속이지 못할 줄 알았네."

사보가 그릇을 바닥에 내려놓았다.

"사실 우리는 정찰을 나왔다가 사마틴 족을 만났네. 내 짐승을 잃고 다른 놈을 구할 수 있을까 해서 이곳까지 온 거라네."

숏다리가 두툼한 손을 비볐다.

"거래를 하자고? 자네가 가진 게 뭔가?"

"친구, 그 얘긴 내일 아침에 다시 의논하세. 지금은 너무 피곤해서 쉬고 싶네. 휴식을 취한 뒤에 거래를 시작하세."

"아무렴, 여부가 있겠나! 용크, 손님들을 마구간으로 안내해라."

숏다리가 문을 열었다.

"하룻밤 푹 자고 나서 내일 거래를 할 거야."

40

"주인님, 일어나세요."

누군가 자기 어깨를 흔드는 걸 느끼고 마크가 눈을 번쩍 떴다. 용크가 마크 옆에 꿇어앉아 있었다. 그 애가 자기 입술에 손가락을 갖다 대고는 조용히 자기를 따라 나오라는 몸짓을 해 보였다.

아직 어두워 마크는 그 애를 쫓아가기가 힘들었다. 용크가 마크를 데리고 좁은 샛길을 지나 버려진 창고로 갔다.

창고 안으로 들어가서 용크가 작은 횃불을 켰다.

"주인님, 위험해요. 이 사실을 말해 줬다는 이유만으로도 내가 목숨을 잃을 수도 있어요."

"그런데 왜 말해 주는데?"

"주인님이 나를 위해 맞서 싸웠으니까요. 아무도 그런 사람이 없었어요. 주인님은 진짜 용감한 사람이에요."

"내가 왜 위험하다는 건데?"

"트리사드에 사는 사람들은 모두 주인님이 오는 걸 알고 있었어요. 주인님을 체포하면 현상금을 준다고 했어요. 숏다리는 현상금을 받을 때까지 주인님을 이곳에 붙들어 두려는 거예요."

마크가 머리를 긁적였다.

"현상금? 누가 왜 내 목에 현상금을 걸었다는 건데?"

"그거야 모르죠. 하지만 주인님이 이곳에 머문다면 후회하게 될 거예요. 친구 분을 데리고 어서 주인님의 마을로 돌아가세요."

용크가 횃불을 불어 끄고 문으로 향했다.

마크가 용크의 팔을 잡았다.

"잠깐만! 트리사드에 주술사가 살지 않는다는 게 정말이니?"

"그건 숫다리 말이 맞아요. 이곳엔 그런 사람이 없어요. 그런데 옛날이야기를 하는 사람은 있어요. 아주 나이가 많은 사람인데, 사람들 말로는 그가 제정신이 아니래요. 내 생각엔 주인님이 그 사람이 말하는 걸 알아듣지 못할 것 같은데요."

"그 사람을 데려와. 그 사람하고 이야기를 해야 돼. 나한테는 아주 중요한 문제야."

용크가 횃불을 만지작거렸다.

"쉽지 않은 일이에요. 나는 이미 주인님 목숨을 구했어요. 그런데 내가 왜 그런 일까지 해야 하죠?"

"나도 몰라. 하지만 네가 그렇게만 해 준다면 은혜를 크게 갚을게."

"정말요? 얼마나 주실 건데요?"

"이놈아, 당장 가서 그 노인을 데려오지 못해. 서두르지 않으면 네 머리통을 짓무른 멜론처럼 으깨 줄 테다."

낮고 굵은 목소리가 열린 문으로 들려왔다. 사보였다.

용크가 사보와 문 사이를 쏜살같이 나가 샛길을 달려갔다.

"다 들으셨어요?"

마크가 물었다.

"거의 다. 네가 지명수배자가 된 것 같은데."

사보가 안으로 들어섰다.

"나를 다른 사람하고 혼동했나 봐요."

"물론. 네가 다른 사람들하고 비슷하다면 그럴 수도 있겠지. 어쨌든 큰 실수인 건 분명하다."

"사부님 말이 맞아요. 무슨 말이 더 필요하겠어요? 며칠 전만 해도 이곳 사람들은 내 존재조차 몰랐을 텐데."

"누군가 네 이야기를 했겠지. 메콘이 너에 관해 들었고. 그래서 메콘이 단지 너를 만날 목적으로 그 특별한 장거리 여행을 하기로 했던 거다.

마크가 조용히 생각에 잠겼다. 메콘은 분명 이곳에 주술사가 있다고 했었다. 왜 그가 거짓말을 했을까?

"카콘, 이번 일은 뭔가 잘못된 게 있다. 내 입으로 네 탐색을 돕겠다고 했고 앞으로도 그러겠지만, 우린 지금 불리한 입장에 있다. 먼저 적이 누구인지 알아내야 하고, 어떤 일이 벌어지고 있는지도 알아야 된다."

문에서 소리가 났다. 용크가 노인을 데리고 왔는데, 어제 길거리에서 먹을거리를 구걸하던 거지 노인이었다.

"주인님, 이 사람이에요. 펫이라고 불리는 사람인데, 한번 직접 말을 걸어 보세요."

마크가 힘없는 노인에게 앉을 자리를 찾아 주었다.

"용크, 불빛이 있어야겠어. 얼굴을 보면서 말을 나누고 싶어."

용크가 작은 조약돌 두 개를 부딪쳐 횃불 모서리의 기름 묻은 천 조각에 불을 붙였다.

마크가 노인 옆에 무릎을 꿇고 앉아 그의 얼굴을 들여다보았다. 노인 얼굴은 주름투성이에 땟국물이 까맣게 절어 있고 엉킨 머리카락이 눈을 가리고 있었다.

"할아버지, 물어볼 게 있어요. 제 말 알아듣겠어요?"

아무 대답이 없었다. 마크가 계속 말했다.

"할아버지가 옛날에 대해 잘 아신다고 들었어요. 그 이야기를 해 주시겠어요?"

"내가 옛날에 대해 많이 알지."

펫 노인이 메마르고 목이 쉰 듯한 쇳소리를 냈다.

"하지만 넌 실제로는 옛날에 관심이 없어. 넌 긴 죽음을 전파하는 자야. 그런 외모를 가지고 있어."

"외모라고요? 제 외모에 대해 아시는 게 있어요?"

마크가 침착하게 물었다.

펫 노인이 똑바로 쳐다보며 말했다.

"내가 마지막 보관자다. 내가 죽고 나면 다 사라지고 말 거야."

"할아버지, 뭐가 사라진다는 거예요? 뭘 보관하고 있는데요?"

"지식. 고대인들이 우리 집안에 맡겼지. 우리 집안은 대대로 보관자였으니까."

"할아버지, 광선에 대해 아세요? 사람을 다른 시간으로 데려갈 수 있는 굉장한 광선 말이에요."

펫 노인이 팔로 머리를 감싼 채 몸을 앞뒤로 흔들었다.

"엄청난 폐허와 파괴. 많은 사람들이 긴 죽음을 겪었지. 사람들이 너무 많이 죽어서 시체가 산더미처럼 쌓이고 노래를 부를 사람조차 남지 않았어. 혈액 질병이 이 땅에 오자마자 불처럼 번졌지. 안전한 사람은 아무도 없었어."

펫 노인이 앞뒤로 몸을 흔들던 걸 멈췄다.

"아직도 저기 밖에 있을지 몰라. 조심해."

용크가 고개를 저었다.

"제정신이 아닌 사람이라고 말했죠. 이 할아버지한텐 더 알아낼 만한 게 없어요. 다시 데려가는 게 낫겠어요."

"잠깐만."

마크가 펫 노인의 어깨에 손을 얹었다.

"할아버지, 이건 중요한 거예요. 정글에 나타난 강력한 광선에 대해 알고 있는 게 뭐예요?"

"사람들은 곡식을 재배하는 것도, 자신을 방어하는 방법도 몰랐어. 사람들이 한 줌도 안 되게 살아남았고 그나마 다 변했어. 혈액 질병이 만연하면서 모든 게 변했어."

"카콘, 이 노인은 횡설수설하고 있어. 곧 아침이야. 가야 돼."

사보가 문 쪽을 흘긋거리며 말했다.

마크가 실망해서 펫 노인을 다시 쳐다보았다.

"트랜스올에 무슨 일이 벌어졌기에 제가 살던 시대와 모든 게 달라졌는지, 할아버지가 저한테 그걸 설명해 주려고 애쓴다는 것 알아요. 하지만 할아버지가 하는 말을 다 알아듣지는 못하겠어요. 제가 알고 싶은 건 광선에 관한 거예요. 광선에 대해 말해 줄 게 있나요?"

펫 노인은 눈도 깜박거리지 않고 횃불만 빤히 쳐다보았다.

"카콘, 소용없어."

사보가 펫 노인을 부축해 일으켰다.

"용크, 이 노인을 집까지 모셔다 드려라. 그리고……."

사보가 용크의 팔을 잡았다.

"오늘밤에 숏다리한테 돌아가지 마라. 위험해질 수 있으니까."

사보가 용크와 펫 노인이 문밖으로 나갈 때까지 기다렸다가 마크한테 고개를 돌렸다.

"가자. 오늘 밤이 새기 전에 해답을 얻게 될 거다."

41

사보가 뒤로 물러나 심호흡을 한 뒤 몸을 문에 쾅쾅 부딪쳤다. 문의 가죽 경첩이 떨어져나가 산산조각이 나면서 안에서 자고 있는 사람을 가까스로 빗나갔다.

"무, 무슨 일이야?"

극도로 흥분한 숏다리가 손을 뻗어 칼을 잡으려고 했다.

마크가 칼을 방 저쪽으로 걷어차 버렸다. 사보는 숏다리의 목에 칼날을 겨누고 밀어뜨린 뒤 그의 가슴을 발로 밟았다.

"사보."

숏다리가 침을 꿀꺽 삼켰다.

"친구, 이게 무슨 뜻인가?"

"숏다리, 우리도 그게 궁금해서 왔네."

사보가 더 세게 밟았다.

"카콘, 기름등잔에 불을 붙여라. 이 사기꾼의 눈을 봐야겠다."

"사기꾼이라고? 사보, 난 자네를 속인 적 없네. 누가 자네한테 엉뚱한 말을 했나 보군."

"내 친구를 붙잡아 넘기면 현상금을 준다는 말을 들었네. 배후 인물이 누구인가?"

"무슨 말을 하는지 모르겠군. 나는 ……."

사보는 숏다리의 목에서 피가 나오도록 칼날을 대고 눌렀다.

"낭비할 시간 없네. 곧 날이 밝을 거야. 목숨이 아깝다면, 이대로 자네 목을 잘라 저기 사슬에 묶여 있는 놈한테 먹이로 주기 전에 말하게."

숏다리가 눈을 감았다.

"알았네. 누가 여기로 찾아왔었네. 그가 말하기를 자네의 이상하게 생긴 친구가 아주 중요한 인물한테 값어치가 많은 사람이라고 했네."

"내 친구를 원하는 게 누구인가? 그리고 왜?"

"자기 이름은 밝히지 않았네. 내가 아는 거라곤 그가 아주 좋은 짐승을 타고 다니고, 자네 친구 옷에 달린 것과 같은 금속 갑옷과 투구를 썼다는 걸세."

마크가 낮은 휘파람 소리를 내며 말했다.

"메콘이에요."

"아니면 그의 부하겠지. 언제 돌아온다고 했나?"

사보가 얼굴이 하얗게 질린 숏다리를 내려다보며 물었다.

"그런 말은 없었네. 보상금을 원한다면 그들이 돌아올 때까지 자네 친구를 붙잡아 두라고만 했네. 사보, 그들이 찾는 사람이 자네 친구일 거라는 생각은 못 했네. 그저 손쉽게 전리품을 손에 넣을 수 있을 거라는 생각만 했지.”

사보가 뒤로 물러났다.

“숏다리, 자네를 죽이지는 않겠네. 내 친구와 나는 지금 떠날
걸세. 어떻게 하는 게 자네 신상에 좋은지 안다면 우리를 방해하
지 말게. 갑옷을 입은 사람이 다시 오면 우리가 이곳에 들렀다는
말도 하지 않는 편이 좋을 걸세.”

“물론이지. 난 절대 자네를 배신하지 않아. 자네도 알잖나.”

숏다리가 일어나 앉아서 자기 목을 문질렀다.

“보상금만 많이 준다면 자네는 누구라도 배신할 걸세.”

사보가 칼집에 칼을 집어넣었다.

“하지만 이번엔 그러지 않길 바라네. 아니면 내가 돌아올 테니
까. 그때는 자네 목이 붙어 있지 않을 걸세.”

안마당에서 소리가 났다. 마크가 불을 끈 뒤 조용히 계단을 올
라갔다.

마크 앞에 그의 은빛 동물이 서 있었는데, 그 옆에 살지고 검은
놈과 사마틴이 타고 다니는 것과 비슷한 모양의 키가 작고 털이
무성한 동물도 있었다.

용크가 마크 쪽으로 동물을 더 가까이 끌어당기며 말했다.

“주인님, 제가 얼마나 미리미리 준비하는지 아셨죠? 데리고 다
니다 보면 저 같은 애도 쓸모가 많을 거예요.”

“널 어디에 쓰라고? 너 때문에 더뎌지기만 할 텐데.”

사보가 계단을 올라가며 말했다.

용크가 마크한테 간청했다.

"주인님도 알다시피 저 혼자 여기 남아 있으면 주인님이 떠나자마자 숏다리가 절 죽일 거예요. 처음부터 제가 주인님 편이지 않았나요?"

마크가 생각에 잠겨 턱을 만졌다.

"전 요리도 할 줄 알아요. 짐승들도 잘 다루고요. 주인님한테 필요한 게 있으면 제가 다 알아서 처리할 거예요. 주인님은 손가락 하나 까딱하지 않아도 돼요. 절 데려가지 않는다면 정말 큰 실수를 하는 거예요."

사보가 검은 짐승의 고삐를 잡은 뒤 등에 올라타서 마크를 바라보았다.

"카콘, 가자. 사마틴은 자고 있을 거다."

마크가 동물에 올라서 사보를 따라 안마당을 다 나갔다가 멈춰서서 어깨 너머로 용크를 쳐다보았다.

"우리와 함께 가려면 서두르는 게 좋을 거야. 너를 기다려 줄 사람은 없으니까."

"우아, 고마워요, 주인님."

용크가 얼른 작은 당나귀 같은 동물에 올라탄 뒤 사보와 마크를 급히 뒤쫓았다.

"약속하는데요, 저를 데려가는 걸 절대 후회하지 않을 거예요."

42

"**주인님들은** 정말 술수가 뛰어나요."

용크의 동물이 저보다 훨씬 더 큰 녀석들과 쉽게 보조를 맞추며 짙은 붉은빛 사막을 천천히 달렸다.

"사마틴보다 훨씬 수가 높아요. 물론 저는 주인님들이 그럴 줄 알았죠. 그렇지 않았으면 함께 길을 떠날 생각은 하지도 않았을 거예요."

사보가 못마땅한 표정으로 용크를 흘긋 쳐다보았다.

"그 입 좀 다물 수 없을까?"

"주인님, 기분을 상하게 했다면 죄송해요. 제 말 뜻은 이제 거의 이틀이 지났으니 주인님들이 사마틴의 추적을 따돌렸다는 거예요. 누구나 다 사마틴의 감시망을 이렇게 쉽게 벗어날 수 있는게 아니라는 거죠."

"내가 걱정하는 게 바로 그거다. 너무 쉬워 보여."

사보가 체중을 옮기면서 초조하게 주위를 훑어보았다.

"사마틴이 왜 우리를 놔주는 걸까요? 며칠 전만 해도 우리를 잡으려고 그렇게 야단이더니."

마크가 물었다.

"누가 알아? 이 꼬마 놈 말이 맞을지. 내가 공연한 걱정을 하는
건지도 모르겠다. 곧 어두워질 거야. 다음 모래 언덕을 지나자마
자 야영을 하는 게 좋겠다."

그들은 침묵 속에서 터벅터벅 걸었다. 마크는 자기가 옳은 결
정을 했기를 바랐다. 자기가 목적지를 리스트라로 정했기 때문
이었다. 마크는 메콘이 아직 살아 있다면 자기가 찾고 있는 대답
을 갖고 있을 거라고 생각했다. 메콘이 죽었다면 그와 가까운 사
람 중에 메콘이 자기한테 관심을 가졌던 이유를 알 만한 사람이
있을 것 같았다. 확실한 건 리스트라의 강 건너에 있는 메콘의
요새로 가서 물어보는 수밖에 없었다.

사보는 마크 없이 마을로 돌아가는 걸 거부했다. 용크는 숫다
리한테서 멀리 도망칠 수만 있다면 어느 쪽으로 가도 상관없어
하는 것 같았다.

"주인님들, 보세요! 숲이에요!"

용크가 모래 언덕 아래쪽으로 펼쳐진 작고 불그스름한 나무들
을 가리켰다.

"죽음의 사막 가장자리에 온 게 틀림없어요. 저는 나무들이 어
떻게 생겼는지도 거의 잊어먹고 있었어요. 정말 아름답지 않아
요? 저기서 야영하는 거죠? 그늘이 있다는 건 멋진 일이에요."

"쉴 새 없이 나불거리는 네 입을 다물게 하는 데 도움이 된다

면 가시나무 줄기 위에서라도 야영을 하겠다."

사보가 말하고는 짐승을 차서 앞으로 나갔다.

용크가 목소리를 낮춰 말했다.

"저 주인님은 저를 별로 안 좋아하는 것 같아요. 제가 뭔가 기분을 상하게 했나요? 저 주인님 마음에 들기 위해 최선을 다하지 않은 게 있나요?"

마크가 모래 언덕 아래로 동물을 몰면서 말했다.

"사부님도 네가 같이 와서 다행이라고 생각하셔. 다만 지금부터는 말을 좀 적게 하는 게 좋을 거야."

사보가 멈췄다. 나무들을 바로 앞에 두고서. 마크가 용크를 뒤에 남겨 둔 채 그쪽으로 동물을 몰았다.

"뭐가 잘못됐나요?"

"너무 조용해."

사보가 길게 늘어선 나무들을 하나하나 눈여겨보았다.

"마음이 안 내킨다. 돌아가야 돼."

사보가 고삐를 잡아당기는 순간, 화살이 윙하고 날아와 그의 옆구리에 박혔다. 사보가 고꾸라지면서 짐승의 갈기를 붙잡았다.

"가!"

사보가 목 쉰 소리로 외쳤다.

마크가 팔을 뻗어 사보의 말고삐를 잡고 필사적으로 도망치려 했다. 하지만 몇 미터도 못 가서 숲 속에서 쏟아져 나온 사마틴 족에게 포위당하고 말았다.

얼룩진 하얀색 터번을 쓰고 있는 지저분한 남자가 대장이었는데, 썩은 앞니를 죄 드러내 놓고 웃었다. 마크가 대장의 모습을 보고 용기를 내어 그들 쪽으로 움직여 갔다.

마크가 고삐를 놓고 양손을 천천히 들어 올렸다. 사마틴 족이 "와아! 와아!" 환호성을 올리기 시작했다. 그렇게 몇 분 간 포로들 주위를 돌면서 함성을 질러 대다가 불쑥불쑥 마크와 사보를 창으로 찌르기도 했다. 마침내는 포로들의 무기를 빼앗고, 가는 가죽 끈으로 마크의 양손을 뒤로 묶었다.

사마틴 족이 쓰는 말은 화살 사람들 말보다 더 딱딱 끊어졌다. 마크는 한마디도 알아들을 수 없었다. 사보와 마크의 동물을 그들의 털투성이 짐승 뒤에 끌고 갔는데, 왁자지껄 지껄이면서 팔까지 흔드는 걸 보면 다들 만족해하는 게 틀림없었다.

마크가 틈을 타서 모래 언덕을 흘긋 보았다. 용크는 어디에도 보이지 않았다.

피를 너무 많이 흘려서 간신히 동물에 매달려 있는 사보를 사마틴 족이 힘들이지 않고 묶었다.

마크로서는 어쩔 도리가 없었다.

"사보, 꼭 붙들어요. 어떻게든 빠져나갈 테니까요."

마크가 속삭였지만 아무 대답이 없었다.

마크의 이마에서 땀이 뚝뚝 떨어져 눈이 따끔거렸다. 모두 자기 잘못이라는 생각이 들었다. 사보를 끝까지 설득해 마을로 돌아가게 하고, 자기는 정글로 돌아갔어야 했다. 친구를 이런 궁지에 빠트린 건 다 자기 실수라고 생각했다.

몇 킬로미터를 더 가자 사마틴 족이 점점 더 깊어지는 모래 계곡으로 들어갔다. 거의 한 시간 동안 계곡을 따라서 가다가 붉은 바위와 모래가 단단한 벽처럼 쌓여 있는 곳 앞에서 멈춰 섰다.

한 사람씩 말을 타고 가던 사마틴 족이 가장자리 근처에서 사라졌다. 마크의 동물을 끌고 가던 사내가 자기 짐승에서 내려 혀를 차는 소리로 명령을 내렸다. 사내가 마크를 좁은 빈터의 가장자리로 조심스럽게 데려가는 동안 작은 짐승이 그 뒤를 따랐다.

마크는 놀랐다. 희미하게 반짝이는 모래 때문에 벽을 뚫고 나갈 방법이 없을 거라고 생각했는데, 빈터를 돌아가자 동물이 지나갈 수 있을 정도로 넓고 길고 어두운 동굴이 나타났기 때문이었다. 낮게 매달려 있는 바위에 긁히지 않으려면 재빨리 머리를 숙여야 했다.

어두운데도 마크를 끌고 가는 사내의 속도는 느려지지 않았다. 끝까지 거침없는 행동으로 봐선 길을 아주 잘 아는 것 같았다.

동굴이 절대 끝나지 않을 것 같은 순간, 빛이 나타나면서 사내가 마크를 계곡으로 데리고 나왔다.

마크의 눈이 휘둥그레졌다. 땅은 검고 식물은 녹색이었다. 녹색. 마크가 기억하는 식물의 원래 색깔이었다.

일행이 걷기 시작하자 고운 흙이 일면서 사내의 발목 주위를 뱅뱅 맴돌았다. 마크가 바닥을 내려다보고 옛날에 쌓인 화산재 위를 걷고 있다는 걸 알아차렸다. 사마틴 족은 휴화산의 잔해 위에 비밀 낙원을 건설한 것이었다. 거무스름한 화산추의 가장자리가 마크 일행 앞에 어렴풋이 모습을 드러냈다.

여자와 아이들이 진흙 오두막에서 나와 포로들을 빤히 바라보고 있었다. 가늘고 긴 꼬리가 바닥에 질질 끌리는 개를 닮은 짐승이 짖으면서 마크가 탄 동물의 뒷발을 물었다.

대장이 사보를 가리키며 소리쳤다. 사마틴 족 두 명이 의식이 없는 사보를 거칠게 끌어내려서 오두막으로 데려갔다. 대장이 또 다른 명령을 내리며 마크를 가리켰다.

어디선가 날아온 강한 타격에 마크가 갈비뼈를 얻어맞고 떨어지면서 흙바닥에 어깨를 부딪쳤다.

구경하던 사마틴 족이 폭소를 터뜨렸다.

두 손이 묶여 있어서 무릎을 대고 간신히 일어났다. 누군가 그의 등을 세차게 걷어차는 바람에 이번엔 앞으로 고꾸라지면서 얼굴을 부딪쳤다. 마크는 가까스로 몸을 일으킨 뒤에 누가 공격해 오는지 보려고 구경꾼들을 주의 깊게 살폈다.

마크의 동물을 끌고 갔던 키 작은 사내였다. 그 사내가 마크한테 달려들어 창으로 찌르려고 했다. 마크가 옆으로 비켜서면서 몸을 한 바퀴 돌려 사내의 배를 발로 걷어차 버렸다.

구경꾼들이 일제히 웃음을 그쳤다. 자기 부족이 포로한테 지다니 말도 안 된다는 표정들을 하고 다음에 무슨 일이 벌어지는지 보려고 바짝 밀려들었다.

키 작은 사내가 고개를 돌리자, 작고 검은 눈이 날카롭게 번득였다. 사내가 마음을 다잡은 뒤 다시 창을 들어 올리고 마크를 공격했다.

대비하고 있던 마크가 땅바닥으로 몸을 던져 피하는 동시에 다리를 가위 모양으로 해서 사내의 발을 걸었다. 사내가 구경꾼들한테로 날아갔다. 사내 손에서 빠져나간 창은 대장 발치께에 떨어졌다.

대장은 아무 표정이 없었다. 뒤미처 그가 손뼉을 세게 치자 부하들이 마크한테로 달려들었다. 마크를 붙잡아 나뭇가지로 만든 작은 우리에 쳐넣었다. 나무 우리 꼭대기에 밧줄이 달려 있었는데, 사람들이 그 밧줄을 높은 나뭇가지에 던지자 땅바닥에 있던 우리가 위로 올라갔다.

감옥으로 쓰는 우리가 마크처럼 큰 사람 용도로 만든 게 아니어서 바닥에 앉아도 머리가 천장에 닿았다. 우리가 너무 작아 움직일 수 있는 공간이 거의 없었다. 나무 우리를 만든 방식을 살펴보니, 자기 손목을 묶은 것과 같은 가죽 끈이 단단한 막대기들을 제자리에 꽉 고정시켜 놓고 있었다.

마크가 허리에 차고 있는 주머니에 예전 주머니칼이 들어 있었지만 꺼낼 방법이 없었다.

사마틴 족이 감옥 밑에 몰려들어 돌멩이를 던지고, 침을 뱉고, 야유를 퍼부어 댔다. 마크가 어떤 일을 하든, 해가 질 때까지 기다리는 수밖에 없었다.

43

밤인데도 따뜻하고 어둡지도 않았다. 안개 사이로 비치는 달빛이 마크가 있었던 트랜스올의 그 어느 곳보다도 환하게 빛났다.

마크를 못살게 굴던 사마틴 족도 잠을 자러 자기들 오두막으로 돌아간 터였다. 감옥에 갇혀 옴짝달싹 못하게 된 처지인데도 마크는 불편하다는 생각을 떨쳐 버리려 했다.

그가 살던 세상에서는 화산에서 나오는 황으로 많은 걸 만들었는데, 특히 화약이 있었다. 마크는 지금 그 화약을 만드는 공식을 생각해 내려고 머리를 짜내고 있었다.

과학 선생님이 그 화학식을 말해 준 적이 있었다. 언젠가 친구들과 함께 직접 화약을 만드는 데 도움이 될 거라는 생각에 그 공식을 외웠었다.

중국인인지 누군가가 옛날 옛적에 알아낸 발명품으로, 유황의 순수한 침전물에서 얻은 황을 숯과 질산칼륨에 섞으면 강력하고 치명적인 폭탄을 만들 수 있었다.

마크가 쓴웃음을 지었다. 이렇듯 괴이한 상황에서 그런 걸 기억해 내려고 애쓰는 자신이 우스웠다. 그래도 계속 생각했다. 숯을 구하는 건 쉬웠다. 사마틴 족이 태워 버린 모닥불 찌꺼기에 숯이 있었다. 마크가 화약 생각을 하게 된 건, 그가 잡혀 오면서 지나온 그 긴 동굴이 화약을 만드는 데 꼭 필요한 질산칼륨일지도 모른다는 생각이 들어서였다. 그나저나 화학식이 어떻게 되지?

야영지 맞은편에서 소동이 벌어졌다. 달빛에 짐승을 탄 사마틴 보초가 누군가를 질질 끌고 오는 게 보였다.

용크였다. 사내가 용크를 잡아 다른 우리에 밀어 넣었다. 그러고 나서 그 우리를 마크가 있는 우리 근처로 들어 올렸다.

"전 주인님을 구하려고 했어요. 정말이에요. 동굴 보초만 아니면 그렇게 했을 거예요. 그놈은 비겁자에다 도둑놈이에요. 그놈이 제 뒤를 따라와서 동물하고 보따리를 뺏어 갔어요. 여기서 빠져나가기만 하면 그놈을 찢어 죽이고 말 거예요. 꼭 반드시……."

"용크?"

"왜요, 주인님?"

"날 따라와 줘서 고마워. 널 보니 반갑다. 그런데 너만 괜찮다면, 내가 지금은 좀 생각할 게 있어"

"사보 주인님과 함께 이 야만인들한테서 탈출하려는 대대적인 계획을 세우고 있는 거죠? 근데 사보 주인님은 어디 있나요? 탈출 계획을 세우는 데 저도 큰 도움이 될 수 있을 거예요. 사실, 저도 한때는……."

"용크야!"

"예, 주인님?"

"입 다물어."

"예, 주인님."

마크가 무릎을 턱 아래로 당기고 뒤로 조금 움직인 뒤 발을 위로 뻗었다. 둥그스름한 나무로 만든 빗장은 꼼짝도 하지 않았다.

이번엔 우리 한쪽에 등을 대고 다른 쪽을 발로 떠받쳤다. 그러고는 있는 힘껏 발을 밀었지만 아무 소용 없었다.

"가망이 없어."

마크가 투덜거리며 하늘을 올려다보았다. 밤안개 사이로 별의 윤곽이 희미하게 보였다. 3년여 전에 푸른 광선을 발견한 밤 이후로는 별을 본 적이 없었다. 향수병으로 가슴이 뻐근하게 아파 오는 것도 몇 달 만에 일어난 일이었다.

"용크, 거기 있니?"

"저한테 말하지 말라고 명령하셨는데요, 주인님."

"이젠 잊어버려. 네 손이 앞으로 묶였니, 아니면 뒤로 묶였니?"

"놈들이 절 앞으로 묶었어요. 그래서 그 비겁한 사마틴 놈이 자기 짐승 뒤에다가 저를 달고 올 수 있었던 거죠. 놈은 그 짓을 즐기는 것 같았어요. 놈이 웃는 소리를 제 귀로 들었거든요."

"잘 들어. 그 감옥의 빗장 걸쇠를 푸는 방법을 알려줄 테니까. 빗장을 손으로 더듬어서 둥그스름한 나무 바퀴를 찾아봐."

"주인님, 찾았어요."

230

"그 바퀴를 왼쪽으로 돌려 봐."

"돌리려고 하는데 잘 안 돌아가요. 뭔가에 걸린 것 같아요."

"그럼 바퀴 표면에 나무못이 박혀 있는지 찾아봐. 있으면 그 못을 뽑아내."

"주인님, 그래도 안 움직여요."

"바퀴를 앞뒤로 흔들어 봐. 그리고 더 세게 당겨 봐. 사부님과 나는 너만 믿고 있어."

마침내 우리 문이 왈칵 열리는 소리가 났다.

"용크, 잘했다. 이제 바닥으로 뛰어내려서 이 감옥을 내려 줘."

"주인님, 전 이렇게 높은 곳에서는 자신 없어요. 그러다 다리가 부러지기라도 하면 어떡해요? 더 심하게 머리……."

"뛰어내려!"

"알았어요, 주인님."

용크가 쿵하고 땅바닥에 떨어지는 소리가 났다.

"괜찮니?"

"예…… 주인님이 저를 정말로 걱정하는지는 잘 모르겠지만요. 제가 높은 데서는 자신 없다고 했는데도 그렇게……."

"이 감옥을 고정해 놓은 밧줄을 찾아봐. 찾아서 천천히 풀어."

"주인님, 찾았어요. 그런데 손이 묶여 있어서 잘 안 풀려요."

용크가 속삭였다. 뒤미처 마크의 우리가 아래쪽으로 갑자기 움직였다. 마크는 눈을 감고 땅바닥에 충돌할 각오를 했다.

그런데 충돌하는 순간은 오지 않았다. 우리가 뚝 멈췄다. 마크가 눈을 떠 보니 바닥에서 몇 센티미터 위에 매달려 있었다.

"용크, 잘했다. 이제 감옥 문을 열어야지."

"주인님, 저 위에 있어요."

마크가 위를 올려다보았다. 용크가 나무 위에 있었다. 양손으로 밧줄을 붙들고 대롱대롱 매달려 있었다.

"용크, 내려와. 네가 있어야 돼."

"그렇지만 주인님, 뛰어내리기엔 너무 높아요. 아까보다 훨씬 더 높다고요."

"네가 당장 내려와서 이 감옥 문을 열어 주지 않으면 사마틴이 이런 꼴을 하고 있는 우리를 발견할 거야. 사마틴이 추크 사람을 잡아서 요리하는 걸 즐긴다는 이야기를 들은 적이 있어. 먹잇감이 어릴수록 고기가 연해서 더 좋아한다고도 했어."

다시 쿵하는 소리가 들렸다. 뒤미처 낮은 신음 소리도 났다.

"주인님, 걱정하지 마세요. 전 괜찮아요."

마크 앞에 용크 얼굴이 나타났다. 용크가 바퀴를 돌리고 나무못을 잡아당기자 문이 벌컥 열렸다.

"내 주머니에 손을 넣어서 작은 칼을 찾아봐. 이 가죽 끈을 끊어 주면 나도 네 끈을 끊어 줄게."

용크가 칼을 찾은 뒤 칼을 앞뒤로 움직여 마크 팔에 묶인 가죽 끈을 잘라 내 마침내 마크가 끈을 풀어내고 나왔다.

"주인님, 봐요. 제가 아주 쓸모가 많을 거라고 했죠?"

"그랬지. 이제 입 다물고 네 손을 이쪽으로 내밀어."

44

"그런데요 주인님, 우리한테 기회가 남았을 때 우리 동물을 도로 훔쳐서 이 길로 바로 도망치는 게 낫지 않겠어요? 감옥도 나무 위로 다시 올려놨잖아요. 한동안은 우리가 탈출한 걸 아무도 알아차리지 못할 거예요."

"용크, 그 진흙 사발 이리 줘."

"주인님, 제가 말하려던 게 바로 그거예요. 주인님이 덤불 뒤에 숨어서 흙을 체로 치고 숯을 갈아서 가루로 만드는 동안이면 벌써 리스트라 중간까지 갔을 거예요. 저를 다시 동굴로 보내는 건 아주 위험한 일이에요. 아까는 아주 운이 좋아서 보초가 자리를 비웠던 거라고요. 왜 나를 동굴로 보냈는데요? 탈출하라고요? 아니죠. 고작 흙을 가져 오라는 거였잖아요. 리스트라에도 분명히 흙이 많이 있을 거예요. 주인님이 원하는 흙을 손에 넣을 수 있도록 저도 도울게요. 왜 지금 당장 떠나면 안 되는 건데요?"

"사부님을 두고 가지 않을 거니까. 이게 사마틴에게 내가 장난으로 이러는 게 아니라는 걸 알릴 유일한 방법이야. 다른 사발을 이리 주고 저 넝마를 옆에 펼쳐 놔."

용크가 시키는 대로 한 뒤, 한숨을 내쉬며 마크 옆에 앉았다.

"사마틴이 우리를 잡으러 오면 제 부탁 하나 들어주겠어요?"

마크는 대답하지 않았다. 성분들이 각각 얼마큼씩 필요한지 기억해 내려고 무진 애를 쓰면서 일하기에도 바빴다.

"놈들이 저를 요리하기 직전에 주인님이 저를 죽여 줬으면 좋겠어요. 끓는 물에서 죽어간다는 건 바람직한 일이 아니거든요."

"용크, 내 주머니에 든 것 다 꺼내. 내 물건은 네가 책임지고 잘 갖고 있어. 지금은 내 주머니 안에 화약가루를 넣어 둬야 하니까. 나머지는 이 넝마에 싸 둘 거야."

마크는 화약 제조법과 비슷하게 만들었다고 생각하는 가루를 조심스럽게 퍼서 주머니에 담았다. 그러고 나서 일어났다.

"용크, 이리 와. 곧 쇼를 시작할 거야."

이른 아침이었다. 둘은 마을에서 가까운 옛날 화산의 가장자리 부근으로 살금살금 걸어갔다. 사방이 고요했다. 움직이는 것도 없었다. 마크가 용크한테 동물들이 있는 곳으로 가라고 몸짓해 보인 뒤 사보가 끌려간 오두막으로 갔다.

보초가 보이지 않았다. 사보가 부상이 심해서 위협을 주지 못할 거라고 생각한 것 같았다.

마크가 오두막 안으로 머리를 불쑥 디밀었다.

"사부님? 안에 있어요?"

"암, 여기 있고 말고, 아가야. 왜 이렇게 오래 걸렸냐?"

마크가 웃었다. 사보는 바닥에 꼼짝 못하고 누워 있었다.

"걸을 수 있겠어요?"

"걸어야지. 나를 일으켜 줘."

사보가 마크한테 기댄 채 불안하게 걸음을 내딛었다.

"서둘러야 해요. 곧 날이 밝으면 놈들이 우리를 찾을 거예요."

마크가 사보를 끌다시피 해서 문을 나선 뒤 마당을 지나 마을 입구로 갔다. 용크가 동물을 데리고 기다리고 있었다.

"사보 주인님, 안녕하세요? 보세요, 주인님 생각이 틀렸죠? 제가 이렇게 큰 도움이 되고 있잖아요. 여기요, 제가 카콘 주인님의 무기를 되찾았어요. 여분으로 칼하고 석궁까지 훔쳤어요. 그럼 먼저 저는……."

"용크, 지금은 아니야. 사부님을 말에 태우게 도와줘."

사보는 너무 힘이 없이 금방이라도 쓰러질 지경이었다.

"용크, 사부님을 잘 부축하고 있어."

마크가 고삐를 잡고 동물들을 동굴 쪽으로 끌고 갔다. 보초 한 명이 빈터 앞에서 서성거리고 있었다. 마크가 용크한테 속삭였다.

"내가 주의를 끌게. 보초가 자리를 뜨면 사부님과 동물을 데리고 신속하게 동굴을 빠져나가. 나도 최대한 빨리 합류할게. 만약 내가 오지 않으면 그냥 떠나. 사부님을 잘 돌볼 거라 믿는다."

마크는 용크가 몇 마디 묻기도 전에 어둠 속으로 사라졌다.

잠시 후, 요란한 폭발음이 고요한 밤을 갈가리 찢어 놓았다. 보초가 무슨 일인지 살피러 달려갔다. 용크와 사보, 그리고 동물들이 동굴 안으로 사라졌다.

마을이 갑자기 시끌벅적해졌다. 마크가 네발로 기어 일어나서 그슬린 눈썹을 털어 냈다. 마크가 만든 혼합물은 기대 이상으로 강력했다. 불꽃이 보초의 주의를 끌 수 있을 거라는 생각에, 바닥에 화약 가루를 조금 뿌린 뒤 불이 붙은 나뭇가지를 던졌었다. 예상과 달리 처음엔 아무 일도 없다가 잠시 후 갑자기 불이 붙었는데, 폭발력이 어찌나 강한지 마크가 뒤로 날아갈 정도였다.

마크는 동굴로 뛰어갔다. 어둠 속에서 걷다가 미끄러운 바위에 발을 헛디뎌 넘어졌다. 그의 등 뒤에서 고함과 함께 다급한 발자국 소리가 들려왔다. 사마틴 족이 동굴 안에도 있었기 때문에 생각보다 빨리 마크를 쫓아온 것이었다.

앞쪽에 불빛이 보였다. 마크가 황급히 넝마에 든 가루를 쏟아낸 뒤 부싯돌을 쳐서 허리띠에 찬 나뭇가지 끝에 불을 붙였다. 뒤로 물러서서 나뭇가지를 던지고는 발길을 돌려 뛰기 시작했다.

폭발음 때문에 귀청이 떨어져 나가는 것 같았다. 동굴 벽이 무너져 내리는 바람에 바위 파편이 사방으로 날아다녔다. 폭발에 돌풍이 일면서 하얀 연기가 동굴 밖으로 회오리바람이 되어 나갔다. 돌풍과 함께 마크도 동굴 밖으로 나가떨어졌다. 그가 땅바닥에 떨어졌을 때, 동굴 안에서 비명이 터졌다.

"주인님, 여기에요! 여기!"

용크가 동물들을 데리고 다가왔다. 사보가 얼굴을 들었다.

"카콘, 잘했다. 잘했어."

45

"사부님, 확실해요?"

마크가 사보를 내려다보았다. 그는 마크와 용크가 대충 만들어 동물에 연결한 들것에 누워 있었다.

사보가 희미하게 웃었다. 얼굴에 핏기가 하나도 없었다.

"그래, 카콘. 나는 마을로 돌아가 죽고 싶다. 이 조랑말이 나를 데려다 줄 거다. 마을 사람들이 훌륭한 전사를 위한 장례식을 치러 주고, 내 용맹을 기리는 노래를 많이 불러 줄 거라 믿는다."

"사부님은 너무 고집이 세고 고약해서 절대 죽지 않을 거예요. 그래도 마을이 가장 좋은 곳 같아요. 마을 사람들이 상처를 잘 치료해 줘서 곧 옛날의 그 성가신 사부님으로 돌아올 거예요."

"성가시다고? 어유, 내가 죽어 가지만 않는다면……."

"알아요. 사부님을 존경하라고 가르치셨죠? 여기요."

마크가 들것 옆에 무릎을 꿇고 발톱 목걸이를 벗어 사보의 목에 걸어 주었다.

"이 목걸이를 드리고 싶어요. 사부님은 저의 진정한 친구니까요. 뭐든 사부님만큼 잘하기는 힘들 거예요."

마크가 일어나 용크한테 고개를 돌렸다.

"끝까지 잘 보살펴 드려. 내가 지시한 대로 해야 돼. 사부님을 마을까지 잘 모시고 가면 넌 자유의 몸이 될 거야."

"주인님이 시킨 대로 할게요. 절 믿어도 돼요."

"널 믿어도 된다는 건 알고 있어. 그리고 용크, 마을에서 메간 이라는 여자를 만나면…… 말 좀 전해……."

"주인님, 뭐라고요?"

"아니야 됐어. 이제 출발하는 게 좋겠다. 조심해. 가는 길에 다른 부족이 있을지도 모르니까."

마크는 그들이 지평선의 작은 점으로 보일 때까지 지켜보았다. 벌써부터 보고 싶었다. 혼자 가는 길은 무척 외로울 것 같았다.

사보가 나루터로 가는 길을 가르쳐 주었다. 거기서 나룻배를 타고 큰 강을 건넌 뒤 몇 킬로미터만 더 가면 메콘의 요새가 나타날 거라고 했다.

사보의 칼과, 대단한 전투 경험을 통해 얻은 확신과, 무엇보다 큰 힘이 되어 주는 우정이 있었으면 좋겠다는 생각이 들었다. 용크가 쉬지 않고 떠들어대는 것도 침묵보다는 나을 것 같았다. 하지만 마크는 그런 생각을 떨쳐 버리려고 동물 위에서 등을 곧게 폈다. 자신은 이전에도 혼자였지만 꿋꿋하게 살아남은 마크였다.

불그스름한 죽음의 사막이 붉고 부드러운 흙먼지로 흐릿해지면서 선인장이 차츰 모습을 드러냈다. 마크는 동물이 선인장 사이에서 알아서 길을 찾도록 놔두었다. 사보가 이곳엔 물이 없을 거라고 했었다. 그런데 커다란 선인장의 꼭대기를 자르니 쓴 액체가 나와서 강에 도착할 때까지는 그럭저럭 견딜 수 있을 것 같았다. 마크는 쓴 액체를 마시느라 두 번 멈췄을 뿐이었다. 서둘러 길을 가느라 먹지도 않았다. 사냥하는 데 시간을 낭비하고 싶지 않았다. 타고 있는 동물의 옆구리가 홀쭉해지고 걸음걸이가 점점 느려져서 결국엔 마크가 내려서 해가 질 때까지 끌고 갔다.

달빛에 물든 밤하늘이 기묘한 노란빛을 띠었다. 마크가 쉬려고 발길을 멈췄다. 잠시 후에 계속 길을 가서 아침까지는 강에 도착하게 되기를 바랐다. 동물을 묶어 놓고 따뜻하고 부드러운 흙에 앉았다. 그의 머릿속에서 지난주의 사건을 재생하고 있었다.

메콘이 트리사드에 산다고 했던 주술사는 존재하지 않았다. 존재하지도 않는 주술사를 찾으러 가는 길에 습격을 당하고, 메콘은 사라져 버렸다. 또 현상금 사냥꾼들한테 자기를 포획하면 보상금을 준다고도 했다. 왜? 어째서? 도저히 이해가 되지 않았다.

자기 입으로 지식의 보관자라고 했던 펫 노인이 떠올랐다. 혈액 질병과 가공할 지구 멸망 이야기가 생각나 몸서리가 쳐졌다.

사람들이 재앙 때문에 변해 버렸다. 풍습도 외모도 달라졌다.

그럴까? 모두가 그런 건 아니었다. 그중 누구는 자기 때문에 당황했을 때 특히 더 예쁘다고 생각하면서 잠이 들었다. 일이 잘 마무리되면 정글로 돌아가기 전에 마을로 가서 마지막으로 한번 만나 볼 생각이었다.

46

동물이 오랫동안 강물을 꿀꺽꿀꺽 마셨다. 물을 그렇게 많이 먹게 놔둬도 되는 건지 걱정스러울 정도였다. 동물이 물을 너무 마시면 병이 난다는 글을 읽은 적이 있었다. 동물을 지켜보면서 마크가 시원한 갈색 강물에 손을 넣고 앞뒤로 저었다.

"이런, 이게 다 뭐야?"

마크가 급히 뒤돌아보았다. 얼굴에 보기 흉한 화상 자국이 있는 땅딸막한 청년이 서 있었다. 손에는 나무 노를 들고 있었다.

"제정신이야? 백주 대낮에 여길 오다니. 아주 용감하거나 머리를 다쳤거나 둘 중 하나이겠군."

마크가 벌떡 일어났다.

"나를 누구라고 생각하는지 모르겠지만……."

"네가 누군지 잘 알아. 목에 엄청난 현상금이 걸린 젊은 무법자. 네가 정말 나쁜 놈이라는 소문도 있지. 대체 뭘 어쨌기에 그자가 너를 쫓는 거냐? 그런 덴 별 흥미를 안 보이는 작자인데."

"무슨 말을 하는지 모르겠네. 난 그냥 나룻배를 찾고 있어. 혹시 여기가 강 상류인지 아니면 하류인지 알아?"

"완전히 맛이 갔군. 여기 사람들이 널 찾으려고 혈안이 되어 있는 걸 몰라서 그래? 나룻배로 강을 건너다간 즉시 발견되고 말 거야. 메콘의 스파이가 사방에 깔려 있어."

"메콘이라고?"

마크가 생각해 보니 그게 사실이었다. 메콘이 마크 목에 현상금을 걸었다고 했었다. 마크가 칼자루에 손을 올려놓았다.

"너도 여기서 현상금을 챙기려는 거냐?"

청년이 쓴웃음을 웃었다.

"만약 그랬다면 이 노로 네 머리를 내리치고 끝냈겠지. 무법자, 칼은 치워. 난 메콘과 한패가 아니야. 나한테 이 짓을 한 게 메콘의 부하였거든."

청년이 제 뺨의 화상 자국을 가리켰다. 마크는 마음을 놓았다.

"달리 강을 건너는 방법을 알고 있어?"

"아마도. 근데 먼저 왜 악마의 소굴로 들어가려는지 그 이유를 말해야 할 거야. 널 생포하든, 네 시체를 가져가든 무법자 목에 걸린 현상금은 똑같으니까. 목숨을 걸고 강을 건너야 할 만큼 중요한 일이 뭐지?"

"대답할게. 난 무법자가 아니야. 메콘도 내가 아니라는 걸 알아. 내가 꼭 알아야 하는 정보를 메콘이 가지고 있어. 메콘이 살아 있다면, 그를 찾아가서 그 정보를 들어야 해서 그래."

"아, 알았어, 메콘은 살아 있어. 얼마 전에 장거리 여행에서 돌아왔거든. 그리고 즉시 너에 관한 소문을 퍼뜨렸지."

청년이 턱을 문질렀다.

"나한테 뗏목이 있어. 네 짐승은 헤엄을 쳐서 건너야 하지만 강폭이 좁은 곳을 알고 있지. 따라와."

마크가 잠시 망설이다가 고삐를 잡았다. 믿어도 되는지 확신이 서지 않았지만, 선택의 여지가 없었다. 청년이 뒤를 돌아보았다.

"무법자, 사람들이 널 뭐라고 부르냐?"

"카콘이라고 불러."

"재미있는 이름이군. 무슨 뜻인데?"

"두 번째 전사."

"어디서 왔는데?"

"저 먼 곳."

"입이 무겁군. 맘에 들어. 사내는 진중할수록 좋은 법이지. 내 이름은 로안이다. 살인자, 도둑들과 함께 강 건너에 살고 있지."

마크가 멈춰 섰다.

"지금 그곳으로 날 데려가는 거야?"

"그래. 무척 사나운 사람들이지. 하지만 네가 어떤 사람인지 알면 함께 지내는 걸 반길 거야. 이게 뗏목이야. 좀 도와줄래?"

마크가 청년을 도와 뗏목을 강에 띄웠다.

"왜 도둑들하고 같이 살아? 넌 그런 사람이 아닌 것 같은데."

"위대한 메콘이 네 얼굴에 이런 낙인을 찍어 놓는다면, 너도 웬만한 사람들한테는 환영받지 못할 거야."

"메콘이 왜 너한테 그런 짓을 했지?"

"난 요새에서 메콘을 위해 일했어. 어린 소년일 때부터 마구간을 관리하고, 열심히 일해서 정예 부대원까지 되었지. 단사를 만나기 전까지는 더 이상 바랄 게 없는 행복한 인생이었어."

"단사?"

"메콘 딸이야. 함께 도망가기로 했었는데 단사의 오빠인 모도한테 붙잡히고 말았지. 메콘은 나를 도둑으로 몰았어. 자기 딸한테까지 도둑 누명을 씌우려고 했는데 단사가 모든 걸 부인하고 나한테 다 뒤집어씌웠지."

로안이 어깨를 으쓱했다.

"결국 진정한 사랑이 아니었다는 얘기지. 난 리스트라에서 추방당했어. 그래서 우리 패거리들하고 숲 속에 숨어 지내면서 살 길을 찾고 있지. 네가 우리와 지낸다면 환영이야."

마크가 먼저 뗏목에 올라탄 뒤 동물을 물가로 끌어당겼다.

"고맙다, 로안. 네 말대로 할게."

로안이 물가에서 뗏목을 떠밀어 어느 정도 나가게 한 뒤 노를 젓기 시작했다. 동물이 뒤를 따랐는데 곧 목만 남기고 물에 잠겼다. 로안은 처음 얼마 동안은 강물의 흐름에 따라 뗏목이 하류로 떠내려가게 두었다가, 다시 노를 저어 강 맞은편에 닿게 했다.

넓고 납작한 얼굴에 머리가 텁수룩한 남자가 두꺼운 맨발 바람으로 덤불에서 뛰쳐나와 로안이 던진 밧줄을 잡았다.

"이쪽은 프랭클이야. 한때 메콘의 참모였어. 메콘이 듣고 싶어

하지 않는 조언을 하다가 혀가 잘리고 말았지."

마크가 주춤거리면서 사내한테 고개를 끄덕였다.

"만나서 반가워요."

프랭클도 고개를 끄덕여 보인 뒤 곧장 팔을 뻗어 마크가 타고 온 동물의 고삐를 잡았다. 마크가 고삐를 획 잡아챘다.

"괜찮다면 내가 잡고 갈게요."

남자가 눈살을 찌푸리며 그들 앞에 있는 오솔길로 걸어갔다. 로안이 마크한테 눈을 찡긋해 보였다.

"현명한 결정이야. 프랭클은 수시로 남의 동물을 '빌려서' 강 건너편 늙은 상인한테 갖다 팔거든."

"그럼 서로 물건을 훔치기도 한다는 거야?"

"아, 아니야. 낯선 사람한테만 그렇게 한다는 거지."

"그렇게 선을 긋고 도둑질을 한다니 근사한걸."

로안이 웃으며 높고 붉은 나무 사이로 난 오솔길로 안내했다.

"넌 무법자가 아니라고 주장하지만, 분명 무슨 짓인가를 했어. 그게 뭘까? 봐서는 안 될 걸 봤나? 아니면 들어선 안 될 걸 들었 나? 너한테 맡긴 임무를 수행하는 데 실패한 거니?"

"그런 거 아니야. 적어도 그런 건 아니라고 생각해. 확실히는 모 르겠어. 솔직히 말하면 내 외모와 관련이 있다는 생각이 들어."

"허어! 거 참 재미있는데."

로안이 자기 다리를 찰싹 때렸다.

"그러니까 위대한 메콘이 외모 때문에 너를 잡으려 한다?"

로안이 걸음을 멈춘 채 마크를 유심히 살폈다.

"네가 이상하게 생겼다는 건 인정해. 키가 무척 크고, 피부는 창백하고, 눈도 정상이 아니니까."

로안이 손가락을 튕겨서 딱 소리를 냈다.

"아, 알았다. 너하고 메콘하고 무슨 관계가 있는 거야. 메콘이 마스크를 벗은 모습을 본 적이 있어. 너처럼 눈이 이상하게 생겼 었어."

이번엔 마크가 웃음을 터뜨렸다.

"그것도 아니야. 지금 당장은 설명할 수 없어. 하지만 나를 믿 어줘. 내가 메콘하고 무슨 관계가 있을 리가 없어."

"아깝네. 오늘밤 모닥불 가에 앉아 하기에 딱 좋은 얘긴데."

로안이 울타리 모양으로 자란 덤불을 지나갔다.

"카콘, 지금부터는 입을 다무는 게 좋아. 앞으로 2, 3킬로미터 까지 난폭한 짐승들이 숲에 좍 깔려 있거든. 우리 위치를 알아내 라고 메콘이 보낸 스파이들 말이야. 내가 가는 대로만 따라와."

로안이 모카신에서 칼을 꺼내는 게 보였다. 마크도 로안이 하 는 대로 팔을 뻗어 석궁을 잡은 뒤 화살 한 대를 시위에 메겼다.

두 사람이 꽤 멀리 갔을 때 요란하게 부러지는 소리와 귀에 익 숙하지 않은 휙 하는 소리가 났다. 뒤미처 누군가 덤불을 헤치고 그들이 있는 쪽으로 달려오는 소리가 들렸다.

마크는 몸을 숨기려 했지만, 로안은 그 자리에 선 채 자세를 잡 고 기다렸다.

프랭클이 덤불에서 뛰어나와 두 사람한테 자기를 따라오라고 흥분에 차서 몸짓을 했다. 로안 얼굴에 장난스런 웃음이 번졌다.

"카콘, 가자. 너도 이걸 즐기게 될 거야."

로안이 속삭였다. 프랭클이 두 사람을 빈터로 데려가 머리 위를 가리켰다. 메콘의 병사가 거꾸로 매달린 채 올가미에 걸린 한쪽 발을 빼내려고 발버둥치고 있었다. 투구와 칼이 땅에 떨어져 있고, 가죽옷자락이 얼굴을 덮어 버려서 등의 맨살만 보였다.

"프랭클이 놓은 덫에 여우가 걸려들었군. 이번엔 제법 덩치가 크네. 잘 다뤄. 저놈이 타고 온 짐승이 있는지도 찾아보고."

로안이 반대편으로 가다 말고 소리쳤다.

"그리고 프랭클, 그 짐승은 꼭 근거지로 가져와야 돼."

"카콘, 가자. 조금만 가면 우리 근거지야."

로안이 마크를 우거진 숲으로 안내했다.

로안이 맞은편에 멈춰 선 채 소리를 질렀다.

"야호! 근거지다. 내가 유명한 손님을 데리고 왔어요."

나무에서 응답했다.

"나가서 로안과 손님을 환영하자."

마크가 나무 우듬지를 쳐다보았지만 아무도 보이지 않았다. 로안을 따라 험하고 좁은 골짜기로 내려갔다. 협곡이 작은 빈터로 이어졌다. 빈터 한가운데에 연기가 거의 없는 모닥불이 타오르고, 나무 꼬챙이에 꿴 고기가 익어가고 있는데도, 사람은 보이지 않았다. 갑옷과 칼이 한쪽에 쌓여 있고, 고삐가 긴 밧줄에 묶여 있는 게 보였다. 잠시 후 나무 뒤에서 한 사람이 걸어 나오고 다른 사람이 그 뒤를 잇더니, 모두 여섯 사람이 나와 마크 앞에 섰다.

"얘가 내가 생각하는 사람 맞지?"

로안처럼 얼굴에 화상 흉터가 있는 사내가 마크를 위아래로 훑어보며 말했다.

"이쪽은 조드야."

로안이 손을 내밀었다.

"친구들, 젊은 무법자 카콘을 소개합니다. 강 건너편에서 나룻배를 찾고 있더라고요."

"나룻배를?"

머리가 짧고 마른 남자가 마크한테 다가왔다.

"겁대가리 없는 녀석이군. 거기서 뭘 하려고 했는데? 강가에 있는 보초들한테 제 발로 찾아가 친구라도 하려고?"

"나도 모르지 그건. 개인적인 문제로 위대한 메콘을 만나고 싶다는 말만 들었으니까."

조드가 마크와 로안 뒤에서 맴돌았다. 마크는 석궁을 쏘고 싶어 손이 근질거렸다. 로안이 마크의 어깨를 짚었다.

"겁먹지 마, 창백한 새 친구야."

로안이 조드를 노려보았다.

"왜 이래? 카콘은 내 손님이야. 이곳에 오면 다들 반갑게 맞아 줄 거라고 했어. 이 친구한테 물과 음식을 갖다 줘. 오늘이 가기 전에 우리가 서로에게 얼마나 도움이 될지 알게 될 거야."

47

"요새는 리스트라 반대편에 있어. 높은 담으로 완전히 둘러싸여 있지. 안에는 보초들이 잠을 자는 숙소하고 짐승 백 마리가 있는 마구간이 있어. 본관은 네가 본 적도 없을 정도로 엄청나지. 널판자가 깔린 큰 복도가 있는데, 그 뒤에 메콘과 그의 가족이 단독으로 쓰는 방이 열 개 이상 있거든."

마크는 자기 의견을 밝히지 않았다. 로안의 말이 끝나기를 기다렸다.

"본관 복도 뒤에 있는 밀실 가운데 공물을 보관하고 있는 곳이 한군데 있어. 내 눈으로 직접 보지는 못했지만, 단사가 말해 준 적이 있어. 단사가 상세하게 설명했기 때문에 공물이 그곳에 있다는 걸 확실히 알아."

"그러니까 네가 요새로 들어가 공물을 빼내 올 수 있도록 도와달라는 거고."

"그렇지. 우리한테는 쓸 만한 사람이 여덟이나 있어. 너까지 하면 아홉이지. 우리가 밤중에 공격하면 기습하는 효과를 얻을 수 있을 거야 그리고 더 좋은 건, 네가 그곳에 가면 메콘하고 볼 일을 볼 수 있는 기회가 생긴다는 거야. 네 생각은 어때?

"내 대답은 싫다는 거야."

조드가 즉각 칼을 빼 들었다.

"로안, 저놈은 겁쟁이야. 내가 놈의 심장을 도려내 버리겠어."

"사람 말을 끝까지 들어야지."

마크가 일어나서 옷에 묻은 빵 부스러기를 털어 냈다.

"어쨌든, 식사는 고마워. 오랫동안 아무것도 먹지를 못했거든. 잘 먹었어."

로안이 눈살을 찌푸렸다.

"그 말을 하려던 거야?"

"더 좋은 방법이 있을 것도 같아서 그래. 네 말대로 요새의 경비가 그렇게 삼엄하다면, 밤이라도 몰래 담을 넘어 들어가는 게 쉽지 않을 것 같은데."

"계속해 봐."

"그들 스스로 요새의 문을 열어 주게 하면 어떨까? 네가 메콘이 원하는 걸 가져가는 거라면? 보상금을 받기 위해 공물이 쌓인 방으로 들어갈 수 있을 뿐만 아니라 싸우지 않고도 들어갈 수 있다는 얘기지."

"그럼 네가 말한 메콘이 원하는 거라는 게……."

"나야."

48

어두웠다. 마크는 무장한 여덟 명의 행렬 앞에서 동물을 타고 있었다. 그의 손은 앞으로 느슨하게 묶여 있고, 칼을 가리기 위해 긴 가죽 망토를 걸치고 있었다.

"성문을 열어라. 메콘에게 바칠 포로를 데리고 왔다."

로안이 소리쳤다.

철로 된 작은 감시 구멍이 끼끽거리며 열렸다. 낮고 굵은 목소리가 소리쳤다.

"너와 포로의 정체를 밝혀라."

로안이 투구를 매만져 얼굴이 잘 가려지게 했다. 한동안 메콘의 호위병으로 있었기 때문에 어떻게 대답해야 좋은지도 알았다.

"사막의 동료들과 함께 온 바그라다. 포로는 대군주님이 찾는 이상하게 생긴 무법자다. 보상금을 받으러 왔다."

"잠깐 기다려라."

감시 구멍이 닫히고 몇 분 뒤 육중한 문이 삐걱거리는 소리를 내며 열렸다. 마크 일행이 안으로 들어갔다.

마크가 쭉 훑어보았다. 메콘의 부하들은 대부분 숙소에 있었지만, 야간 보초가 근무를 서고 있었다. 보초병들은 서로 1미터쯤 떨어진 채 벽을 빙 둘러서 있었다.

정문 보초가 마크의 동물을 잡았다.

"우리가 찾던 놈이 바로 네놈이라는 거지. 내려와. 대군주님께서 당장 네놈을 만나고 싶어 하신다."

보초가 로안한테 눈길을 돌렸다.

"바그라, 따라와라. 대군주님께서 후하게 상을 내리실 거다."

로안이 동물에서 내려 마크와 보초 사이에 섰다.

"이놈은 내 포로니까 내가 직접 대군주님께 끌고 가겠다."

로안이 팔을 뻗어 마크를 끌어내리고 나서 일행을 돌아봤다.

"프랭클, 동물들을 돌봐라. 나머지는 짐승에서 내려 나를 돕는다. 이놈은 흉악하다. 몹시 폭력적이고 교활한 놈이다. 목적지에 다 와서 놈을 놓칠 수는 없다."

보초가 눈을 가늘게 떴다. 얼굴 표정이 굳었지만, 본관으로 이어지는 나무 계단으로 안내했다.

마크는 대강당이 잘 꾸며진 걸 보고 놀랐다. 바닥에는 다양한 양탄자가 깔려 있고, 쿠션이 있는 긴 의자들도 있었다. 벽에는 커다란 벽화가 그려져 있고, 한쪽 끝에는 나무 등받이가 높고 조각이 화려한 높다란 의자가 자리 잡고 있었다.

"카콘, 어떻게 생각하나?"

마크가 고개를 돌렸다. 메콘과 그의 부하 두 명이 옆문으로 들어서고 있었다.

"뭘요? 의자요? 방요? 그도 저도 아니면 내가 저지르지도 않은 죄 때문에 개처럼 이곳에 끌고 온 거요?"

"여전히 나를 두려워하지 않는구나, 그렇지? 적당한 때가 오면 손봐 주겠다. 너를 산 채로 잡아 와서 정말 기쁘다. 그러기를 바랐거든. 너하고 이야기를 하고 싶다."

"듣고 있어요."

"유감스럽게도 다른 사람들도 듣고 있지."

메콘이 손짓을 했다.

"보초, 이들을 데려가서 적당한 보상을 해 줘라. 내가 부를 때까지는 이 방에 아무도 드나들지 못하게 하고."

보초가 로안과 그의 친구들을 데리고 나가면서 문을 닫았다.

메콘이 화려하고 높다란 의자에 앉았다.

"이제, 시작해 보자. 무슨 이야기부터 할까?"

"왜 나한테 관심을 가지게 된 건지 그것부터 말해요. 내가 여기까지 오게 된 광선에 대해 알고 있는 게 뭔지도 말하고요."

메콘이 느긋하게 등을 기댔다.

"넌 영리한 아이다. 지금쯤이면 모든 걸 다 알아차렸으리라고 생각했는데."

"내가 아는 건 어쨌든 내가 당신에게 위협적인 존재고, 그래서 당신이 나를 해치우려고 안간힘을 다했다는 거예요. 심지어 나를 죽이려고 트리사드로 가는 길목에 부하들을 매복해 두는 짓까지 했지요. 왜 그랬어요?"

메콘이 손을 올려 자기 얼굴을 감싸고 있는 이상한 투구를 천천히 벗었다. 마크가 눈을 동그랗게 떴다. 메콘은 마크가 이 세계에서 만난 추크 부족 사람이나 다른 어떤 사람하고도 닮지 않았다. 메콘이 닮은 사람은 오히려……

"네가 영리하다는 건 알고 있었다."

메콘이 투구를 도로 썼다.

"맞아. 난 트랜스올 사람이 아니다. 네가 살던 시대에서 온 사람이지. 모르긴 몰라도 아주 가까울 거다. 네가 시간 왜곡을 통해 이곳으로 온 게 언제지?"

"당신, 당신도 광선을 통해 이곳으로 온 거예요? 그렇다면 여기가 어디인지, 어떻게 돌아갈 수 있는지도 다 알겠네요?"

"이제 와서 내가 왜 돌아가고 싶어 하겠니? 언젠가는 시간 왜곡을 밝히려는 사람이 나타날 거라고 생각했다. 시간문제였지. 나는 내 왕국이 수명을 다한 먼 미래에나 그런 일이 일어나기를 바랐지. 너에 관한 이야기를 들었을 때 뭘 해야 할지 알겠더라고."

"무슨 말을 하는 거예요? 힘을 합해야 돌아갈 수 있어요."

"바로 그게 문제야. 난 돌아가고 싶지 않거든. 이곳에서 나는 우주의 지배자다. 이곳 사람들은 내 손아귀에서 놀아나는 무지한 바보들이지. 이곳의 야만인들은 내가 세상에서 가장 현명하고 강력한 존재인 줄 알고 있다."

마크가 긴 의자에 앉았다.

"내가 이해하지 못하는 또 한 가지가 그거예요. 어떻게 이런 일이 벌어진 거죠? 왜, 무엇 때문에, 이렇게 다 변했냐고요?"

"이제까지 내가 알아낸 바로는, 아프리카 원숭이들이 옮기는 에볼라 같은 바이러스의 변종으로 인해 전염병이 광범하게 번졌다는 거다. 전염성이 아주 강했고, 다들 무척 고통스럽게 죽어 갔을 거라고 본다. 그 병에 한번 전염되면 몸의 피가 한 방울도 남지 않을 때까지 모든 구멍에서 피가 계속 뿜어져 나오지. 과학자들이 갖은 노력을 다했지만 치료법을 찾지 못했다. 결국 그 전염병이 전 세계를 휩쓸었고, 인구의 70퍼센트 이상이 죽었다. 산업 기반이 파괴되고, 각 나라마다 인구가 속속 줄어들었지. 몇 세대 동안이나 바이러스 때문에 인구가 너무 모자라 발달이 없었다. 마침내 바이러스가 사라졌을 때는 너무 많은 시간이 흘러버려 유용한 것들이 다 잊혔지. 인류는 모든 걸 다시 시작해야만 했다. 주목할 만한 사건이었지."

"그렇다고 그 바이러스가 사람하고 식물까지 변화시킨 건 아니잖아요. 뭐가 그랬죠?"

"상황을 종합해 보는 게 더 힘들었다. 내가 말할 수 있는 건, 미국과 같은 강대국이 망하기 시작하면서 핵무기가 테러리스트들 손에 들어갔다는 거다. 핵무기를 함부로 발사해서 결국 지구상의 모든 것들이 엄청난 화학적 변화를 겪었고, 그 후 2000년이라는 시간이 지나면서 가장 강한 종류만이 살아남았지."

"광선은요?"

"광선은 자연의 이상 현상인 시간 왜곡이다. 난 그걸 1980년대에 애리조나 주에 있는 교도소에서 탈옥했을 때 사막에서 발견했다. 믿을 수 없는 일이었다. 도망치고 싶어서 얍 하고 기합을 넣었는데, 날 절대 찾을 수 없는 곳으로 와 버렸으니 말이다."

"돌아가고 싶지 않으세요? 가족하고 친구들은요?"

"내가 한 말 못 알아들었나? 난 감옥에 있었다고. 가족이 있을 게 뭐야. 아무것도 가진 게 없었는데. 그런데 여기서는 모든 걸 가졌지. 그래서 네가 그걸 빼앗아 가게 놔둘 수가 없는 거다."

"난 아무것도 뺏고 싶지 않아요. 내가 원하는 건 그 광선뿐이에요."

"광선을 찾지 못하면? 그러면 넌 이곳 사람들과 이야기를 나누고, 가르치려 들 거야. 네가 만든 갑옷을 봤다. 그들한테 또 뭘 가르쳤나? 읽기? 무기 만드는 법? 난 그걸 두고 볼 수 없다. 조만간 그들이 폭동을 일으키고, 그 무기로 나한테 맞설 테니까."

"당신은 미치광이에요. 여기서 나가겠어요."

메콘이 칼집에서 칼을 뽑았다.

"그렇게는 안 되겠는데."

마크가 망토를 벗고 칼을 잡으려고 했다. 그의 머리를 향해 날아드는 칼을 슬쩍 피하며 마크가 가까스로 칼을 뽑았다.

"누군가 제대로 가르친 것 같군. 하지만 아직 멀었다."

메콘이 옆쪽에서 마크를 공격했다. 몸을 날려서 피했지만 칼끝이 그의 셔츠를 스치고 지나갔다. 마크가 한 바퀴 돌면서 간신히 칼을 반대 방향으로 휘둘렀다. 메콘이 맞받아쳤다. 그러고는 그대로 뛰어올라 다시 칼을 휘두르는 바람에 마크가 긴 의자가 있는 곳까지 밀려났다.

"이제 너는 죽은 목숨이고 그 어느 쪽 세상 사람도 너한테 일어난 일을 영영 알지 못하게 될 거다."

메콘이 마크를 바닥에 눕혔다.

"카콘, 너를 죽이기 전에 말해 줄 게 있다. 광선은 절대로 찾을 수 없다는 거다. 광선은 아무데나 닥치는 대로 나타나거든. 어디서 어떻게 나타날지 예측 가능한 유형 같은 건 없다."

메콘이 칼날을 마크 얼굴로 바짝 갖다 댔다. 예리한 칼날이 바로 목 앞을 겨누었다.

마크가 메콘을 밀쳤지만 그가 너무 힘이 셌다. 그래서 마크가 무릎을 치올려 메콘을 찼다. 메콘이 몸의 균형을 잃자 마크가 긴 의자에서 굴러떨어졌다.

마크가 재빨리 일어나 칼을 휘두르기 시작했다. 사보가 가르쳐 준 대로 칼을 휘둘러 메콘의 배를 벴다. 메콘의 셔츠에 붉은 얼룩이 나타나기 시작했다. 메콘이 비틀거리며 숨을 헐떡거렸다. 마크가 그대로 돌진해서 사납게 칼을 휘두르자, 메콘의 손에서 칼이 툭 떨어졌다.

"이제 누가 죽는지 보게 될 거예요."

마크가 칼을 쳐들었다. 그때 엄청난 폭발음이 건물을 뒤흔들었다. 로안과 조드가 불룩한 자루를 들고 옆문으로 나타났다. 로안이 마크한테 눈을 찡긋해 보였다.

"카콘, 볼일 다 끝났으면 떠나자. 프랭클이 네가 지시한 것보다 화약을 좀 더 썼어. 동쪽 벽이 절반이나 날아가고 짐승들이 죄 달아났어."

마크가 천천히 칼을 내렸다.

"끝났어. 이…… 사람한테는…… 내가 원하는 게 없어."

"설마 저놈을 살려 두고 가려는 건 아니지?"

조드가 믿을 수 없다는 말투로 물었다.

"치명적인 부상을 입혔어. 서서히 죽게 놔둘 거야. 고통스럽게 죽을 짓을 했으니까."

마크가 메콘의 투구를 집어 들어 자기 머리에 썼다.

"프랭클이 우리를 기다리고 있어."

안마당은 아수라장이었다. 메콘의 부하들이 정신없이 뛰어다녔다. 프랭클과 일행은 벌써 동물에 올라타고 있었다.

마크가 화약을 조금 꺼내 요새 계단에 뿌렸다. 적당한 거리가 생기자 횃불을 집어 그 계단에 던졌다. 폭발과 함께 돌풍이 일면서 통나무와 사람들이 사방으로 날아갔다. 건물 앞부분이 흔적만 남기고 사라져 버렸다.

로안이 마크한테 고삐를 건넸다.

"무법자, 하룻밤 작업치고는 괜찮은데."

마크가 동물에 훌쩍 올라탔다.

"출발."

49

이른 아침이었다. 마크는 모닥불을 지펴 놓고 앉아서 곰곰이 불빛을 바라보았다. 아무리 생각해도 메콘이 제정신이 아니라는 건 의심의 여지가 없었다. 권력에 환장해서 과거의 자신을 송두리째 잃어버린 별 볼일 없는 사람이었다. 리스트라에 온 건 시간 낭비만 한 셈이었다.

마크가 한숨을 쉬었다. 도둑 패거리들과 함께 깊은 숲 속에 있었기 때문에 당분간은 안전했다. 메콘의 부하들이 추적할 경우를 대비해 망보는 사람도 배치해 두었다.

공물이 담긴 커다란 자루는 간밤에 로안 일당이 놔둔 자리에 그대로 있었다. 다들 긴 여정에 지쳐 무기를 쥔 채 땅바닥에 잠들어 있는 상태였다.

메콘을 죽여 버리지 않았다고 조드가 마크한테 불같이 화를 냈었다. 왜 자신이 메콘을 죽이지 않았는지, 마크는 자신한테도 설명할 수 없었다. 어찌 됐든 자신이 살던 시대와 실제로 연결된 사람이라는 것과 관련이 있을지도 몰랐다.

그의 등 뒤에서 발자국 소리가 났다. 고개를 돌려 보니 로안이 모닥불 가로 다가오고 있었다.

"카콘, 일찍 일어났네. 무슨 문제라도 있니? 네 몫의 전리품을 빨리 받고 싶어 안달이라도 난 거야?"

마크가 모닥불에 나뭇가지를 던져 넣었다.

"솔직히 말하면 전리품엔 관심 없어. 내 몫까지 알아서들 나눠 가져."

로안이 고개를 갸웃거렸다.

"넌 이제까지 내가 만난 사람들하고 달라. 아, 생긴 게 다르다는 게 아니라 생각하는 게 다르다는 얘기야."

로안이 손에 불을 쬐며 말했다.

"카콘, 무슨 일인지 나를 믿고 털어놔도 돼. 난 다 이해할 수 있어."

"무슨 일이냐 하면 메콘은 나를 자기 왕국을 위협하는 존재로 생각했어. 나는 메콘이 나한테 필요한 정보를 가지고 있을 거라고 생각했고. 결국 메콘도 나도 모두 잘못 생각했다는 게 밝혀졌지만."

"이제 어떻게 할 건데? 메콘이 틀림없이 부하들을 보내 너를 찾으려고 할 거야."

"잘 모르겠어. 어떡하든 계속 해답을 찾아야 한다는 건 변함이 없지만. 일단 마을로 돌아갈지도 몰라. 그곳에 여자아이가 ……."

로안이 자세를 바로 했다.

"여자아이라고? 뭘 어떻게 도와줄까? 나하고 우리 패거리들은 네 맘대로 써도 돼."

시끄러운 새 울음소리가 아침 공기를 갈랐다.

로안이 벌떡 일어났다.

"망보는 친구가 보낸 신호야. 누군가 숲에 나타났어."

마크가 로안을 따라 나무들을 헤치고 빽빽한 덤불 속으로 가서 쭈그리고 앉아 기다렸다. 잠시 후 중무장한 사내들이 긴 행렬을 이루고 지나가는 게 보였다.

행렬이 시야에서 사라지자 로안이 마크한테 근거지로 돌아가자는 신호를 보냈다.

"카콘, 행렬 맨 앞에서 짐승을 타고 가는 놈 봤니?"

"아니. 누군데?"

"모도야. 메콘 아들. 제 아비보다 훨씬 더 무자비한 놈이야."

두 사람이 근거지로 돌아가 보니, 다들 일어나서 부산하게 움직이고 있었다. 프랭클과 조드를 비롯한 패거리들이 새 울음소리를 듣고 잠에서 깨었다고 했다. 그들은 모닥불에 물을 끼얹고 떠날 채비를 했다.

조드가 물었다.

"누구야? 놈들이 벌써 우리를 찾아낸 거야?"

로안이 고개를 끄덕였다.

"그런 것 같아. 모도가 대장이야. 숲 속으로 더 깊이 들어가는 게 좋겠어."

"다들 먼저 떠나. 이제 내 길을 갈 때가 된 것 같아."

마크가 말했다.

"무슨 소리야? 네 몫의 전리품도 챙기지 않고 떠나겠다고?"

조드가 물었다.

"조드, 카콘은 가야 할 사람이야."

로안이 손바닥으로 마크의 등을 치며 말했다.

"재물 같은 거 챙길 시간이 없어. 카콘을 기다리고 있는 여자아이가 있거든."

마크가 무슨 말인가를 하려다가 그만두었다. 대신 그의 동물을 묶어 놓은 끈을 풀었다.

"그동안 함께해서 즐거웠어. 언제라도 내가 있는 곳으로 와서 자리를 잡아도 좋아."

"네가 우리가 있는 곳으로 와서 자리를 잡아도 좋고."

로안이 물주머니를 건넸다.

"가져가. 사막을 지나가려면 필요할 거야."

로안이 마크가 동물에 올라타는 걸 지켜보았다.

"카콘, 네가 찾는 걸 꼭 찾아내기를 바랄게."

마크가 손을 흔든 뒤 발길을 돌렸다.

"나도, 로안. 나도."

50

사막을 건너가는 여정은 지루하고 외로웠다. 마크는 트리사드에서 일부러 멀리 떨어져 있었고, 어두워지고 나서야 드문드문 있는 물웅덩이를 찾아갔다.

그러면서 마크는 생각할 시간을 가졌다. 푸른 광선이 나타나는 게 따로 정해져 있지 않아 종잡을 수 없다면, 자기 가족과 자기가 살던 시대로 돌아갈 가능성은 거의 없다고 봐야 했다. 그래도 끝까지 포기하지 않고 광선을 찾아보겠지만, 해변에서 모래알한 개를 찾는 것과 다르지 않은 일이었다. 이제는 자신이 이 세상에서 살 궁리를 해야 한다는 현실을 직시할 때가 된 것이었다.

마크가 지금 가고 싶은 곳은 단 한 곳이었다. 추크 족 마을. 이 낯설고 물 선 지구에서 유일하게 집 같은 곳이 바로 그곳이었다. 얼른 마을로 돌아가서 그간 헤어졌던 얼굴들을 모두 보고 싶었다. 그리고 잠을 자고 싶었다. 일주일 내내 잠만 자고 싶었다.

마크는 고삐를 느슨하게 풀어 동물이 가는 대로 놔두었다. 점점 마을에 가까워지고 있었다. 어렴풋이 붉은 골짜기가 보였다.

그길로 달려 나가지 않고 있기가 무척 힘들었다.

산 중턱 바위 뒤쪽에서 사냥 나팔 소리가 들렸다. 그 소리를 들으니 마크 얼굴에 절로 웃음이 폈다. 마을로 돌아왔다는 게 너무 좋았다.

마을 울타리에 가까워지자 망루에서 마크가 친구라는 걸 알리는 나팔을 불었다. 마크가 문을 지나 마을 중심가로 갔다. 모든 게 그가 떠나올 때의 모습 그대로였다. 대장장이 타이보는 천막 지붕 대장간에서 바쁘게 일하고 있고, 사람들은 날마다 하는 허드렛일을 하고 있었다.

마크가 지나가자 사람들이 손을 흔들고 소리를 높여 맞이했다. 타이보는 마크가 왜 그렇게 오래 있다가 왔는지 알고 싶어 했다.

길 맞은편에서 흙먼지구름이 일더니 회색 동물을 탄 사내아이가 마크 앞에 멈춰 섰다.

"형일 줄 알았어요."

사내아이가 반갑게 소리쳤다. 마크가 믿지 못하겠다는 듯이 실눈을 하고 사내아이를 쳐다보았다.

"바로? 이럴 수가! 내가 없는 사이에 전사가 다 됐구나."

바로가 허리를 더 꼿꼿하게 폈다.

"진짜 전사도 이제 머지않았어요. 형이 시킨 대로 형 물건을 모두 잘 간수했어요. 형도 만족스러울 거예요."

바로가 방향을 바꿔 마크 옆에서 동물을 몰았다.

"마크, 돌아왔구나!"

리타가 탄타의 창고에서 마크한테 손을 흔들었다. 리타가 양식을 내려놓고 허둥지둥 일에서 손을 놓았다.

"널 보니 정말 기뻐. 너무 오랫동안 안 돌아와서 걱정했어. 그래, 광선에 대해 뭐 알아낸 거라도 있니?"

"광선은 자기가 내키는 대로 아무데나 나타난대. 광선을 찾는다는 건 헛꿈이야. 이제 내 인생에서 그 부분은 끝났어. 광선 같은 건 잊고 새로운 인생을 살기로 했어. 그간 어떻게 지냈니?"

"난 좋아. 추크 족하고 지내는 데 익숙해졌어. 맡고 있는 일도 많아. 네 어린 친구 바로를 보살피는 것도 내 일인데, 바로는 날마다 나를 깜짝 놀라게 만들어. 네가 저 동물을 준 뒤로는 바로를 돌보는 게 거의 불가능해졌어."

마크가 바로한테 눈을 찡긋해 보였다.

"전사라면 동물이 필요하지."

"흠, 아무튼 네가 주범이라니까. 창고에서 물건을 가져와야 돼. 나중에 봐. 할 말이 많을 거야."

리타가 속상한 척하다가 곧 웃음을 지었다.

"그래 좋아. 사부님은 어때? 회복되셨니?"

"카콘 형이 직접 가서 봐요."

바로가 회색 동물을 천천히 달리게 했다. 마크가 바로를 따라 창고를 돌아 마을 울타리 근처의 큰 오두막으로 갔다. 문간에 앉아 나무토막에 조각을 하고 있던 용크가 벌떡 일어났다.

"아, 카콘 주인님! 사보 주인님한테 알릴 테니 기다려요."

용크가 오두막 안으로 쏜살같이 들어갔다.

잠시 후, 사보가 함박웃음을 웃으며 문간으로 걸어 나왔다.

"돌아왔구나, 카콘! 나 없이는 탐색이 안 된다는 걸 알았기 때문이겠지."

"이야기하자면 길어요. 좀 쉬고 나서 말할게요."

마크가 사보를 살펴보았다.

"다시 쌩쌩해진 걸 보니 기뻐요. 죽을 자리를 찾아간다고 했던 것 같은데."

사보가 헛기침을 했다.

"그렇게 말한 적 없다. 틀림없이 네가 잘못 들었을 거야."

"아니에요. 사보 주인님이 분명히 그렇게 말씀하셨어요."

용크가 사보를 비집고 문간으로 나왔다.

"사막을 건너는 내내 주인님이 장례를 치르는 일과 듣고 싶은 노래에 관해서만 말씀하셨잖아요."

사보가 얼굴을 찌푸렸다.

"보다시피 아직도 이 녀석의 입을 다물게 할 방법을 찾지 못했다. 녀석에게 자유를 줬는데도 아무 소용 없다. 더 많이 떠들 자유를 얻었다고 생각하는 녀석이니까."

마크가 웃으면서 발길을 돌렸다.

"다시 올게요. 지금은 만나 봐야 할 사람이 있어서요."

"형, 그게 누군데요? 같이 가도 돼요?"

바로가 빠른 걸음으로 마크를 따라갔다.

"음, 너희 집에 들르게 될 것 같은데."

"우리 집요? 아, 우리 아버지를 만나려고요. 아버지는 오늘 들판에 나갔을 거예요."

마크가 대답 없이 중심가를 벗어나 다곤의 집으로 이어진 작은 흙길로 동물을 몰았다. 마크가 내려서 고삐를 바로한테 건넸다.

"내 동물 좀 잘 돌봐 줘. 아주 길고 힘든 여행을 했거든."

바로가 동물을 데리고 가서 물을 먹일 때까지 기다렸다가 마크가 오두막 문을 두드렸다. 문이 활짝 열렸다.

"카콘!"

메간이 밖으로 나오면서 소리를 질렀다.

"너무 반가워. 사보 전사님이 크게 다친 걸 보고 네가 한동안 돌아오지 못할 거라고 생각했어."

"나를 보니 정말 반가워?"

메간의 눈동자에 다정한 빛이 어렸다.

"그럼. 너를 다시 못 볼 수도 있다고 생각한걸."

"그런 생각을 하면서 날 걱정했다고?"

메간이 눈살을 찌푸렸다.

"나하고 싸우려고 돌아온 거야?"

"사실은……."

마크가 메간 가까이 다가가서 그녀의 어깨에 팔을 둘렀다.

"이것 때문에 돌아왔어."

마크가 몸을 숙여 메간한테 키스를 했다.

51

"**우리** 누나하고 결혼한다는 게 사실이에요?"

바로의 얼굴에 싫은 기색이 역력했다.

"누가 그런 말을 하니?"

마크가 자기 토지의 한쪽 모퉁이를 잰 뒤 땅에 말뚝을 박았다.

"마을 사람들이 몇 주 간 그 이야기만 해요. 사실이에요?"

"사실은 나도 그 생각을 해 봤어. 내가 메간하고 결혼하면 너하고 나는 형제간이 되는 거야. 그 이유만으로도 결혼할 만하다고 생각하는데, 네 생각은 어떠니?"

"형이 제정신이 아니라고 생각해요. 누나는 결혼할 만한 상대가 못 돼요. 너무 이래라저래라 간섭하고 성질이 못됐어요."

"누가 나를 무고 이러쿵저러쿵하니?"

메간이 두 사람 뒤로 다가오며 말했다.

마크가 나머지 말뚝을 내려놓고 바지에 손을 닦았다.

"바로가 네 단점을 하나하나 말해 주고 있었어. 너하고 결혼하는 게 큰 실수라는 말도 했어. 네가 너무 냉정하다고 말이야."

메간이 팔짱을 척 끼었다.

"바로, 할머니가 집으로 오래. 채소 때문에 일손이 필요하대."

바로가 입을 삐죽 내밀었다.

"날 보내려고 꾸며 대는 거지?"

"어서 가."

메간이 명령조로 말한 뒤 바로가 회색 동물을 타고 가는 걸 지켜보았다. 마크가 메간을 마주하고 서서 그녀의 한 손을 잡았다.

"바로 말로는 사람들이 모두 우리 이야기를 하고 있대."

메간이 얼굴을 붉혔다.

"그게 추크 족 방식이야. 축하 의식을 기대하고 있는 거야."

"우리 결혼식은 아주 성대하게 치러질 거야."

마크가 메간의 다른 손까지 잡았다.

"곡물을 심어야겠어. 당분간은 사는 게 좀 고될 거야."

메간이 턱을 치켜들었다.

"난 걱정 안 해. 넌 훌륭한 사냥꾼이야. 굶지는 않을 거야."

메간의 칭찬에 마크의 기분이 좋아졌다. 결혼하기엔 자기가 너무 어린 게 아닌가 하는 생각을 했었다. 또 다른 사람과 함께 살기에도 능력이 많이 부족한 것 같아서 걱정했었다. 그런데 메간의 칭찬을 받으니 모든 게 잘될 거라는 생각이 들었다. 추크 족 풍습에 따르면 마크와 메간은 이미 결혼할 나이가 지나 있었다.

"사냥 이야기가 나왔으니까 말인데, 네 할머니가 오늘 쓸 신선한 고기를 갖다 달라고 하셨어. 지금 출발하지 않으면 날이 저물고 나서야 돌아올 거야. 같이 가지 않을래?"

메간이 손을 뺐다.

"마을 밖에서 단 둘이만 있으면 안 된다는 거 알잖아? 안 돼."

"지금 나하고 단 둘이만 있잖아?"

마크가 메간의 어깨에 팔을 둘렀다.

"내가 부상당했을 때 네가 동물을 타고 나를 찾으러 나섰던 것
도 바로 얼마 전 일이고. 그때도 우리 둘뿐이었어."

"지금은 그때하고 달라. 그때는 우리가 어렸잖아."

메간이 빠져나가려고 했다.

"카콘, 네가 자꾸 이러면 우리 가족이 곤란해져."

마크가 메간의 이마에 뽀뽀를 했다.

"알았어. 지금은 단 둘이 있으면 안 된다는 거지?"

마크가 동물을 풀고 올라탔다.

"할머니한테 내가 곧 갈 거라고 말씀드려. 오늘 냄비에 넣을 사
냥감을 찾지 못하면 될 때까지 할 거야."

"카콘."

"응?"

"너무 오랫동안 사냥을 나가 있는 건 좋지 않을 것 같아."

마크가 등을 꼿꼿하게 폈다.

"바로 말이 맞아. 이래라저래라 간섭하는 게 네 몸에 뱄어."

마크가 발뒤축으로 동물을 차서 달렸다.

메간이 던진 흙덩이가 마크를 아슬아슬하게 비켜 갔다.

52

마크가 모닥불 가에 자리를 잡고 앉았다. 욕심을 부리고 싶지 않았지만, 사냥을 시작하자마자 발견한 토끼 두 마리를 그냥 놔준 터였다. 메간하고 그 가족한테 깊은 인상을 심어 주고 싶어서 토끼를 보내고 더 큰 사냥감을 찾았는데 그 뒤로 한 마리도 발견하지 못했다.

어둠이 내릴 무렵에야 엘크(elk, 북 유럽이나 아시아에 사는 큰 사슴: 옮긴이)를 닮은 커다란 동물이 막 지나간 발자국을 발견했지만, 너무 늦어서 날이 밝는 대로 다시 발자국을 쫓기로 했다.

마크가 팔꿈치를 괴고 누웠다. 이곳에서의 생활도 그리 나쁘지 않다는 생각이 들었다. 뭐든 그가 원하는 대로 할 수 있고, 어디든 마음 내키는 대로 갈 수도 있었다. 그는 이제 엄연한 추크 족의 전사이고, 몇 달 있으면 신부를 맞이해서 새 가정을 꾸리게 된다.

마크는 다른 세상에서 살았던 기억을 애써 몰아냈다. 계산을 해 보니 자기 나이가 벌써 열일곱 살쯤 되었다. 이 세상에서는 그 나이면 완전한 성인이었다. 사보는 여전히 그를 놀리면서도 예전보다 눈에 띄게 나이대접을 해 주었다.

다곤은 그가 메간에게 청혼한 사실을 흡족히 여기는 것 같았다. 마크가 돌아온 날, 메콘과 벌인 싸움에 대해 오랫동안 다곤하고 이야기를 나누었고, 만일 메콘이나 그 부하들이 마을로 찾아오면 마크가 돌아오지 않은 것으로 하기로 말을 맞춰 놓았다.

마크가 눈을 감고 막 잠들려는데, 나뭇가지가 부러지는 소리가 들렸다. 마크가 조용히 팔을 뻗어 손에 닿는 석궁을 잡고 모닥불가에서 몸을 굴려 그늘 속으로 들어갔다.

"야, 모닥불이네. 나는 먹을거리와 밤을 보낼 곳을 찾고 있는 지친 여행자라네."

마크가 그늘에서 나오지 않은 채 명령했다.

"앞으로 나와서 무기를 내려놔라."

갑옷 입은 남자가 빈터로 걸어 나와서 바닥에 칼을 내려놓았다. 그때 마크 뒤의 덤불에서 바스락거리는 소리가 났다.

마크가 몸을 굴렸지만 이미 때가 늦었다. 몸집이 큰 남자가 마크한테 달려들어 석궁을 빼앗았다. 마크가 벗어나려고 버둥거렸지만 아무 소용 없었다. 그대로 바닥에 깔린 채 옴짝달싹 못했다.

갑옷 입은 남자가 바닥에 놓은 칼을 집어 들고 걸어왔다.

"이런, 이런, 이게 누군가? 젊은 무법자 아닌가. 프랭클, 그자를 일으켜 줘. 우리가 아는 사람 같아."

"로안?"

마크가 몸집이 큰 남자한테서 빠져나오며 말했다.

"로안 맞지? 그리고 프랭클? 여기까지 웬일이야?"

"널 찾아왔지."

로안이 마크가 일어나는 걸 도와줬다. 프랭클이 미안하다는 듯이 마크의 어깨를 툭툭 쳤다.

"물론 네가 이런 데서 자리 잡고 있으리라곤 생각 못했지. 왜 여자 친구가 있는 마을에 같이 있지 않고? 차인 거야?"

"아니, 아니야. 우린 몇 달 뒤면 결혼해. 사냥하러 나온 거야."

"꼴을 보니 별로 운이 안 따라 준 모양이군."

"신경 쓰지 마. 그나저나 나를 찾아왔다고? 왜?"

로안이 모닥불 가로 가서 앉았다.

"나쁜 소식을 가져왔어. 조드하고 우리 패들이 모두 죽었어. 강 건너편에서 상인하고 거래하다 모도한테 잡혔는데, 늙은 상인하고 그의 가족까지 모두 죽임을 당했어. 프랭클하고 내가 근거지를 지키고 있지 않았다면 똑같은 신세가 되었을 거야."

"로안, 정말 안됐구나. 이제부터 두 사람은 나하고 같이 살면 돼. 마을에 멋진 오두막이 있거든."

"나쁜 소식이 또 있어. 모도가 제 아비 자리를 차지했어. 메콘은 그때 입은 중상으로 자리에서 꼼짝 못하고 있어. 모도가 너한테 당한 복수를 하겠다고 맹세하고, 이를 박박 갈면서 메콘의 군사들을 죄다 이끌고 너를 찾아 이곳으로 오고 있어."

마크가 침을 꿀꺽 삼켰다. 몇 초가 지나서야 로안이 전한 소식의 충격이 가라앉았다. 모도가 자기를 잡아 죽이겠다고 맹세했다면 그 어떤 일도 서슴지 않을 것이다.

"로안, 나 때문에 마을까지 위험에 처하게 됐어. 내가 마을로 돌아오는 게 아니었어."

마크가 흙을 차서 모닥불을 덮기 시작했다.

"사람들한테 이 사실을 알려 주고 떠나야 돼.…… 영원히."

"카콘, 어디로 갈 건데? 네가 어디로 가든 메콘의 아들이 널 쫓아갈 거야."

마크가 하던 걸 뚝 멈췄다.

"할 수 있는 한 도망쳐야지. 메콘의 아들이 날 끝까지 쫓아오면, 그때는 맞서 싸울 거야."

프랭클이 힘차게 머리를 끄덕였다.

"나하고 비슷한 생각이네. 프랭클하고 나도 거처를 잃고 도망치는 순간부터 그 생각을 했거든. 함께 간다면 무척 기쁠 거야."

마크가 고개를 가로저었다.

"아니, 이건 내 싸움이야. 두 사람한테 목숨을 걸라고 강요할 수는 없어."

"누가 강요를 해? 나도 모도한테 갚을 빚이 있어. 나를 일러바친 놈이 바로 그놈이라고. 기억하지?"

"로안, 너는 정말 좋은 친구야."

마크의 목소리가 무서울 정도로 냉정하고 차분했다.

"하지만 이건 나 혼자서 해야 할 일이야."

53

"**메간**, 이해해 줘. 너와 마을 사람들이 걱정되기 때문에 떠나려는 거야. 내가 여기 있으면 마을 사람들이 모두 위험해져. 모도가 마을을 모두 불태워 버리고 사람들을 전부 죽일 거야. 날 잡기 위해서라면 물불을 가리지 않고 덤벼들 놈이야."

"그렇지만 우리 마을의 전사들이 널 위해 싸워 줄 거야. 너하고 피의 맹세를 나눈 형제들이잖아. 필요하면 최후의 한 사람까지 나가 싸울 거라고 아버지도 말씀하셨어."

"정말 모르겠니? 내가 이 마을을 떠나면, 아무도 목숨을 잃지 않아도 돼. 다른 방법이 없어."

"메간, 가게 놔줘요."

리타가 문밖으로 나오며 말했다.

"카콘의 결정이 옳아요. 카콘을 걱정한다면, 붙잡지 말아요."

메간이 마크의 가슴에 얼굴을 묻었다.

"언제 이 모든 게 끝날지……."

바로가 은빛 동물을 끌고 왔다.

"카콘, 먹을거리하고 생필품을 충분히 챙겼어요. 검은 화약이 든 주머니도 젖지 않게 잘 쌌어요."

"고맙다, 바로야."

마크가 고삐를 잡았다.

"내 물건들은 네가 다시 맡아 줘야겠다. 특히 누나 좀 잘 부탁해. 아직도 약간 냉정하고 이래라저래라 하지만 말이야."

마크가 메간을 보며 웃음을 지었다.

다곤이 사보와 로안, 프랭클과 함께 앉아 있던 긴 의자에서 일어났다.

"카콘, 행운을 빈다. 그리고 명심해라. 언제까지라도 이곳이 네 집이라는 걸 말이다."

마크가 고개를 끄덕여 보였다.

"예, 명심할게요."

"잘 가라, 아가야. 이젠 장례식 따위엔 연연하지 않기로 했다. 꼭 살아서 돌아와야 한다."

사보가 소리 높여 당부했다.

"예, 최선을 다할게요."

로안이 고개를 갸웃했다.

"프랭클하고 내가 같이 가면 안 될까? 모도에게 배신의 대가를 치르게 할 기회라면 언제든 환영인데."

"이번은 아니야."

마크가 메간을 보낸 뒤 동물에 올라탔다. 마지막으로 사람들을 한 사람 한 사람씩 오랫동안 쳐다보았다. 마크의 머릿속에 사람들의 얼굴을 새기기라도 하듯.

떠날 때가 되었다.

망루에서 경보 나팔 소리가 울렸다. 잇따라 두 번이 더 울렸다. 마크가 아차, 했다. 너무 오래 지체했다는 생각이 들었다. 모도가 벌써 마을 가까이 온 것이었다.

"저들을 다른 곳으로 유인하겠어요."

마크가 소리치면서 발뒤축으로 동물의 옆구리를 차 전속력으로 내달렸다.

전사 두 명이 앞다퉈 앞문으로 다가오고 있었다. 마크가 비좁은 공터를 재빨리 가로질러 건너편에 멈춰 섰다. 저 멀리 마을 쪽으로 행진해 오고 있는 모도와 그의 군사들이 보였다.

마크는 울타리 옆에 서서 모도 일당이 그를 보았다는 확신이 들 때까지 기다렸다가 이윽고 산을 향해 달려 나갔다.

효과가 있었다. 모도 일당이 갑자기 발걸음을 재촉해 마크를 뒤쫓았다.

마크가 힘차게 언덕을 날아오르고, 산 중턱을 뛰어넘고, 덤불을 헤치며 돌진했다. 몇 년 전 노예 신분을 벗어나려고 어디로 가고 있는지도 모른 채 달리고 또 달렸던 길을 지금 또다시 그렇게 달리고 있었다. 하지만 이번엔 모도와 그 군사들을 어디로 유인해 가야 하는지 분명히 알고 있었다. 마크는 그 무리들이 어서 뒤쫓아 오기만을 바랐다.

마크의 등 뒤에서 목이 터져라 명령하는 소리와 짐승들이 달리는 소리가 들려왔다. 마크는 산꼭대기를 넘어가자마자 아래쪽 계곡으로 미끄러지듯 내달렸다. 그리고 모도 일당이 그를 놓치지 않도록 사방이 탁 트인 협곡을 따라 달렸다.

쌩 하는 소리와 함께 화살이 마크의 머리를 살짝 비껴갔다. 마크가 가시덤불로 들어섰다. 풀이 무성하게 자란 옛날 길이 나타났다. 한 달 전에 사냥을 나갔다가 발견한 길이었다.

모도 일당이 가시덤불을 지나려면 속도를 줄이고 한 줄로 행진해야 했다. 일당이 가시덤불을 다 지났을 때 마크는 벌써 다음 언덕에 올라 그들을 지켜보고 있었다. 마크는 동물을 쉬게 하면서 모도의 군사들이 다시 대열을 정리하기를 기다렸다.

대열을 세어 보니 모두 마흔 명이었다. 대규모의 군대는 아니었지만 추크 마을을 제압하기엔 충분한 수였다.

무리 중의 하나가 언덕 중턱에 있는 마크를 발견하고 고함을 질러 댔다. 즉시 추적이 개시되었다.

마크는 은빛 동물이 속보로 가게 했다. 모도의 군사들이 이런 식으로 쫓아온다면, 해질녘엔 마을에서 제법 멀리 떨어질 수 있었다. 그 이후엔 어떻게 할지 마크도 확실히 알지 못했다. 중요한 건 그들을 낯선 지역으로 계속 이동시키는 것이었다.

모도 일당은 기꺼이 협력했다. 계속해서 끈질기게 마크를 추적했다. 모도가 두 번이나 마크를 궁지에 빠뜨렸다고 생각했지만, 마크가 바로 코밑에서 빠져나가는 걸 뒤미처 발견했을 뿐이었다.

모도 일당은 날이 어두워질 때까지 마크를 추적했다. 그러다가 결국 모도가 마지못해 차가운 산 중턱에 야영을 하라고 명령을 내렸다.

적들의 동정을 엿보기 위해 마크도 바로 위쪽 바위에 자리를 잡았다. 몇 시간 눈을 붙인 뒤, 은빛 동물이 제대로 묶여 있는지 확인하고 나서 적의 야영지 쪽으로 살금살금 기어갔다. 그러고는 짐승을 지키는 보초가 잠들 때까지 한동안 엎드려서 지켜보았다.

보초가 잠든 걸 확인하자 마크가 일어나서 조심조심 짐승 쪽으로 갔다. 그리고 나무에 잡아맨 짐승들 줄을 죄다 풀어 버렸다. 굴레에서 벗어나자마자 흩어져 돌아다니는 짐승들의 고삐를 주워 모아 근처의 깊은 구덩이 속으로 던져 넣었다.

적들의 물품도 빼낼 생각이었는데, 고삐가 풀린 짐승 한 마리가 달아나다가 죽은 나무를 넘어뜨리는 바람에 모도의 군사들이 잠에서 깨어나고 말았다.

마크는 자기 기지로 돌아와 물건을 챙겨 산기슭으로 돌아가서 아침이 오기를 기다렸다.

54

모도의 군사들이 대부분 걸어서 이동했기 때문에 마크가 서두르지 않아도 되었다. 마크는 그들을 천천히 유인해서 계획을 짤 시간을 벌었다.

모도의 군사들은 이틀 동안 행군을 해서 곧장 정글로 향하고 있었다. 마크는 처음에 모도가 추적을 그만둘까 봐 걱정했었다. 그런데 로안의 생각이 맞았다. 메콘의 아들은 복수를 위해서라면 거칠 것이 없었다.

마크는 정글 가장자리에 도착하자마자 동물에서 내린 뒤 식량 가방하고 무기를 꺼내 들었다. 거기부터는 큰 동물이 지나가기엔 너무 좁았다. 동물이 나무와 덩굴이 뒤엉킨 정글을 지나가는 건 무리였다.

마크가 은빛 동물의 부드러운 목을 쓰다듬어 주었다.

"이제 마을로 돌아가. 마을 사람들이 널 잘 보살펴 줄 거야."

그리고는 한 걸음 물러나 동물의 엉덩이를 세게 때렸다. 동물이 껑충 뛰더니 왔던 방향으로 내달리기 시작했다.

마크가 석궁과 짐을 어깨에 메고 정글로 들어갔다. 모도 일당이 쉽게 발견할 수 있도록 발자국을 남겨 놓았다.

날카로운 소리를 내는 새들이 즉시 소란을 피우기 시작했다. 그 소리에 마크가 웃음을 지었다.

일부러 물웅덩이를 피해서 가느라고 멀리 돌아서 갔다. 모도 일당에게 물웅덩이가 있는 곳을 알려 주고 싶지 않았다. 적들이 마실 물을 찾는 데 무진 애를 먹일 생각이었다.

불타 버린 화살 부족 마을이 나왔다. 바닥에 검게 그을린 자국 말고는 아무것도 남은 게 없었다. 마을 한가운데 서 있자니 옛날 일이 떠올랐다. 처음 사람을 발견하고 너무 기뻤던 기억이. 리타와 화살 부족은 마크가 트랜스올에서 처음 만난 사람들이었다. 화살 사람들은 그에게 이 세상과 전쟁과 살인이 생활의 일부가 아니라 생활 그 자체라고 가르쳐 준 사람들이었다.

화살 사람들이 정글에 낸 길로 걸어갔다. 그 길도 이제는 풀만 무성했다. 마크가 짐을 감춰 놓을 만한 곳을 찾은 뒤, 물주머니만 들고 시냇물이 아직 있는지 찾아가 보았다.

물을 찾고 나서 짐을 챙겨 정글 속으로 더 깊숙이 들어갔다. 모도가 쫓아오기를 바랐지만, 여기서부터는 추적이 어려워지게 만들 생각이었다.

마크는 때때로 발자국을 깊게 남기고 나뭇가지를 부러뜨렸지만, 전보다 훨씬 빨리 움직였다. 한시바삐 어두컴컴한 정글로 들어가 모도의 군대가 오기 전에 준비할 게 있었다.

비가 내리기 시작했다. 정글에서는 갑자기 비가 쏟아지곤 했던 게 떠올랐다. 천둥소리가 침묵을 깨고, 비가 억수같이 퍼부었다.

잎이 넓은 나무에 바싹 붙어 있으면 비에 젖지 않는다는 걸 알고 있었지만, 정글로 깊숙이 들어갈수록 비가 온다는 걸 전혀 느낄 수 없었다. 장대 같은 소나기도 빽빽하게 자란 정글의 풀과 나무는 뚫지 못했다.

마크가 전에 괴물을 죽인 공터를 지나 커다란 물웅덩이로 갔다. 자기가 그곳에 왔었다는 흔적을 남기지 않으려고 조심했다. 모도 일당이 절대 그 물을 발견하지 못하도록, 조금이라도 흔적이 생기면 곧바로 지워 버렸다.

물웅덩이 가에서 토끼가 물을 마시고 있었다. 마크가 물웅덩이로 가까이 가서 물에 비친 자기 모습을 보았다. 물속에서 자기를 보고 있는 모습은 무척 낯설었다. 어깨와 가슴이 떡 벌어진 건장한 체격의 젊은이가 물속에 있었다. 머리칼은 등 한가운데로 늘어져 있고 잘 무두질한 가죽옷은 몸에 꼭 맞았다.

이 모든 것이 그만큼 세월이 지났다는 증거였다. 마크는 자기 모습이 마음에 들었다. 구레나룻을 짧게 자른 얼굴은 유능하고 강인해 보였다. 문득, 트랜스올에 오지 않았다면 외모가 완전히 달랐을 거라는 생각이 머릿속을 스치고 지나갔다.

마크가 무릎을 꿇고 시원한 물을 손으로 떠 올렸다. 그러고 나서 모도 일당의 눈에 잘 띄게 만들어 놓은 발자국으로 조심스럽게 되돌아갔다.

마침내 어두컴컴한 정글 입구에 있는 풀밭에 도착했다. 마크가 몇 달에 걸쳐 생존에 꼭 필요한 방법을 터득한 곳이었다. 생각해 보면 놀라운 일이었다. 당시엔 모든 것이 절망적이었는데 이제는 자신이 선택한 곳에서 살아가고 있다니! 짐승도 환경도 더 이상 위협적이지 않았다. 이상하게도 모두 그의 친구가 되어 있었다.

덤불에서 뭔가 움직였다. 마크는 보지도 않고 그게 뭔지 알았다. 버펄로가 그의 냄새를 맡고 뒤쫓아 온 것이었다. 마크는 가만히 서서 버펄로가 그냥 가 버리기를 기다렸다.

잠시 후, 풀밭을 가로질러 나무집을 지어 놓은 곳으로 갔다. 정글이 나무집마저 집어삼킨 뒤였다. 사다리는 아직 그곳에 있었지만, 마크가 덩굴을 쳐낸 다음에야 올라갈 수 있었다.

나무집의 바닥은 거의 다 허물어진 상태였다. 마크는 자신이 힘들었던 시기에 친구가 되어 준, 원숭이와 곰을 섞어 놓은 것 같은 작고 하얀 동물, 윌리를 볼 수 있을지도 모른다는 기대를 품고 나무 우듬지를 올려다보았다.

다시 천둥이 우르르 울렸다. 뒤미처 폭우가 나무 우듬지를 세차게 때리는 소리가 들렸다. 마크가 나무에서 내려오기 전에, 나무집 바닥을 만들 때 썼던, 비바람을 맞아 껍질이 벗어진 나무껍질을 길게 몇 가닥 벗겨 내서 겨드랑이에 끼웠다.

어두컴컴한 정글은 아직도 마크를 불안하게 만들었다. 마크가 그늘 속으로 들어가서 눈이 어둑한 빛에 적응되도록 했다. 모도 일당이 현명하다면 여기까지 추적해 오진 않을 것이다. 이곳은 주위의 길을 잘 알아도 위험한 곳이었다.

마크가 오솔길을 가로질러 전략적 요충지 몇 곳에 발목 높이로 해서 긴 덤불을 묶어 두었다. 그 자리를 마른 나무껍질로 덮어 가리고, 얼마 있다가 그 위에 검은 화약을 조금 부어 놓았다.

근처에 늘어져 있는 덩굴을 잡아당겨 튼튼한지 확인한 다음 마크가 덩굴을 잡고 손쉽게 올라갔다. 나무 꼭대기까지 가서 가지에 짐을 묶어 두었다.

혀를 차는 소리가 들려오기 시작했다.

마크가 나무 열매를 몇 개 따서 쥐고 나뭇가지에 쭈그리고 앉아 원숭이와 곰을 섞어 놓은 것 같은 녀석들이 나타나기를 기다렸다. 마크가 몇 년 전에 녀석들한테 했던 장난이었다.

녀석들이 그의 오른쪽 나무로 하나둘 모여들기 시작했다. 마크는 꼼짝 않고 기다렸다가 녀석들이 그를 떨어뜨리려고 공격하려는 순간에 벌떡 일어나 으르렁거리며 나무 열매를 던졌다. 역습을 당한 녀석들이 숨을 곳을 찾아 정글로 도망치는 걸 보며 마크가 예전처럼 장난스럽게 웃었다.

작고 하얀 녀석이 뒤처져 있는 게 보였다. 마크가 그 녀석의 눈을 빤히 바라보았다.

"윌리구나? 맞지?"

녀석이 잠시 머뭇거리는 것 같았다. 마크가 손을 내밀었다. 그런데 녀석이 갑자기 방향을 바꾸더니 다른 녀석들을 따라 어둠 속으로 사라져 갔다.

"너무 오랜만이라 그럴 거야."

마크가 그렇게 중얼거리면서 나무에서 내려와 울창한 정글에서 걸어 나왔다. 모도 일당이 다녀간 흔적은 없었다. 이해할 수 없었다. 모도 일당이 쫓아오지 않을 수 없게끔, 거의 노골적이다시피 흔적을 남겨 놓았기 때문에, 지금쯤이면 그곳에 와 있어야 했다.

마크가 화살을 점검한 뒤 칼자루에 손을 얹었다. 자신이 직접 그들을 찾아 나서는 것 말고는 달리 할 일이 없었다.

마크가 걸음을 옮기는 순간 나무 열매가 등 한가운데를 때렸다. 원숭이-곰 녀석이 시치미를 뚝 떼고 그늘 바로 바깥에 앉아 있었다.

마크가 나무 열매를 집어 녀석한테 도로 던졌다. 녀석이 번개처럼 손을 내밀어 나무 열매를 잡았다.

"윌리 맞지?"

마크가 쭈그리고 앉아서 녀석이 다가오기를 기다렸다. 시간이 좀 걸리기는 했지만 마침내 녀석이 가까이 다가와 섰다.

마크가 녀석한테 등에 올라타라는 신호를 보냈다. 윌리가 망설이지 않고 어깨에 올라타더니 두 팔로 그의 목을 잡고 매달렸다.

"정말 반가워, 윌리."

마크가 숨김없이 반가움을 표시했다.

윌리가 캑캑 울면서 무슨 말인가를 했다. 마크가 팔을 뻗어 녀석의 머리를 쓰다듬어 주었다.

"여기서 잠시 기다리고 있어. 살펴볼 게 있어서 그래. 돌아와서 우리 다시 잘 사귀어 보자."

마크가 윌리를 바닥에 내려놓았다. 녀석이 마크를 나무라듯 재잘재잘 지껄이며 그를 따라 풀밭을 가로질러 갔다. 그런 모습을 보니 윌리를 두고 떠났던 마지막 순간이 떠올랐다.

평소 들리는 소리를 제외하면 정글은 지나치게 조용했다. 마크는 당황스러웠다. 모도 일당이 추적할 만한 흔적을 확실히 남겼는데 도대체 어디로 간 거지?

마크가 괴물을 죽였던 빈터로 되돌아갔다. 모도 일당의 흔적은 보이지 않았다. 마크가 불타 버린 화살 마을을 지나 돌아가는 대신 모도의 부하들이 나타날 만한 곳으로 가로질러 갔다.

어둠이 내리는 시간이어서 정글 밖에 지펴 놓은 모닥불이 보였다. 적들이 마크를 쫓아오지 않기로 결정한 게 틀림없었다.

마크가 그쪽으로 기어서 접근한 뒤 커다란 붉은 나무 뒤에 몸을 숨겼다. 모도가 얼굴을 잔뜩 찌푸린 채 왔다 갔다 하는 게 보였다. 다른 병사가 정찰을 하라고 정글로 보낸 소수 병력이 지금쯤이면 돌아와야 한다며 큰 소리로 불평을 늘어놓고 있었다.

'그래서 그랬구나.'

정글로 진격해야 하는지 모도가 확신이 서지 않아서 정찰대를 먼저 보낸 것이었다.

'글쎄, 그것으론 충분하지 않을걸.'

마크가 그늘로 돌아왔다.

'내일은 모도가 무슨 일이 있어도 날 추적하게 만들 거야.'

55

강력한 폭발이 고요한 아침을 흔들어 깨웠다. 마크가 던진 수제 폭탄에 모닥불 가에서 잠들었던 모도 부하 세 명이 돌풍에 휩쓸려 옆으로 나가떨어졌다.

먼지가 소용돌이치면서 몇 초 만에 야영지가 난장판이 되었다.

"저기다!"

병사 한 명이 키 큰 마크가 뛰어가는 걸 발견하고 소리쳤다

"저놈을 잡아라! 무법자를 죽이는 자한테 공물을 내리겠다."

모도가 미친 듯이 명령을 내렸다. 마크가 그들한테 잠깐잠깐 모습을 보이면서 나무와 나무 사이를 날아다녔다. 드디어 그들이 미끼를 물었다고 확신한 순간, 마크가 울창한 정글 속으로 곧장 뛰어 들어갔다.

작은 빈터에서 버펄로가 콧김을 뿜어내는 소리가 들렸다. 뿔과 얼굴에 피로 칠갑한 버펄로가 정찰병의 유해로 보이는 걸 공중으로 던지느라 정신이 없었다. 마크가 몸서리를 치면서 고개를 돌렸다. 생각해 봐야 할 게 있었다. 모도의 정찰병들이 앞쪽 어

딘가에 있다는 게 꺼림칙했다.

마크 뒤쪽에서 병사들이 다가오는 소리가 들렸다. 그가 빈터를 빙 돌아가서 맞은편에서 기다렸다. 병사들이 버펄로를 보고 기겁을 했다. 버펄로가 발로 땅을 찬 뒤 맞바로 병사들을 공격했다. 화살이 열두 대나 머리와 옆구리에 박혔는데도 버펄로는 공격을 멈추지 않았다. 뿔로 병사를 들이받은 버펄로를 모도가 칼로 심장을 찔러 절단 내지 않았다면 계속 덤벼들었을 태세였다.

버펄로가 무릎을 꿇더니 푹 쓰러져 죽고 말았다. 모도가 나머지 병사들한테 어서 마크를 찾으라고 소리소리 질렀다.

마크가 일부러 덤불에서 소리를 내고 사라졌다. 울창한 정글 앞의 붉은 풀밭 근처에 이르자 주위를 살피며 귀를 기울였다. 정찰대가 따라붙은 낌새가 보이지 않았다.

마크가 풀밭을 가로질러 나무집 근처 그늘로 가서 기다렸다. 그리 오래 기다리지 않아도 되었다. 모도 일당이 덤불에서 나와 나무를 살폈다. 병사 하나가 날카로운 비명을 질러 댔다. 개똥벌레의 서식지를 밟은 것이었다. 병사가 개똥벌레를 털어 내려고 바닥을 마구 뒹굴었다. 모도는 그 와중에도 계속 움직였다. 마크가 그늘에서 나와 눈에 띌 정도로 있다가 다시 정글로 들어갔다.

마크가 덩굴을 타고 나뭇가지로 올라갔다. 모도의 병사들이 마크를 쫓아 어두운 정글 속으로 행진해 들어오는 게 보였다.

마크가 덩굴을 잡고 이 나무에서 저 나무로 날아가서 마른 나무껍질을 놔둔 곳으로 내려갔다. 재빨리 화약을 붓고 나무껍질을 전략적 요충지 두 곳에 놓은 뒤 다시 높은 나무로 올라갔다.

새들이 시끄럽게 우짖어 모도 일당이 도착했다는 걸 알렸다.

뒤미처 혀 차는 소리도 들렸다. 원숭이─곰 녀석들이 평소대로 나무 열매를 마구잡이로 던져 이방인들한테 인사를 했다.

마크는 석궁에 화살을 끼우고 끈기 있게 나뭇가지에서 버텼다.

모도가 부하들을 이끌고 울창한 정글로 계속 진격했다. 마크를 잡으면 단단히 손보겠다고 을러대는 소리도 멈추지 않았다.

마크가 크게 웃으면서 아래쪽에 대고 외쳤다.

"모도, 먼저 나를 잡기나 하시지."

웃음소리가 나는 곳을 찾아 모도가 나무 우듬지를 살폈다. 그러다가 모도와 행렬 맨 앞에 선 병사들이 마크가 묶어 놓은 덩굴에 발이 걸려 넘어졌다. 그들은 얼굴부터 모래 늪으로 떨어졌다.

정글이 어두워서 뒤따르던 병사들 몇 명도 덫에 걸려 넘어졌다. 자신들이 어디 있는지 알아챘을 때는 이미 늦었다. 무거운 갑옷 때문에 흘러내리는 모래 늪에서 빠져 나오는 건 불가능했다.

나머지 병사들이 뿔뿔이 흩어져 왔던 길로 되돌아가려 했다. 마크가 첫 번째 화약 더미에 불화살을 쏘았다. 화약이 폭발하면서 병사 몇 명이 날아올랐다. 남은 병사들이 생각할 틈도 주지 않고 마크가 두 번째 불화살을 쏘았다.

모도 일당은 이제 몇 명 남지 않았다. 마크가 소름끼치는 괴물 소리를 흉내 냈다.

적들이 도망치기 시작했다.

56

마크는 옛 나무집 아래 앉아 윌리와 나무 열매를 나눠 먹었다. 겁에 질린 메콘의 나머지 병사들을 뒤쫓아 그들이 정글을 떠났는지 확인한 게 어제 일이었다.

마크는 다시 자유로워진 걸 실감했다. 이제 추크 마을로 돌아가서 잠시 미뤄 뒀던 생활을 계속할 수 있게 되었다. 마크가 윌리의 머리를 가볍게 건드렸다.

"꼬마야, 나하고 같이 가지 않을래? 바로가 너를 무척 좋아할 거야."

마크가 집으로 돌아갈 생각에 남은 나무 열매 주스를 꿀꺽꿀꺽 마시고 나서 짐을 챙겼다. 서둘러 간다면 골짜기까지 사흘이면 되었다.

"자, 어때? 나하고 같이 갈래?"

마크가 윌리한테 등에 올라타라는 신호를 보냈다.

윌리가 큰 소리로 혀를 찬 뒤 마크의 등으로 뛰어올랐다.

"그래, 그거야!"

마크가 짐을 들고 풀밭을 가로지르기 시작했다.

마크가 건너편에 거의 다 갔을 때 휙 하는 소리가 크게 나면서 그의 팔에 뭔가가 박혔다.

화살이었다. 고통에 몸이 찢어지는 것 같았다. 모도의 병사 넷이 마크한테 무기를 겨눈 채로 나무 뒤에서 나타났다.

정찰대였다. 마크는 그들에 대해선 까맣게 잊고 있었다. 그들은 모도가 죽어 버린 것도, 나머지 병사들이 뿔뿔이 흩어졌다는 것도 모르고 있었다.

마크가 항복의 표시로 손을 들어 올리는 척하다가 갑자기 나무 뒤로 뛰어들었다. 마크가 바닥에 엎드릴 때 윌리가 굴러 떨어졌다가 가까운 나무 위로 올라가서 두려움에 혀를 차고 있었다.

마크가 벌떡 일어나 뛰기 시작했다. 정찰병들은 바로 그의 뒤에 있었다. 마크가 방향도 없이 정글을 헤치고 달렸다. 그저 도망친다는 생각뿐이었다.

정찰병들을 떼어 버리지 못했다. 화살 맞은 팔이 마비되면서 몸에서 자꾸 힘이 빠져나갔다. 그래도 마크는 오른쪽에서 왼쪽으로 순식간에 방향을 바꾸면서 계속 달렸다.

천둥소리가 요란하게 공기를 갈랐다. 하늘에서 번개가 번쩍거렸다. 마크는 억수같이 쏟아지는 폭우를 뚫고 달렸다. 모도의 병사들은 이제 몇 미터도 떨어져 있지 않았다.

마크가 왼쪽의 바위를 발견하고 그쪽으로 있는 힘껏 뛰어갔다. 일단 바위에 닿기만 하면 은폐물로 사용할 수 있을 것 같았다.

마크가 바위 뒤에 반쯤 엎드린 채 팔을 뻗어 화살을 잡고 석궁을 꺼냈다.

부상을 입은 팔에 힘이 달려서 활시위를 당길 수가 없었다. 정찰병들이 마크한테로 달려왔다. 마크는 젖 먹던 힘까지 다해 바위 위로 올라갔다. 바위 위에서 칼을 빼 들고 그들한테 뛰어내릴 준비를 했다.

번개가 바위를 쳤다. 전기 입자들이 사방으로 튀었다. 푸른 광선이 마크를 둘러쌌다. 그의 온몸이 심하게 흔들렸다.

마크는 자신이 추락하는 걸 느꼈다.

사람들이 자기 주변에 둘러서서 이야기하는 소리가 들렸다. 마크가 팔을 뻗어 칼을 찾았다. 어떻게든 일어나서 싸워야 했다. 죽기 전에 모도의 병사들을 한 명이라도 더 쓰러뜨려야 했다.

마크가 비틀거리며 일어나서 칼을 휘둘렀다. 비명 소리와 함께 이상한 언어로 자기를 부르는 소리가 들렸다.

마크가 눈을 똑바로 떴다. 바로 앞에 낯선 물웅덩이가 보였다. 분수였다. 마크가 지금 정글에 있는 게 아니었다. 어떤 건물 안에 있었다. 자기 옷과 무기를 빤히 쳐다보고 있는 사람들은 트랜스올 사람들이 아니었다.

사내아이가 군중 틈에서 앞으로 나왔다.

"아저씨, 의사 불러 드릴까요? 이 쇼핑센터에 의사가 있다고 들었거든요."

마크가 팔 근육에 박힌 화살을 빼냈다. 아무런 상처도 없었다. 마크가 사람들을 쳐다보았다.

사내아이가 마크한테 영어로 말하고 있었다.

여기는 그의 시대였다.

그의 세상이었다.

푸른 광선이 마크를 다시 돌려놓은 것이었다.

에필로그
이십 년 후

"해리슨 박사님, 마크 해리슨 박사님. 이 층으로 와 주세요."

구내방송이 계속 울렸다.

누군가 자기 팔꿈치를 건드리는 느낌에 마크가 현미경에서 눈을 떼고 쳐다보았다.

"카렌, 왜 그래? 뭐 찾는 거라도 있나?"

젊은 실험 보조원이 웃으면서 구내방송을 가리켜 보였다.

"또 해리슨 박사님을 찾아요."

마크가 손목시계를 보았다.

"오, 맙소사. 이사회 회의에 또 늦은 것 같은데. 내 서류가방 좀 주겠나? 오늘 아침에 작업한 데이터 사본도 부탁해."

"여기 다 챙겨 놨어요."

카렌이 서류가방을 건네며 당부했다.

"넥타이 꼭 매세요."

마크가 호주머니를 더듬어 핀으로 고정하는 주름진 넥타이를 찾았다.

"이런 게 정말 싫어."

"알아요. 하지만 좋은 인상을 주려는 노력은 보이셔야죠."

마크가 한숨을 쉬었다.

"맞아. 이번엔 그들을 설득할 수 있을 거야."

마크가 문으로 갔다.

"박사님, 행운을 빌어요. 우리는 박사님 편이에요."

마크가 손을 흔든 뒤 문을 열고 사라졌다.

하얀 실험 가운을 입은 검은 머리의 젊은 남자가 걸어왔다.

"박사님이 이번엔 연구 지원금을 받아 낼까요?"

카렌이 어깨를 으쓱했다.

"그러길 바라야죠. 박사님은 치료제 개발에 당신의 모든 걸 바치고 있어요. 벌써 바이러스에 효과가 있을 만한 백신도 여러 개 찾아낸걸요. 하지만 박사님이 정부 관료들한테 이 질병이 세계적으로 중요한 문제라는 점을 납득시켜야 해요."

"그런데 박사님이 좀 이상하지 않아요? 어젯밤에는 새 에볼라 바이러스 접종 테스트를 하다가 최종 단계에서 천장을 보며 속삭이더라고요. '메간, 이 연구는 당신을 위한 거요.' 뭐 그렇게 말하는 것 같았어요. 그래서 말인데, 그 메간이 뭘까요? 뭔가 이상한……."

"박사님은 괜찮아요."

카렌이 딱 잘라 말했다.

"단지 휴식이 좀 필요한 것뿐이에요. 이번 주말에 친구들하고 사막에서 하이킹을 할 건데 매그루더 미사일 시험 발사장을 지나는 길이에요. 박사님한테 같이 가자고 할까 생각 중이에요."

"박사님이오?"

"그럼 안 되나요?"

"박사님은 소문난 책벌레잖아요. 박사님이 그런 자연에 마지막으로 나가 본 게 언제일지 궁금한데요."

"글쎄요. 당신이 깜짝 놀랄 수도 있죠. 박사님한테는 뭔가 있거든요. 눈치 채지 못했어요? 때때로 박사님한테 그런 표정이 떠오르는데, 박사님이 마치……."

"마치 뭐요?"

"딱 꼬집어 말하기는 좀 힘든데요, 박사님이 마치…… 야만인처럼……."

"하하! 우리 박사님은 너무 길들여져 탈인 분이죠. 주말여행에 박사님을 초대할 거라면, 한눈팔지 말고 그분을 잘 돌봐야 할 거예요."

"별일 없을 거예요."

카렌이 웃었다.

"사막에서 하이킹을 하는 건데, 박사님한테 무슨 일이 생기겠어요?"